야마사키 도요코 장편소설

운명의 인간

①밀약密約

야마사키 도요코 장편소설

운명의 인간

❶ 밀약密約

임희선 옮김

좋은 책 좋은 독자를 만드는 —
(주)신원문화사

목차

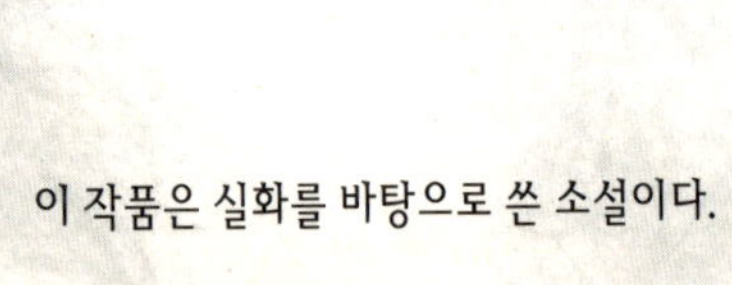

이 작품은 실화를 바탕으로 쓴 소설이다.

제1장
외교관 번호판

가지를 늘어뜨리며 흐드러지게 피어 있던 벚꽃이 지고 푸른 잎사귀만 남으면 분위기는 완연히 달라진다.

가스미가세키霞が關의 외무성 건물 정면에 있는 커다란 벚나무에 꽃이 활짝 피면, 연분홍색을 띤 우아한 자태가 이곳을 찾는 외국인들의 눈길을 잡아끈다. 그러다가 꽃이 지고 잎사귀만 남으면, 흰색과 하늘색 타일로 두른 건물 벽은 연두색 신록이 녹아든 것처럼 아름다운 풍광을 보여 주는 것이다.

동쪽 출입구는 일반 직원과 방문자가 드나드는 곳이라서 시끌벅적하지만, 건물 정면의 현관은 인기척도 드물고 고급 차들만 미끄러지듯이 출입하고는 한다. 그런 차들 중에는 간혹 파란 바탕에 흰 글자로 된 외교관 번호판을 단 차들도 있다. 예컨대 외—8202는 주일 미국 대사관 공사의 차다. 외—3901은 주일 인도 대사, 외—2714는 주일 프랑스 대사관 일등 서기관의 승용차로, 네 자리 숫자 중에서 앞쪽 두 자리는 국가 번호, 다음 두 자리는 개인 식별 번호다.

외는 그 공관장의 전용차임을 가리키는 표시다. 차량 왼쪽 앞에 국기를 다는 경우도 있지만 달지 않는 경우가 더 많다. 번호판은 외무성이 각 국가 이름을 알파벳 순서대로 나열하여 배당한 것인데, 일종의 기밀로 간주되어 엄중하게 관리되고 있다. 다만 베테랑 경비원만은 일련의 번호판을 외워서 영접 담당자와 함께 만사에 소홀함이 없도록 신경을 쓰고 있다.

1971년 5월 초순 무렵, 주일 미국 공사가 찾아온 목적은 최대의 현안인 오키나와 반환 교섭 중에 난항을 겪고 있는 문제들을 외무성의 미국 담당국장, 조약국장 등과 협의하기 위해서다. 인도 대사는 일본에 경제 원조를 요청하기 위해 경제협력국장을 만나러 왔다. 프랑스 일등 서기관은 일불 문화 교류 문제를 정보문화국장 등과 논의하기 위해서 방문했다. 이렇게 일상적이고 눈에 띄지 않는 외교 활동이 쌓여 한 나라의 외교에 커다란 영향을 미친다.

약간의 간격을 두고 외무성 고위직 관용차가 천천히 로터리를 돌더니 건물 정면에 있는 현관에 도착했다. 주미 일본 대사인 오오바大場다. 미국 담당국의 참사관들은 긴장한 모습으로 대사를 맞으러 나와 있다.

주미 대사는 차관급을 지낸 인사가 맡을 수 있는 외무 관료 중에서 최고위 보직이다. 특히 오오바는 역대 사무차관들 중에서도 뛰어난 교섭 능력을 인정받고 있을 뿐만 아니라 호탕한 인품으로 알려져 있으며, 1년 전에 대사로 부임한 이후 미국 쪽에서도 높은 평가를 받고 있다.

오오바 대사가 직원들에게 둘러싸여 6개의 일본풍 샹들리에가 나란히 드리워져 있는 로비를 지나 엘리베이터 쪽으로 걸어가자, 직원들은 부동자세로 그 모습을 바라보았다.

바로 그때, 친근한 목소리가 들렸다.

"대사님, 이제 오십니까?"

짙은 색 양복 차림에 딱딱하게 굳어 있는 직원들과는 달리, 가느다란 스트라이프 무늬의 세련된 양복을 입은 마이아사每朝 신문 정치부의 외무성 담당 팀장인 유미나리 료타弓成亮太였다.

"아아……, 유미나리 씨."

오오바 대사는 안경 너머로 눈웃음을 지었다.

"지난번 워싱턴에서는 여러모로 감사했습니다."

"감사는 무슨, 내가 할 소리지. 유미나리 씨가 쓴 기명 기사는 내가 빼놓지 않고 보고 있어요."

대사는 시원시원하게 말하며 손을 내밀어 악수하더니, 직원들이 문을 열어 놓고 기다리는 엘리베이터에 올랐다.

유미나리는 엘리베이터가 장관실, 차관실, 심의관실이 죽 늘어서 있는 4층에 서는 것을 확인한 다음에 3층에 있는 가스미가세키 기자 클럽으로 올라갔다.

사쿠라다櫻田 대로가 바라보이는 귀퉁이에 있는 기자 클럽에는 도쿄에 있는 20개 신문사가 각각 책장으로 나눈 칸막이방이 있고, 제일 안쪽에 공동으로 사용하는 공간에는 긴 의자, 소파, 국내외 신문들 묶음, TV 등이 잡다하게 놓여 있다. 시간이 비어서 할 일이 없는 기자들은 마냥 켜져 있는 TV를 멍하니 보기도 하고 잡지를 뒤적거리기도 하며 구석에 있는 테이블에 앉아 마작이나 장기를 두고 있다.

유미나리는 TV 위쪽 옆에 설치된 장관 이하 국장급의 재실등在室燈을 올려다보았다. 차관, 미국 담당국장, 조약국장 자리가 모두 부재로 되어 있었다. 장관실에서 미국 공사, 오오바 대사와 함께 회담을 하고 있구나, 하고 단박에 눈치를 챘지만 시치미를 떼고 신문기자 두세 명과 말을 주고받은 다음 마이아사 신문사용 칸막이방으로 들어갔다. 3명의 후배 기자 중 한 명이 정기적으로 발표하는 보도 자료를 전화로 송고하고 있었고, 다른 한 명은 신문 기사를 스크랩하고 있었다.

"기요하라淸原는?"

"베트남 건 때문에 아시아 담당국을 돌고 오겠다던데요. 오늘 일시 귀국한 오오바 대사가 여기로 온다는 소리를 들었습니다."

"방금 로비에서 만나고 오는 길이야."

"역시 팀장님은 빠르시네요. 대사가 누구를 만나러 온 걸까요?"

"재실등 정도는 좀 확인하고 다녀라. 둘 다 이 안을 한두 바퀴 돌고 와. 기사는 발로 뛰면서 쓰는 거야."

기자 간담회에만 의존하려는 후배들이 못마땅해 언성을 높이자 그들은 황급히 방을 빠져나갔다.

유미나리는 떡 벌어진 어깨와 다부진 장신의 체구를 좁은 스틸 의자에 밀어 넣듯이 앉아 담배에 불을 붙였다. 까무잡잡한 얼굴에 짙은 눈썹, 두 눈은 자신감으로 가득 차 있다.

후욱 하고 연기를 뿜어내면서 유미나리는 창밖으로 사쿠라다 대로의 벚꽃 가로수를 내려다보았다. 그 모습을 보고 있자니 한 달 전 미 국무부 초청으로 미국에 갔을 때 보았던 워싱턴 포토맥 강변의 벚꽃 가로수가 겹쳐지면서, 오오바 대사한테 점심 초대를 받았던 날이 떠올랐다.

대사가 신문기자와 일대일로 점심 식사를 한다는 것은 매우 드문 일이었다. 유미나리가 전에 자유당 출입 기자로 있으면서 이케우치池內 내각 시대의 간사장인 다부치 가쿠조田淵角造, 그리고 관방 장관과 외무 대신을 역임한 고히라 마사요시小平正良와 친하게 지내고 있고, 또 이 두 정치가가 사하시佐橋 내각으로 바뀐 다음에도 독자적인 힘을 길러 정국에 영향력이 있다는 사실을 염두에 두고 초대한 모양이었다. 대사는 이런저런 잡담을 하면서 사하시 총리의 후계자 경쟁에 대한 자유당의 움직임을 교묘히 떠보려고 했다.

해외에 주재하는 대사에게 국내 정치 동향은 최대의 관심사다. 그들은 자신들이 재임하고 있는 국가의 정세보다 일본 국내의 정치 동향에 더욱 민감하다. 정권에 따라 외무 관료의 인사가 얼마든지 좌지우지되기 때문이다. 유미나리는 그런 사실을 알고 있기에 사하시 이후 정권에 대한 자유당 내의 최근 동향과 전망에 대해 정보를 제공했다.

프랑스 요리 풀코스 중에서 디저트 차례가 되자 유미나리는 현재 유엔의 현안인 중국 대표권 문제로 화제를 돌렸다. 건국 20주년을 맞이하여 강대해진 중국을 유엔에 가입시키자는 움직임이 점점 활발해지고 있는데, 미국은 표면적으로는 대만을 지지하는 정책을 취하고 있고 조만간 대만의 유엔 대표권을 수호하기 위한 결의안을 제안할 전망이었다.

"단도직입적으로 묻겠습니다. 일본이 앞으로도 미국과 공동보조를 맞출 것인지, 아닌지, 대사님 생각은 어떠십니까?"

오오바 대사는 잠시 입을 다물었지만 정보는 어디까지

나 기브 앤드 테이크다. 그는 주저하면서도 친대만파인 사하시 내각으로서는 미국과 보조를 맞춰 공동제안국(co-sponsor)이 되지 않을 수 없으리라는 의견을 내비쳤다.

식사가 끝나자 대사는 직접 공관 현관까지 배웅을 나오면서 사하시 내각 이후의 정권을 염두에 둔 인사를 잊지 않았다.

"고히라 선생님과 다부치 선생님께 안부 인사를 꼭 좀 전해 주세요."

유미나리도 정중하게 인사를 한 다음 공관에서 나오자마자 오후 시찰을 취소하고, 워싱턴 지국으로 단숨에 차를 몰고 가서는 방금 들었던 대사의 이야기를 바탕으로 기사를 작성했다.

[워싱턴 8일 유미나리 특파원]
정부, 미국 공동제안국으로 대만 지지를 표명

그 기사는 다음 날 석간의 특종기사가 되었다.

각 신문사의 칸막이방이 갑자기 소란스러워졌다. 차관의 정례 기자 간담회가 시작될 시간이었다.

대각선 맞은편에 있는 회견실에는 40석 정도 돼 보이는 의자에 가스미가세키 클럽에 소속된 신문사와 방송국 기자들이 30명 남짓 앉아 있었고, 차관은 정면에 있는 테이블 앞에 자리를 잡았다. 그것을 신호로 하듯이 8층 간부 식당에서 나비넥타이를 맨 웨이터들이 내려와서 스카치위스키가 든 잔을 일일이 나눠 주고 다녔다. 공식 기자회견과는 달리 당면한 외교 문제에 대하여 차관과 기자들이 위스키를 마시면서 오프더레코드로 이야기를 나누는 자리다.

하야시林 차관은 일동을 둘러보며 부드럽게 웃는 얼굴로 말했다.

"오늘은 이렇다 하게 이야기할 만한 사안이 없네요."

하야시 차관은 제2차 세계대전이 일어나기 전 대학 재학 중에 고시 행정과와 사법과에 합격하였고, 주캐나다 대사관, 외무성 북미지국, 조약국, 주미 대사관 근무를 원만하게 마친 뒤 외무 심의관을 거쳐 차관에까지 오른 친미파다.

"에이, 이럴 때는 서비스도 좀 해 주셔야지요. 오키나와 본토 반환에 따른 미군 기지의 정리와 축소에 대한 청사진이 벌써 나와 있을 것 아닙니까?"

평소와 마찬가지로 기자석 앞줄 한가운데 자리 잡고 앉은 유미나리가 입을 열었다.

"현재 유리한 조건을 최대한 끌어내기 위해 최선을 다해 교섭 중입니다."

"오후에 미국 공사와 귀국 중인 오오바 대사가 거의 같은 시간에 들어오시던데, 상당한 진전이 있었던 것 아닌가요?"

정곡을 찌르는 갑작스러운 질문에도 하야시 차관의 온화한 표정은 그대로였다.

"글쎄요, 어떤지 모르겠습니다. 기지 문제는 미국 내에서도 국무부, 국방부, 의회 사이에 여러 가지로 의견 대립이 있는 모양이라, 이쪽에서 미국 공사와 합의한 사항이라도 수차례 번복될 가능성이 충분히 있지요."

그는 대답이 될 수 없는 관료적인 답변만 늘어놓았다.

"나하那覇 공항의 완전 반환만큼은 변동의 여지가 없는 사항 아닌가요?"

뒷줄에 있는 합동통신의 기자가 확인을 위해 물었다.

"그거야 물론⋯⋯. 나하 공항은 이번 오키나와 반환에 따른 기지 정리 문제의 핵심이니까요⋯⋯."

유미나리는 이런 식의 문답에 짜증이 났다. 외무성이 유일하게 긍정하고 있는 곳이 나하 공항이고, 그 외에는 아무리 캐물어도 술렁술렁 넘어갈 뿐 분명한 답변을 해 주지 않는다. 그렇다면 실질적으로 '축소'되는 기지는 거의 없다고 봐야 하고, 오키나와가 반환된다고 하더라도 일본 본토 수준으로 미군 기지가 감축되는 일도 없다는 뜻이 아닌가?

"차관님, 그러니까 지금으로서는 어느 정도까지 기지를 축소할 수 있다고 보는 겁니까? 이제 좀 제대로 답변해 주시지요."

유미나리가 다그쳐 물었다.

"방위청하고 대장성大藏省과의 연관도 있어서 지금으로서는 제가 뭐라고 섣불리 말씀드리기가 어렵네요."

"이봐요, 차관님. 좀 제대로 대답해 줘야지, 그게 뭐야?"

가스미가세키 클럽의 간사를 맡고 있는 요미니치讀日 신문의 팀장인 야마베山部 기자가 느지막이 참석해서는, 한 손에 위스키 잔을 들고 차관 바로 앞에 떡하니 앉아 거만스러운 태도로 말했다. 함께 있던 보도과장이 썰렁해진 분위기를 수습하려고 허겁지겁 달려오자 그는, 그쪽을 노려보며 험악한 표정을 지었다.

"하야시 씨, 기지가 어떻게 되느냐 하는 문제는 오키나와 주민뿐만 아니라 일본 국민 모두가 알고 싶어 한단 말이오."

야마베 기자는 역대 거물 정치가들은 물론이고 애국자를 자처하는 극우파하고도 인연을 맺고 있어 관료들이 가장 상대하기 힘들어하는 존재다.

"이것 참, 곤란하네요. 그냥 양국이 서로 어느 정도 합의한 시점에 말씀드리겠다고만 약속해 두지요."

차관은 그래도 은근슬쩍 넘어갔다.

"기지 이외의 시설 중에서 VOA(Voice Of America, 해외로 보내는 미국의 단파 라디오 방송국 〈미국의 소리〉)도 남을 공산이 크다면서요? 일본으로 반환되는 오키나와에 미군의 정략 방송국이나 다름없는 VOA를 계속 내버려 둘 필요가 있는 겁니까?"

교쿠니치旭日 신문의 기자가 의문을 제기했다. 가스미가세키 클럽에서도 열심히 공부하는 것으로 알아주는 기자다.

"정략 방송국이라고 몰아붙이기에는 좀 과한 감이 있군요. 여기 있는 미군이나 그 가족들한테는 부족하나마 오락거리이기도 하니까 당장 폐지하지는 않을 것 같은데요."

"그래도 외국인이 경영하는 방송국은 허가하지 않는다는 방송법에 어긋나는 셈이지요."

거듭 따지고 들자 야마베가 끼어들었다.

"그러고 보니까 극동방송도 남겨 두는 모양이던데 거기에는 닉슨 대통령의 가족이 연관되어 있잖아. 그럼 이거 대통령이 가진 이권을 존속시켜 주는 꼴이네."

"그건 지나친 억측입니다."

능구렁이 같은 하야시 차관도 이 말에 대해서만큼은 분명하게 부정했다.

"우리 요미니치 신문의 워싱턴 지국이 확인한 정보인데, 도대체 뭐가 지나친 억측인지 한번 설명해 보시지요."

"아이고, 이제 그만들 하시지요. 여기는 환담을 나누는 자리인데……."

보도과장이 전에 없이 긴박한 분위기에 어쩔 줄을 모르다가 억지웃음을 지으며 자리를 수습하기 위해 나섰다.

"아니, 간담회니까 속을 터놓고 솔직하게 말해야 하는 것 아닌가?"

"차관님은 다음 약속도 있으시고 하니까 오늘은 이쯤 해서 자리를 파하는 것으로 하고……."

보도과장은 열띤 간담회로부터 차관을 지키려는 사람처럼 그를 감싸고돌면서 퇴장했다.

"유미 씨, 토요일에 보자고."

요미니치 신문의 야마베가 한마디 던지고는 후배 기자들을 채근하면서 나갔다. 야마베와는 토요일마다 유라쿠초有樂町에 있는 호프집에서 한잔 하면서 서로 정보를 주고받는 사이다. 기사는 주로 후배 기자들에게 쓰게 하고 자신은 정계를 헤엄치듯 누비고 다니는 솜씨를 자랑하는 야마베는, 유미나리와는 전혀 느낌이 다른 사람이지만 정치 기자로서는 마음이 맞는 상대다.

유미나리는 긴 복도를 한 바퀴 죽 돌아 계단 바로 앞에서 발을 멈췄다. 그 자리에서 보면 새파란 사철 잔디가 깔린 중앙 정원을 사이에 두고 서 있는 국회의사당이 보인다.

'날마다 국정을 국민에게 전달한다.'

이는 신문사만이 할 수 있는 일이고, 그렇기 때문에 신문 기자는 항상 연구하고 공부함으로써 정치가나 관료들과 맞먹을 만한 우수한 인재여야 한다는 것이 유미나리의 신조다.

계단을 한 층 오르자 카펫이 깔려 있는 복도가 나왔다. 장관, 차관, 심의관들의 방이 늘어서 있는 이곳에는 경비원이 상주하고 있지만 유미나리는 그냥 지나쳐서 모퉁이를 돌았다. 복도를 사이에 두고 정책 담당과 경제 담당, 두 심의관의 방이 서로 마주 보고 있다. 유미나리는 경제 담당인 안자이 다카시安西傑 심의관의 방으로 들어갔다.

입구 가까운 곳에 2명의 남녀 비서가 책상을 마주 보고 앉아 있다.

"계세요?"

유미나리는 여비서에게 안쪽 심의관실을 향해 눈짓으로 물었다. 여비서는 고개를 끄덕였고, 남자 비서도 친근하게 눈인사를 했다. 차관에 이어 외무성의 이인자인 안자이 심의관의 방에 출입하는 신문기자들 중에서도, 유미나리는 심의관이 제일 가까이하는 기자여서 비서들도 그를 정중하게 대한다.

안쪽 문을 가볍게 노크하고 미끄러지듯이 안으로 들어가자, 옛날 사무라이 같은 분위기의 안자이가 가죽 의자를 뒤로 젖힌 채 읽고 있던 서류를 책상 위에 엎어 놓았다.

"오늘 차관 간담회도 구렁이 담 넘어가는 것 같더군요."

유미나리는 책상 앞에 있는 의자에 앉아 다리를 꼬며 말했다.

"자칫 조금만 말을 잘못해도 비난이 쏟아지는데 명쾌한 대답이 나올 리 있나?"

안자이가 안경을 벗으며 웃었다. 출세한 외교관의 대부분은 집안이 좋다는 공통점이 있다. 그중에서도 안자이는 재벌 집안 출신이면서도 눈꼴사나운 자만심 따위는 전혀 찾아볼 수가 없다. 게다가 호탕한 성격에 같은 기타큐슈北九州 출신이라는 친근감 때문에 유미나리는 안자이가 관방 총무 참사관으로 있던 시절부터 7년 동안 기탄없이 말을 주고받는 사이다.

"심의관님, 야당은 그럴듯하게 말하고 있지만 베트남 전쟁이 끝나지 않은 마당에 미군이 기지 축소에 선뜻 응할 리가 없지 않겠습니까?"

"그야 오키나와에서 출격하는 폭격기도 있으니……."

"그렇다면 거의 정리 축소되지 않는 걸로 교섭이 마무리

되고 있는 것 아닙니까? 도대체 어느 정도 수준으로 말이 오가고 있는지 좀 알려 주세요."

"차관님이 대답하셨을 것 아닌가? 차관이 모르는 일을 일개 심의관인 내가 어떻게 알겠나?"

"반대잖아요. 미국 담당국에서 짜낸 사안을 여기로 올리는 거니까……. 제발 힌트라도 좀 줘 보세요."

유미나리는 늘 하던 식으로 물고 늘어졌다.

"자네 그런 꼴을 보고 있자니 신문기자가 되고 싶다는 아들놈을 무슨 일이 있어도 뜯어말려야겠다는 생각이 드네."

"그러지 마시고, 저희 신문사로 아드님을 데리고 오시지요. 제가 책임지겠습니다."

"내가 그 수에 넘어갈 것 같은가? 아무튼 왔다 하면 무조건 정보를 뱉어 내라고 떼만 쓴다니까. 그러고도 신경이 버티는 걸 보면 참 신기해."

어이없어 하는 얼굴로 안자이가 쓴웃음을 짓고 있는데 전화벨이 울렸다. 안자이는 벗었던 안경을 도로 쓰고 수화기를 들었다.

"네, 지금 바로 가겠습니다."

정중한 말투로 대답하고 전화를 끊더니 책상 위에 있던 서류를 재빨리 모아서 서랍 안으로 쑤셔 넣었다.

"전 여기서 그냥 기다리고 있어도 될까요?"

"아니, 오오바 대사가 부른 거니까 늦어질 거야."

안자이는 그 말만 남기고는 방에서 나갔다.

여비서가 녹차를 내주었다. 혼자 남은 유미나리는 천천히 차를 마시고 팔짱을 꼈다. 제2차 세계대전 때 일본에서 유일하게 지상전이 있었던 곳이 오키나와였고, 그때 군민을 포함한 20만여 명의 목숨이 희생되었다. 대량 학살이라고도 부를 만한 그 비참한 사실을 일본 본토에서 알고 있는 사람은 많지 않다. 그리고 종전 후 샌프란시스코 강화조약에서 오키나와는 미군 점령 아래 그대로 내버려졌고, 결과적으로 전 국토의 0.6%에 불과한 면적에 일본 전국에 주둔하는 미군 기지의 50%를 밀어 넣은 꼴이 되었다.

생각해 보면 오키나와는 일본 정부로부터 두 번이나 버림을 받은 셈인데, 현재 반환 교섭이 이루어지고 있는 내용을 짐작해 볼 때, 오키나와 주민의 뜻보다는 미군이나 미국 정부의 뜻대로 진행되고 있으니 자칫하다가는 세 번째 버림을 받을지도 모르는 상황이다.

"오키나와의 반환 없이 일본의 전후는 끝나지 않는다"는 명대사로 전 국민을 감동시킨 사하시 총리의 공약이 나온 지 이미 6년이 지났고, 교섭에 이르는 길도 험난했다. 그래서 이제 오키나와 반환은 무정책으로 비판받고 있는 사하시 총리의 연명책이라고도 하고, 이번 임기를 끝으로 은퇴하는 그의 마지막 꽃길이라는 소리도 있다.

식어 버린 녹차를 훌쩍 마시고 자리에서 막 일어서려는 순간, 책상 서랍에서 삐져나와 있는 서류가 눈에 띄었다. 아까 안자이 심의관이 허겁지겁 서랍에 쑤셔 넣었던 서류의 끄트머리가 한 장 뒤집혀서 서랍 밖으로 나와 있었다. 그곳에 쓰여 있는 'LIST C', 'NAHA AIRPORT'라는 글자가 유미나리의 눈길을 끌었다. 한순간 주저했지만 유미나리는 서랍에서 그 서류를 뽑아냈다. 역시 오키나와의 미군기지 반환 예정 목록이었다. 안자이는 너무 서둘다가 제대로 집어넣지 못한 것이 아니라, 유미나리에게 보이려고 일부러 밖으로 삐져나오게 한 것이 아닐까……? 오랜 기간 알고 지내는 동안에 안자이가 이런 식으로 정보를 주었던 일이 과거에도 몇 번 있었다. 그중에는 단순히 유미나리에 대한 안자이의 개인적인 호의뿐만 아니라 외무성의 의도가 어느 정도 섞여 있던 적도 있었다.

유미나리는 영문 서류를 뽑아내서 윗도리 주머니에 쑤셔 넣었다.

"잠깐 한 바퀴 돌아보고 올게요."

남아 있던 남자 비서에게 그렇게 말한 다음 3층에 있는 정보분화국으로 갔다. 그 입구 옆에는 복사기가 비치되어 있는데, 안면이 있는 고참 직원이 마침 복사를 다 끝낸 모양이었다.

"잠시 빌릴까요?"

"아, 그럼요, 쓰세요."

가스미가세키 클럽의 유명 기자에 대한 호의가 담긴 말
투였다.

익숙하지 않은 손길로 복사를 한 다음, 유미나리는 아무
일도 없었던 것처럼 시치미를 떼고 심의관실로 돌아가 서
류를 원래의 자리로 되돌려 놓았다.

"아무래도 여기서 기다려 봤자 심의관님 얼굴을 다시 보
기는 힘들 것 같네요. 내일 다시 올게요."

퇴근 준비를 하는 비서에게 그렇게 말하고 유유히 복도
끄트머리까지 온 유미나리는 거기서 발길을 재촉하여 서
둘러 계단을 내려갔다. 그리고 기자 클럽 안에 있는 칸막이
방에 들어가자마자 정치부 데스크에게 연락을 해 놓고는
택시를 잡아타고 본사로 향했다.

오테마치大手町에 있는 마이아사 신문사는 '3대 일간지'
중 하나다. 이전한 지 5년밖에 안 된 15층 건물은 전면이
유리로 된 창문이 많은 세련된 디자인을 자랑한다.

4층에 있는 편집국에는 큰 비중을 차지하는 사회부를 중
심으로 정치부, 경제부, 외신부, 학예부, 운동부, 지방부, 라

26

디오·TV부가 있는데, 같은 부서끼리 책상이 붙어 있고 그 안쪽으로 정리본부의 큰 책상이 있다.

오후 7시가 지나면 다음 날 조간 마감 시간을 앞둔 편집국은 긴장된 분위기로 가득 찬다.

총인원이 120명에 달하는 사회부는 반수 이상이 공석인데, 시간이 지나면서 경시청, 경찰청, 검찰청, 법원의 각 클럽과 사고 현장 등에서 돌아온 기자들이 전화로 송고해 놓았던 원고를 확인하기도 하고 새로 쓰기도 한다.

야간 당번 데스크 2명은 쉴 새 없이 들어오는 원고들을 읽어 보면서 대폭 삭제하기도 하고, 앞뒤로 순서를 크게 바꿔 놓기도 하며, 잘린 원고를 쓰레기통에 던져 넣기도 한다. 한정된 지면에 실리는 기사는 전체 원고량의 3분의 1에도 미치지 않는다.

'애들'이라고 불리는 학생 아르바이트 사무 보조원은 기자에게 지시받은 얼굴 사진이나 이력 카드, 스크랩북을 안고 각 부서의 책상 사이를 정신없이 뛰어다닌다.

"이렇게 흐릿한 사진을 어떻게 쓰란 말이야! 빨리 사진 실로 가서 다른 것 가져와!"

기자들은 소리를 지르고 '애들'은 뛰어간다.

편집국 전반을 총괄하는 곳은 일명 '파출소'라고 불리는 편집국 차장석이다. 이 자리는 옆에 국장도 있어서 갑자기 큰 사건이 터지면 '파출소'에 해당 부장과 데스크가 호출되어 지면을 다시 짜기도 한다.

정치부 데스크는 외신부의 젊은 기자 3명을 대기시켜 놓고 유미나리가 오기만을 기다리고 있었다.

가스미가세키 클럽에서 연락한 유미나리의 특종에 대한 내용도 모른 채 대기하라는 명령만 받은 기자들은 자존심이 상한 상태였다.

"워낙 그런 사람이니 어디서 밥이라도 먹고 오는 거겠죠."

풀브라이트 장학금으로 미국 유학까지 했던 기자가 말하자, 런던 특파원이었던 기자도 기분 나쁘다는 듯이 중얼거렸다.

"외신부 기사는 외신을 직역해서 세로쓰기로 만들기만 하면 되지 않느냐고 평소에도 아무렇지 않게 막말하는 사람한테 고개 숙이며 일하라는 거야, 뭐야?"

그때 유미나리 료타가 바지 주머니에 두 손을 찔러 넣고는 어깨를 우쭐대며 거만한 태도로 나타났다.

'파출소'에서 시계를 쳐다보면서 고개를 길게 빼고 기다리던 편집국장, 차장, 정치부장이 달려들 듯이 특종기사의 내용을 물었다.

"미군 기지가 어쨌다는 거야?"

"맡겨만 주세요."

유미나리는 윗도리 안쪽 주머니를 툭 쳐서 보이더니 그대로 성큼성큼 정치부로 향했다. 상사를 상사 같지 않게 여기는 그 거만스러운 태도에 국장과 차장은 쓴웃음을 지으며 어깨를 으쓱할 뿐이었지만, 직속 상사인 츠카사 슈이치 司脩― 정치부장은 불쾌한 심정을 숨기지 못하는 표정으로 그 뒤를 따랐다.

40명의 기자들이 소속되어 있는 정치부에는 총리 관저, 여당인 자유당, 야당 각 당을 담당하는 기자들이 10여 명 있었는데, 갑자기 나타난 유미나리를 보고는 들고 있던 연필을 내던지는 사람도 있었다. 또 큼지막한 특종거리를 물고 온 것처럼 의기양양하게 나타난 걸로 보아 자신들의 원고는 대폭 줄거나 내일로 미뤄지거나, 아니면 그냥 취소될 가능성이 높았기 때문이다.

유미나리는 그런 분위기에 아랑곳하지 않고 가스미가세키 클럽에서 전화한 수석 데스크 옆에 털썩하고 앉아 미군 기지 목록을 내밀었다.

"잘 잡았어. 우리만 아는 거지?"

복사본인 것을 보고 데스크는 못을 박듯이 물었다.

"당연한 걸 물어보고 그러시나. 이거, 번역하는 데 얼마나 걸리겠어?"

외신부 기자들을 불러 영문 서류를 보여 주었다.

"상당히 전문적이네요. 둘이 나눠서 해도 1시간은 걸리겠는데요."

"그럼 당장 시작해. 사안이 사안이니만큼 한 글자도 오역이 있으면 안 돼. 오키나와의 독특한 지명은 이걸 보면 참고가 될 거야."

유미나리는 자료 파일에서 독자적으로 만든 기지 지도를 주면서 말했다.

"잠깐 먼저 좀 보자."

츠카사 부장이 서류를 들었다. 워싱턴 지국장도 지낸 영어에 능통한 사람으로, 서류를 보다가 얼굴을 들더니 데스크에게 말했다.

"다른 면에 해설 기사가 필요하겠군. 지면 회의를 합시다."

그러고는 정리본부의 정치·경제·외신 담당 데스크들도 불러서 검토를 시작했다. 유미나리는 그런 진행 상황에는 눈길도 주지 않고 기사의 구성과 도입부를 생각했다.

이윽고 번역이 다 되자 유미나리는 책상 위에 어지럽게 쌓여 있던 자료들을 양옆으로 밀어내고는, 정보의 근원지가 외무성이라는 점이 드러나지 않게 주의하면서 연필을 원고지에 두드리는 것처럼 힘을 주어서 썼다.

방위청 관계자에 따르면 정부는 이번 오키나와 반환 협정 조인과 동시에 공표할 오키나와 주둔 미군 기지 목록안을 미국 측에 정식으로 제시하며 막바지 절충에 들어갔다. 이 목록은 이제까지 이루어진 교섭을 토대로 일본 측이 ABC 세 종류로 분류한 것이다.

'목록 A'는 복귀 후에도 미군에게 장기 사용을 인정하는 기지 85곳, '목록 B'는 복귀 후 수년 안에 철수를 요구하는 18곳, '목록 C'는 복귀와 동시에 반환을 요구하는 31곳으로 이루어져 있는데, 대부분의 기지에 대한 장기 사용을 인정하는 일본 측 방침이 명백하게 드러나 있다.

이렇게 시작하여 본토 반환에 따른 기지 이전과 감축이 오키나와 주민들의 요구와는 거리가 먼 상태임을 강조한 기사를 탈고했다.

"좋아, 1면 톱기사로 싣고 목록의 상세한 부분은 2면에 넣지."

원고를 살피던 수석 데스크인 히가키檜垣는 만족스러운 어투로 결정을 내리고는, 유미나리의 등을 떠밀며 말했다.

"부장님이 좋은 기사거리라고 칭찬하던데, 가서 인사 좀 하고 오지."

보수적인 츠카사에게 비판적인 언행을 숨기지 않고 드러

내는 유미나리의 태도에 대해 꾸짖고 다독이는 사람은 형뻘인 수석 데스크 한 사람뿐이었다. 유미나리는 곁눈질로 흘깃 부장 자리를 보았다. 전화가 여기저기서 시끄럽게 울려 대고, 쓰다가 망친 원고가 통로까지 어지럽게 널려 있는 편집국 안에서 츠카사는 밤인데도 불구하고 옷매무새 하나 흐트러지지 않은 단정한 모습으로 책상 앞에 앉아 있었다.

"기자가 끝내 주는 기사만 쓰면 되는 거지……."

유미나리는 딴청 부리듯이 그렇게 말하고는 시계를 보았다. 교정쇄가 나오는 것은 밤 11시다. 중요한 원고는 아무리 늦더라도 직접 확인하여 한 글자라도 소홀히 하지 않는다는 것이 유미나리의 신조다.

교정쇄가 나올 때까지 기다리는 동안 요기라도 하려고 후배들을 데리고 근처 빌딩 지하에 있는 술집 '쓰루하치'로 갔다. 1면 톱으로 나가는 큼직한 기사를 써냈다는 흥분 때문에 발걸음도 가벼웠다.

술집 안으로 들어가자 테이블 쪽에는 손님이 있었지만 카운터는 비어 있었다.

"아주머니, 난 평소처럼 소주, 이쪽에 있는 두 사람한테는 청주 주세요."

기타큐슈 출신의 아버지를 닮았는지 유미나리는 청주보

다 소주를 좋아한다.

"어? 사장님은요?"

경마를 좋아하는 주인아저씨와 이러쿵저러쿵 우승할 말에 대해 떠들면서 해방감을 맛보고 싶었다.

"미안해서 어떡하죠? 오늘 밤은 일이 있어서 가게에 못 나오는데. 오늘 음식은 제가 솜씨 좀 발휘해 볼 테니까 기대해요."

남자처럼 호탕한 주인아주머니가 말했다.

"그럼 뭐 맛있는 것 좀 만들어 줘요. 아예 요기를 할 생각이니까."

그렇게만 말하면 여주인이 알아서 음식을 내준다.

자신이 좋아하는 소주가 큰 술잔으로 앞에 놓이자 유미나리는 그것을 단숨에 비웠다. 오장육부에 스며드는 이 기가 막힌 맛은 특종을 잡았을 때만 느낄 수 있는 묘미다.

"자, 너희들도 마음껏 마셔. 오늘 수고들이 많았어."

외신부가 번역한 것을 시키志木와 기요하라가 받아서 지금까지 작성했던 취재 노트와 대조하며 확인해 주었던 것이다.

"지난달에 오키나와까지 가서 취재한 것이 우연히 도움이 되었어요. 이걸로 우리가 다른 데보다 또 크게 앞섰네요."

기동력 있고 글재주도 있는 젊은 기요하라가 젓갈을 안주 삼아 술잔을 비웠다. 그보다 나이는 많지만 부드러운 성격의 시키는 빈속에 마신 술기운이 벌써 도는지 볼이 발그레해진 채 솔직한 심정을 드러냈다.

"내일은 기사 출처 때문에 클럽에서 한바탕 난리가 나겠죠. 그나저나 팀장님만 이렇게 뻥뻥 터뜨리시니 저희는 자꾸 초조해지네요."

"아니, 전 오히려 힘이 나는데요. 다른 신문 팀장들은 대부분 부하한테 취재해 오라고 하고 자기들은 정리만 하는데 유미나리 선배님은 직접 취재도 하고 기사도 직접 쓰시잖아요……. 저도 그런 팀장님 실력에 한 발짝이라도 더 다가가고 싶지만 취재 인맥이 워낙 차원이 다르니까요."

부지런히 취재하러 돌아다니는 기요하라가 자신은 유미나리의 발치에도 닿지 못한다는 투정을 부렸다.

"맞아. 팀장님은 외무성 고관하고도 통하는 두꺼운 파이프가 있으니 정말 부럽다니까."

시키도 고개를 끄덕였다.

"그렇게 쉽게 이야기하면 내가 섭섭하지. 그 두꺼운 파이프를 만들기까지 나름대로 고생도 많았다고."

"그런데 저희 부서 중에서도 외무성 담당이 제일 힘든

것 같아요. 대학 다니면서 그 어렵다는 외무고시에 합격하고 집안도 좋아서 그런지, 자기들만 외교 전문가고 다른 사람들은 아무것도 모른다는 엘리트 의식으로 꽉 차 있잖아요. 게다가 그 심한 비밀주의란……. 신문기자를 무슨 똥파리로 생각하는지 책상 옆을 지나가기만 해도 서류를 노골적으로 뒤집어 놓는다니까요. 아무튼 밥맛 떨어지는 놈들이야."

시키가 평소에 쌓였던 울분을 터트리며 말했다.

"그러니까 잘난 척하지 못하도록 만들란 말이야. 외무 관료들도 정치가한테는 약하니까 쓸 만한 정치가를 하나 잡아서 거기서부터 파이프를 만들기 시작하라고. 어쨌든 기자회견이나 관료들의 브리핑만 가지고 기사를 쓰는 건 너무 수동적인 자세야. 신문기자라면 언제 어느 때나 정보의 냄새를 맡고 사냥감을 노리는 헌터가 되어야지."

기분 좋게 취한 유미나리의 야성미를 띤 눈빛이 번뜩이며 빛을 내뿜었다.

"사냥감의 냄새를 맡고, 사냥에 성공하기 위한 비결은요?"

"비결 따위는 없어. 그냥 언제나 문제의식을 가지고 안테나를 높이 세워서 살피는 거지. 그러니까 노력, 집중력, 연마가 삼위일체가 되어서 상승효과를 내면 그때 사냥감이 잡히는 거야. 그게 바로 신문기자란 말이지. 그냥 듣는 대로 종이에 받아 적는 건 단순히 '듣는 기자'일 뿐이야. 자기가 문제의식을 가지고 테마를 정해서 따질 줄 아는 '묻는 기자'가 되어야 한다고."

"'묻는 기자'라. 아주 그럴듯한 비유네요."

시키와 기요하라는 몸을 앞으로 내밀었다.

"그렇잖아……, 기자가 하는 질문 하나로 기사의 생명이 달라질 수 있단 말이야. 평범한 질문에는 평범한 대답밖에 돌아오지 않지만 뛰어난 질문을 하면 적어도 돌아오는 대답이 평범한 수준은 아니라는 거지."

술기운을 빌어서 평소에 가지고 있던 지론을 폈다.

"한마디로 취재라고 하지만 그게 입으로 간단하게 설명할 수 있는 것도 아니고 듣는다고 알 수 있는 것도 아니란 말이야. 내 경험으로 보면 신참 때 밤낮없이 뛰어다니면서 쓴맛 단맛을 다 보고서야 알게 되더란 말이지. 나 같은 경우, 1년 차에는 총리 관저에 있었어. 소위 말하는 피라미 떼 속에 말이야. 이케우치 내각 때였는데 그 당시 관방 장관이 '아아, 에에'밖에 안 하는 고히라 씨였지. 무슨 질문을 해도 대답도 없고, 아무리 찔러 봐야 꿈쩍을 않으니, 힘들다 힘들다 해도 그렇게 힘든 상대는 처음이었어. 처음에는 아예 무시하고 사람 취급도 안 하더라고."

비참했던 신참 시절의 모습이 뇌리를 스쳤다.

사회부와 경제부를 각각 1년가량 돌다가 정치부로 배속된 유미나리는 26세 때 총리 관저 담당팀이 되었다. 하지만 하루 종일 총리가 가는 곳마다 따라다니며 '물고 늘어지기'를 해 봐야 일대일로 이야기할 가능성은 없기 때문에, 총리의 대리인이라 할 수 있는 관방 장관 쪽에 붙어 보는 수밖에 없었다. 그런데 고히라 관방 장관은 '아에 장관'이라는 별명이 붙었을 정도로('아아, 에에' 정도의 말밖에 안 하니까) 입이 무거워서 고생이 심했다. 핵심을 정확하게 꼭 짚어 질문하지 않는 한 아예 상대도 해 주지 않았다. 그쪽은 국가와 천하를 논하는 50줄의 정치가였고, 이쪽은 풋내 나는 신참이었으니 엄청난 위압감을 느낀 것도 당연한 일이었다. 1년 365일, 하루도 빠지지 않고 밤낮으로 어떻게든 상대방을 움직여 보려고 애썼고 마침내 인정을 받게 되기까지 갖은 고생을 다했다. 결국, 고히라의 선문답과도 같은 말에 적응하면서 중간에 가로막힌 장애물을 하나씩 극복하며 성장해 온 셈이다.

고히라 관방 장관에게 인정을 받게 된 계기는 당시 총리 대신급이라고 일컬어지던 대법원장이 인사 발령이었다. 일찍부터 판사, 혹은 전 검찰총장 중에서 나온다는 설과 학식과 경험이 많은 민간인 중에서 발탁된다는 설로 나뉘며 좀처럼 예측하기 힘들었는데, 유미나리가 집념을 가지고 아침부터 달려가서 "요점은 안입니까, 밖입니까?" 하고 선문답식으로 물었다. 그러자 그때까지 돌부처처럼 꿈쩍도 않던 고히라가 한순간 가는 눈을 깜박이더니 "굳이 안이어야 하나……" 하고 불쑥 중얼거렸다. 그 한마디에 유미나리는 딱 감이 잡혔다. 신문사로 돌아가자마자 '대법원장에 민간인으로서 처음으로 요코다 기자부로橫田喜三郎 씨 내정'이라는 기사를 썼다. 그리하여 유미나리는 도쿄대학 명예교수이자 국제법의 일인자인 요코다 씨가 대법원장에 내정되었다는 특종으로 조간신문 상단을 장식하였다. 다른 신문들은 이튿날 조간 때에야 간신히 '대법원장으로 요코다 씨를 추천'이라는 기사로 뒤쫓아 왔다.

그때 이후로 고히라는 은근히 유미나리에게 마음을 써 주었고, 관방 장관에 이어 외무 대신이 되었을 때부터는 '아바이'라고 부를 수 있을 정도로 가까운 사이가 되었다. 돌이켜 생각해 보면 관방 장관 시절에 고히라를 둘러싸고 있던 각 신문사 기자들 중에서 지금까지 살아남은 사람은 단 2명뿐이고 나머지는 다 떨어져 나가 버렸다.

유미나리는 술잔을 비우고 카운터에 올려놓았다. 오늘까지 용케 버텨 왔지……. 남들 앞에서는 잘난 척하는 유미나리였지만 언제나 열심히 노력하는 자세로 스스로 마음을 다잡으며 살아왔다.

"팀장님, 시간 다 되었는데요."

기요하라의 말에 정신을 차리고 시계를 보니 오후 10시 반이었다. 교정쇄가 거의 다 되어서 나올 무렵이다.

"아주머니, 늦게까지 앉아 있어서 미안해요. 생선 조림 아주 맛있게 잘 먹었어요."

후배들과 함께 본사로 돌아오자, 데스크의 히가키가 갓 인쇄된 교정쇄를 넘겨주었다.

"마침 왔군. 방금 나왔어."

교정쇄에는 커다란 활자가 춤을 추고 있었다.

　　즉시 반환 요구 31곳
　　가까운 장래 18곳
　　대부분이 장기 사용

교정쇄를 수정하면서 유미나리는 이 기사가 기지 반환을 요구하는 여론에 힘이 되어 막바지에 다다른 일미 교섭에 모종의 영향을 줄 수 있었으면 하고 기대했다.

세타가야구世田谷區 소시가야祖師谷에 있는 집으로 택시를

타고 귀가한 것은 별빛 하나 없이 캄캄한 새벽 2시였다. 대문 초인종을 누르자 아내 유리코由里子가 나와서 맞아 주었다. 아무리 늦어도 아내는 남편이 돌아올 때까지 자지 않고 기다린다.

"이 시간까지 힘들었겠어요. 오늘 좋은 일이 있었나 봐요?"

신문기자의 아내답게 지칠 대로 지쳤어도 기분이 좋은 남편의 분위기를 눈치 챘는지 뒤에서 양복을 벗겨 주면서 물었다.

"큰 거 한 방 날리고 왔어. 내일 신문을 보면 알 거야."

유미나리는 부엌으로 가서 식탁에 앉았다. 아무리 밖에서 먹고 마시고 왔어도 집에 오면 반드시 오차즈케(뜨거운 녹차에 마른 반찬과 밥을 말아 먹는 음식－역주)를 먹는 것이 오랜 습관이다. 유미나리는 자신이 좋아하는 된장에 절인 오이를 서걱서걱 큰 소리로 씹으며 오차즈케를 입에 털어 넣었다.

"오늘 기타큐슈의 아버님께서 전화하셨어요. 여전히 정정하신 목소리였는데, 이번에는 오렌지를 다섯 상자나 보내셨다고 하더라고요."

살결이 희고 이목구비가 뚜렷한 유리코는 좀 색다른 시아버지에 대해 말하면서 재미있어 하는 표정을 감추지 않

40

고 웃었다. 유미나리는 입을 우물거리다 말고 귀찮다는 듯이 말했다.

"아이참, 또 이 사람 저 사람한테 힘들게 나눠 줘야 되잖아. 그냥 생활비만 보내 주면 좀 좋아?"

유미나리의 집은 규슈 일대에서도 손꼽히는 청과물 회사를 운영하고 있다. 전쟁 전에 아버지는 일본에서 처음으로 대만 바나나를 조직적으로 수입하여 갑자기 부자가 된 '바나나왕'이었다. 유미나리 료타가 외아들인데도 가업을 잇지 않고 신문기자가 되겠다고 했을 때, 아버지는 놀라거나 낙담하지 않고 "허허허, 거 참 명예로운 일이로구나" 하고 기뻐하며 친척이나 거래처에 자랑하고 다녔던 기인이다.

"그래도 아버님께서 다달이 보내 주시는 생활비 덕분에 집안을 꾸려 나가는 건데 그런 식으로 말하면 어떡해요?"

유미나리는 자신이 받는 월급의 대부분을 취재비라며 술값으로 날려 버린다.

"알았어, 알았어. 아버지는 다달이 돈 보내 주시는 걸 낙으로 삼는 분이니까, 나는 이게 효도하는 거라고."

"세상에, 말도 안 돼……. 그건 좀 너무한 것 아니에요?"

유리고가 눈을 흘기자 "우리 집은 당신네 그 고상한 집안하고는 다르단 말이야" 하고 말하면서도 유미나리는 기타큐슈 출신의 촌놈인 자신이 쇼난湘南 일대 재력가의 따님을 아내로 맞아들였다는 사실에 뿌듯함을 느꼈다.

수저를 내려놓고 유미나리는 크게 한숨을 내쉬며 자리에서 일어섰다.

"요즘 들어 밤낮없이 여기저기 쫓아다니느라 정신이 없어서 아이들하고 약속했던 야구장에도 가지 못했네. 씻기 전에 얼굴이라도 한번 봐야지."

"벌써 새벽 2시 반인데 내일도 출근하려면 그냥 주무세요."

유리코는 피곤해 보이는 남편을 걱정하며 말리려고 했지만, 유미나리는 미닫이문을 열고 아이들 방으로 들어갔다.

남향의 방에서 초등학교 3학년과 올해 초등학교에 갓 입학한 두 아들이 나란히 이불을 덮고 새근새근 잠들어 있었다. 큰아들 요이치洋一는 아빠를 닮아서 눈썹이 짙고 일자로 꾹 다문 입술을 갖고 있다. 둘째 준지純二는 엄마를 닮아 살이 뽀얗고 속눈썹도 길다. 곤히 잠든 두 아이의 머리맡에는 유미나리가 사다 준 울트라맨 인형과 그림책, 학교에 입고 갈 교복과 책가방이 가지런히 놓여 있다. 유미나리는 자신도 모르게 입을 벌리고 웃으며 스탠드의 불빛이 희미하게 비추고 있는 아이들의 잠든 얼굴을 정신없이 쳐다보았다.

"요이치, 준지. 튼튼하게 잘 자라거라. 너희들은 이 좁은 일본 땅이 아니더라도 세계 어느 나라든 가고 싶은 곳에 아빠가 얼마든지 유학 보내 줄 테니까."

곧 뺨이라도 부빌 것 같은 자세였다. 아무리 바쁘고 일에 쫓기느라 피곤에 절어 있어도 아이들의 얼굴을 보면 하루의 피곤이 싹 가시면서 행복한 마음으로 가득 차게 된다.

가볍게 목욕을 한 다음 침대에 눕자 유미나리는 곧바로 깊은 잠에 빠져 들었다.

얼마나 시간이 지났을까? 갑자기 잠에서 깨어난 유미나리가 몸을 벌떡 일으켰다.

"당신, 왜 그래요?"

옆에서 자고 있던 아내가 걱정스러운 표정으로 물었다.

"아니, 아무것도 아냐."

잠옷 소매로 이마에 난 진땀을 닦으며 꿇어앉은 자세로 침대 위에서 몸을 부르르 떨었다. 신문기자로서 자신에게 주어진 사명의 무게를 생각할 때, 유미나리는 가끔씩 이렇게 한밤중에 잠에서 깨어나 숙연한 마음이 들곤 한다. 그런 유미나리 료타에게서는 평소의 오만불손한 모습이라고는 별끝만지도 찾이 볼 수가 없다.

발그레하던 동녘 하늘이 희미한 푸른색을 띠며 세상을 밝히기 시작한 새벽에, 마이아사 신문사의 깃발을 단 차가 유미나리 료타의 집 앞에 멈춰 섰다. 이 짙은 감색 폰티악은 유미나리의 취재용 차량이다.

아침에 잘 일어나지 못하는 유미나리는 아내 유리코의 재촉을 들으면서, 푸르스름한 면도 자국이 남아 있는 얼굴에 로션을 대충 바른 다음 와이셔츠 옷깃에 넥타이를 걸고는, 경쟁사 조간을 움켜쥐고 현관을 나섰다. 양복 윗도리를 들고 그 뒤를 따라 나온 유리코가 운전사에게 정중하게 인사했다.

"아침부터 수고가 많으십니다."

"아뇨, 저야 뭐……. 사모님이야말로 새벽부터 밤늦게까지 고생이 많으시네요."

운전사가 인사를 건네는 사이 차에 올라탄 유미나리가 성급하게 문을 탁 닫았다.

차가 움직이기 시작하자 불어오는 맞바람에 신문사 깃발이 힘차게 펄럭였다.

"코마고메駒込에 7시까지 갈 수 있겠나?"

넥타이를 매면서 유미나리가 물었다.

"고히라 마사요시 댁에 가는 유미나리 씨를 지각하게 만들 수는 없잖아요."

우리 신문사에서 제일 잘나가는 기자를 늦게 해서는 안 된다는 사명감으로 운전사가 대답했다.

경쟁사 조간신문에는 이렇다 하게 눈에 띄는 기사가 보이지 않았다. 안도의 한숨을 쉰 유미나리는 눈을 감았다. 10여 분이라도 잘 수 있을 때 자 두는 것이다. 이런 요령을 익히지 않으면 밤낮없이 뛰어야 하는 일에 몸이 견뎌 내지 못한다.

유미나리가 탄 차는 7시 전에 코마고메에 있는 고히라의 저택에 도착했다. 고히라는 6년에 이르는 사하시 정권의 초반에 정책조정회장과 통산 대신을 역임했지만, 정책상 사하시 총리와 대립하다가 경질되어 지금은 아무런 직위도 없이 내각에서 제외되어 있다. 그럼에도 불구하고 유미나리가 부지런히 이곳을 찾는 이유는, 고히라가 이케우치 총리 사망 이후에 보수 중심 그룹인 '고치카이弘池會'의 회장으로서 '사하시 이후' 정권을 노리는 가장 유력한 정치가 중 한 사람이기 때문이다.

고히라 저택의 현관은 옛날 무사들의 저택처럼 널찍해서 "이리 오너라!" 하고 안에 있는 사람을 불러내 안내를 받아야 할 정도로 크지만, 이런 아침 시간대에는 고히라를 남낭하는 '안녕하세요 군단'이 현관 안팎에서 서성대고 있게 마련이다. 현관 옆에 있는 작은 대기실조차도 들어가지 못하는 신참 기자들은 고히라가 집을 나서서 차에 올라탈 때까지의 잠깐 사이에 "안녕하세요!"라는 인사 말고는 아무것도 못한다고 해서 '안녕하세요 군단'이라는 별명이 붙은 것이다.

유미나리는 그런 신참들 따위는 눈에 보이지도 않는 사람처럼 오만한 발걸음으로 마치 자기 집 드나들 듯이 태연하게 안쪽 식당으로 들어갔다. 커다란 타원형의 식탁 상석에는 정원에 놓인 큰 바위 같은 고히라가 평상복 차림으로 앉아 있었다. 그 양옆으로 젊은 부하 중에서 으뜸으로 손꼽히는 타가와 시치스케田川七助를 비롯하여 4, 5년차 의원들과 비서 등이 차례대로 자리에 앉아 아침을 먹고 있었다. 일본식으로 지은 이 저택에는 다다미가 깔린 방이 많지만, 식당만큼은 서양식으로 되어 있고 차려진 아침 식사도 양식이었다.

유미나리가 인사하자 "어어, 그래" 하고 고히라가 토스트를 우물거리면서 인사를 받았고, 타가와 시치스케 등도 기운찬 목소리로 유미나리에게 인사를 했다. 각 신문사에서 파견한 고히라 담당 기자들 중에서도 유미나리는 보스인 고히라가 가장 신뢰하고 가까이하는 기자이기 때문이다.

빈자리에 앉자 오래전부터 이 저택에서 일하는 가정부

가 컵에 토마토 주스를 따라 주었다. 이 가정부는 유미나리의 아침 식사 취향에 대해서 달걀을 어느 정도 익혀야 하는지까지도 알고 있다.

"어머, 유미나리 씨. 지난번에 주신 탐스러운 오렌지, 정말 고마웠어요."

화려한 원피스 차림의 고히라 부인이 며칠 전에 가지고 왔던 과일에 대한 인사를 건넸다.

"기타큐슈에 있는 아버지께서 이번에도 워낙 많이 보내셔서요."

"언제였던가, 혼자서는 들지도 못할 정도로 큰 바나나 송이를 보내 주셨던 적도 있었죠? 유미나리 씨 아버님은 참 통이 크신 분인가 봐요."

더 이상 이런 이야기는 그만했으면 싶었지만 고히라 부인은 계속 떠들어 댔다. 고베神戶에 있는 증권회사 사장이 끔찍하게 아끼는 딸이어서 거칠 것 없이 자라난 부인은 정치가의 아내로서 내조를 해야 한다는 생각은 꿈에도 하지 않는 성격이다.

유미나리가 좋아하는 스크램블 에그를 가정부가 들고 들어왔는데도 부인은 손 하나 까딱할 생각도 안 하고, 카네이션이 꽂힌 꽃병에 물을 주더니 인사도 없이 나가 버렸다.

"그런데 유미 씨, 오늘은 웬일이에요?"

타가와 시치스케가 몸을 앞으로 내밀면서 물었다.

"그냥 오랜만에 한번 들러 본 거죠, 뭐. 그나저나 아오야
마靑山의 맨션에는 몇 명이나 끌어들였어요?"

사하시 정권 이후를 노리고 있는 타가와를 비롯한 부하
들은 자신들의 보스인 고히라를 총리 자리에 앉히기 위해,
여기저기 파벌에 속해 있는 3년차 이하의 젊은 의원들을
하나씩 포섭해서, 아오야마에 있는 타가와 시치스케 사무
소 명의의 맨션으로 끌어들여 정책연구회라는 이름으로
세력 확대를 꾀하고 있다.

타가와는 비엔나소시지를 포크로 찍으면서 말했다.

"생각만큼 진척이 잘 되지는 않지만 현재까지 확실한 사
람은 9명쯤 될 겁니다."

"그 정도면 훌륭하죠. 시치스케 씨는 인맥이 워낙 넓어서
이대로 나가면 조만간 맨션 하나를 더 빌려야 되겠네요."

토스트에 버터를 바르면서 가볍게 응대해 주고는 한 입
베어 물었다. 타가와 시치스케는 신문기자 출신이다.

소위 안목이 있기로 정평이 나 있는 정치부 기자들은 세
가지 유형으로 나뉜다. 하나는 담당 기자 시절에 일궈 놓은
인맥으로 정계를 헤엄쳐 다니는 기술을 익혀서 정치가로
변신한 타가와 시치스케 같은 유형이다. 두 번째는 신문기
자라는 간판은 그대로 두고 유력한 거물 정치가의 숨겨진

오른팔이 되어 뒤에서 정계를 좌지우지하는 요미니치 신문의 야마베 카즈오 같은 유형이다. 그리고 마지막으로는 야마베처럼 정계에 깊숙이 파고들어 가기는 하되 정치를 하지는 않고 중요한 정보만 빼내 오는 기자, 그래서 여론을 이끌어 가는 톱기사를 계속 터뜨려서 정치가 쪽이 먼저 필요성을 느끼게 하는 기자다. 그게 바로 나 같은 사람이라고 유미나리는 자부하고 있다.

"아버님, 전화가 왔는데요……."

의원이 되기 위해 고히라의 비서로 일하고 있는 사위가 작은 목소리로 알렸다.

"음……."

고히라는 짧게 소리를 내더니 느릿느릿 일어섰다. 대외적으로 번호가 공개되어 있지 않은 서재 쪽 전화라는 사실을 금방 알 수 있었다. 유미나리는 블랙커피를 훌쩍 마시고 은근슬쩍 뒤를 따랐다. 신문기자로서 거기까지 들어갈 수 있는 사람은 유미나리 말고는 한두 명밖에 없다.

고히라는 입버릇인 '아아, 에에'를 연발하면서 주로 듣고만 있었는데, 맞장구를 치는 표정이 부드러운 것으로 봐서 친밀한 사람과 통화하는 모양이었다. 유미나리는 그 사이에 전화를 하는 고히라와 거리를 두듯이 책장 쪽으로 다가갔다. 마침 눈높이와 비슷한 책장 선반에 늠름하면서도 단정하게 생긴 청년의 얼굴 사진이 짙은 녹색 가죽으로 된 액자에 꽂혀 있었다. 10년 전, 20대의 젊은 나이에 병으로 세상을 떠난 고히라의 큰아들 사진이다. 이 사진의 큰아들에 대해 유미나리가 처음으로 언급했을 때 고히라는 "그 아이는 세상 무엇과도 바꿀 수 없는, 내 목숨과도 같은 존재였네"라며 슬픔에 못 이겨 이를 앙다물었다. 고히라의 그 목소리가 사진을 볼 때마다 귓가에 들려오는 듯했다.

전화 통화가 끝나자 심부름하는 서생이 옷 갈아입는 것을 도우려고 들어왔다. 고히라는 평상복으로 입는 일본식 옷을 벗고 와이셔츠에 팔을 집어넣으면서 불쑥 말했다.

"자네가 말하던 에에, 그 '가쿠후쿠角福 전쟁'이 시작된 모양이야."

유미나리가 아침부터 달려온 까닭도 바로 그것 때문이다. 얼마 전 사하시 총리가 경제인들과 정기적으로 갖는 회식 자리에서, 오키나와의 본토 복귀만 이루어지면 총리 자리에 연연하지 않겠다고 했던 한마디가 순식간에 정치계에 퍼지면서, 차기 총재 선거를 위한 움직임이 벌써부터 수면 아래에서 시작된 것이다.

"그래서 메구로目黑에서는 뭐라고 합니까?"

방금 그 전화가 메구로의 다부치 가쿠조한테서 걸려 온 것임을 알고 있다는 듯이 물었다.

"출마하는 각 파의 표를 '자기 감퓨터(직감+컴퓨터)'로 계산한 결과를 알려 주었는데, 뭐, 아아, 우리 쪽하고 연합할 수 있나 타진해 보는 거지."

"가쿠조 씨다운 발 빠른 대응이기는 하지만 고치카이를 그렇게 가볍게 생각하면 곤란하지요."

유미나리가 딱 잘라 말했다. 당내 최대 파벌인 사하시 파에서 다부치 가쿠조는 전체 의원의 3분의 2를 수중에 넣어 실질적으로 사하시와의 '공동 경영자' 자리에까지 올라와 있는 상태다. 사하시 총리도 본심은 자신과 같은 관료 출신인 후쿠데 다케오福出武夫에게 자리를 물려주고 뒤에서 영향력을 유지하고 싶겠지만 '공동 경영자'가 버티고 있는데 그런 내색을 할 수는 없는 일이다.

하지만 다부치의 세력이 아무리 강하다고 해도 자신의 파벌만으로는 차기 총재 선거에서 이기지 못한다. 작은 파벌인 니키 다케오二木丈雄까지도 출마하려는 움직임을 보이고 있어 '니가쿠쇼후쿠二角小福'로 불리는 4명이 겨루게 된다면, 자유당 총재 선거에서 중의원과 참의원을 다 합쳐서 나올 476표의 과반수를 한 파벌이 제압하는 일은 불가능하다. 따라서 상위 2명이 될 다부치와 후쿠데는 3위 이하가 될 고히라나 니키, 누군가하고 손을 잡아 결선 투표에 임하게 된다. 최종적으로는 다부치 가쿠조와 후쿠데 다케오의

'가쿠후쿠 전쟁'이 되는 셈인데, 그 전초전으로 고히라가 몇 표를 얻을 수 있느냐가 그 후에 고히라의 정치 생명을 결정하는 열쇠가 된다.

"한 100표쯤 따야겠네요."

유미나리가 찔러보았다. 평소에 서재에서 둘만 있을 때는 입이 약간 가벼워지곤 하던 고히라가 오늘은 시종 말이 없는 것을 보니 중요한 정치적 판단을 마음속에 품고 있는 모양이라고 유미나리는 짐작했다. 오랫동안 친분이 있다 보니 그 정도 느낌은 말을 하지 않아도 충분히 전달된다.

"100표 정도만 따면 고치카이는 '아바이'를 중심으로 구심력이 강해질 것이고, 외부에도 지금 이상의 존재감을 보여 줄 수 있잖아요."

치켜세우며 말하자 고히라는 가는 눈에 슬며시 웃음기를 띠었다. 당내 제2파벌이면서도 사하시 정권하에서는 반反주류파로서 찬밥 신세가 될 수밖에 없었던 고치카이 내부에서는 젊은 세대를 중심으로 불만이 쌓여 있는 상태였고, 타가와 시치스케 등을 비롯한 중심 세력들은 이번에야말로 뭔가를 보여 줘야 한다며 고히라에게 거는 기대가 크다.

"이제 슬슬 나가 보셔야 할 시간인데요……."

비서로 일하는 사위가 재촉했다.

"오늘은 저도 합승 좀 해야겠습니다."

찬찬히 알아내야 할 일이 아직 남아 있는 유미나리는 나가타초永田町까지 가는 고히라의 차를 얻어 타기로 했다.

"유미나리 씨가 타고 오신 차는 어떻게 할까요?"

"저희 회사 쪽으로 가시는 분이 있으면 누구든지 이용해도 좋아요."

유미나리는 그렇게 말하고 고히라를 따라 현관을 나섰다.

"안녕히 다녀오십시오."

타가와 시치스케를 비롯한 의원들이 넓은 현관 앞에 죽 늘어서서 배웅하는 가운데, 유미나리는 고히라와 함께 "음" 하고 고개를 끄덕이고는 '안녕하세요 군단'을 곁눈으로 보면서 검은 중형차에 올라탔다.

자유당 본부 앞에서 고히라의 차에서 내린 유미나리는 가스미가세키를 향해 걸어갔다. 거리가 약간 있지만 평소의 운동 부족을 보충하기 위해 이런 기회에 일부러라도 걸으려고 노력한다. 오피스 거리 한가운데 있는 작은 공원을 가로지르기 위해 입구 바로 앞에 있는 울타리를 휙하니 넘어가서 벤치 옆으로 나가자, 놀란 비둘기 떼가 일세히 푸득푸득 요란힌 날갯짓을 하며 높이 날아올랐다 그 방향을 우러러보았더니 봄날의 햇살에 순간적으로 눈이 먼 것처럼 앞이 캄캄해졌다. 요즘 들어 제대로 잠자는 시간이 적어서, 마흔이 넘은 몸으로서는 아무래도 힘이 많이 들었다.

5월 연휴 때도 쉬지 못했으니까 오늘은 일찌감치 집에 들어가 아이들하고 놀아 주고 싶다는 생각이 들면서도, 몸 속 깊숙이 쌓인 피로를 풀기 위해 뭔가 하고 싶다는 충동이 꿈틀거렸다. 어떻게 해야 할지 모르는 어중간한 상태로 공원에서 나가려는데 공중전화박스가 눈에 띄었다. 일단은 외무성의 기자 클럽으로 연락을 하니 기요하라가 전화를 받았다.

"특별한 일은?"

"아뇨, 지금까지는 별일 없는데요……."

"그럼 마츠시마 바버에 들렀다가 갈 테니까 급한 연락 있으면 그쪽으로 전화해."

전화를 끊은 다음 유미나리는 그곳에서 약간 떨어진 호텔 지하에 있는 이발소로 향했다.

가죽 소파가 놓여 있는 호화로운 대기실에는 다행히 아무도 없었다. 예약제로 손님을 받는 이발소였지만 단골손님이 예약 없이 오는 것에 대해서는 흔쾌히 응해 준다.

유미나리를 잘 아는 접수대의 여성이 윗도리를 받아 들

더니 칸막이 안쪽으로 안내했다. 안쪽 의자에 일본 은행 이사, 빈 의자 하나를 사이에 두고는 우익 거물이 있었다. 먼저 온 두 손님은 유미나리의 신분을 모른 채 기껏해야 마흔 안팎의 새파랗게 젊은 것이 어디 이런 데를 드나드나 하는 눈길을 거울 너머로 흘깃 보냈을 뿐이었다. 유미나리가 이 고급 이발소를 이용하는 것은 외무성 기자 클럽과 가깝다는 이유도 있지만, 가끔씩 여기서 기가 막힌 취재 대상을 만날 수 있기 때문이다.

"어서 오십시오. 오늘은 일찍 오셨네요."

유미나리를 담당하고 있는 나이 든 이발사가 반갑게 맞이하더니, 유미나리의 목에 타월을 두르고 발치까지 커버를 펼쳤다.

"요즘 영 피곤이 풀리지가 않네. 나중에 어깨 좀 만져 줘요."

의자 하나를 사이에 두고 앉아 있는 우익 거물이 신경 쓰여서 작은 소리로 부탁했다. 이발사는 모든 것을 다 알아들었다는 얼굴로 거울을 향해 고개를 끄덕였다.

유미나리의 머리카락은 뻣뻣하고 숱도 많다. 이발사는 브러시로 가볍게 머리를 마사지한 다음 샤워로 적시고는 빗과 가위를 리드미컬하게 움직이기 시작했다. 어느새 꾸벅꾸벅 졸려고 하는 참에 강한 향수 냄새와 함께 사람이 움직이는 기척이 났다. 우익 거물이 나가는 모양이었다. 유미나리는 눈을 가늘게 뜨고 올백을 한 그 모습을 쳐다보았지만, 곧 다시 잠기운에 끌려 졸아 버렸다.

……문득 온몸에 수초가 휘감기듯 말랑말랑한 것이 들러붙어 꽉 조여 오는 것 같은 쾌감을 느꼈다. 수초 너머에 있는 무언가를 손으로 끌어당기려고 하면 살짝 멀어졌다가 다시 휘감겨 온다. 있는 힘껏 꽉 잡으려 했더니 미끄러지듯이 떨어져서는 후후후 하며 촉촉한 목소리로 웃음을 흘렸다.

깜짝 놀라 눈을 떴더니 거울 속으로 낭패한 표정을 짓고 있는 자신의 얼굴이 보였다. 졸면서 꿈을 꾼 건가……?

"왜 그러세요?"

뜨거운 물수건을 펼치고 있던 이발사가 거울 너머로 미소를 지으며 물었다.

"아니, 아무것도 아닙니다."

멋쩍은 속내를 지워 없애려는 듯 눈을 감았더니 얼굴 위로 따뜻한 물수건이 덮여졌다. 그리고는 관자놀이, 귀밑 부분, 턱 아래쪽으로 정확한 지점에 적절한 힘이 가해졌다. 더할 나위 없이 시원하다.

확 벌어진 땀구멍 위로 비누 거품을 듬뿍 머금은 솔 끝이 움직이는 것을 느끼며 유미나리는 꿈속으로 다시 빨려 들어가듯이 졸기 시작했다.

상쾌한 기분으로 마츠시마 바버를 나서자 로비 층으로 오르는 발걸음도 가벼워졌다.

호텔에서 총리 관저의 담장 길을 따라 외무성에 다다른 유미나리는 기자 클럽으로 출근하기 전에 동쪽 현관에 있는 엘리베이터를 타고 직접 북北청사 7층에 있는 미국 담당국으로 올라갔다.

복도를 사이에 두고 안뜰을 바라보는 쪽에 앞에서부터 안보관, 북미 1과, 참사관, 국장의 방이 늘어서 있다.

외무성은 다른 부처에 비해 직원 수가 적기 때문에 '중소기업'이라고 불리기도 하는데 미국 담당국, 그중에서도 북미 1과는 미 국무부와의 외교 교섭과 정무에 관한 정보 수집을 주요 임무로 하는 부서인 만큼 엘리트 중의 엘리트가 배속되어 있다.

학벌, 집안, 인척 등 모든 면에서 남들보다 우월한 조건을 가지고 있고, 외무성에 들어올 때 미국 대학으로 연수를 나간 경력이 있으며, 그 후로도 주로 외무성과 미국, 캐나다의 대사관, 총영사관 사이를 오가며 몇 년씩 근무한 이들은 '아메리건 스쿨'이라고 불린다. 일본 외교의 기본은 일미일체日米一體이며, 자신들이 국가의 운명을 좌우한다는 강한 자부심을 갖고 있기 때문에 '아시아 그룹', '러시안 스쿨'과는 차원이 다르다고 생각한다. 게다가 신문기자에게도 냉담해서 일대일로 취재하기가 워낙 어렵기 때문에, 각 신문사 기자들이 '금붕어 똥'처럼 줄을 이뤄서 졸졸 따라다니는 광경도 심심치 않게 볼 수 있다.

하지만 유미나리는 신참 시절부터 기죽지 않고 외교 실무를 담당하는 과장이나 수석 사무관들에게 다가가서 취재하곤 했다. 특권 의식이 강하고 무슨 일이건 비밀주의가 강한 '철팬티(강철로 만든 팬티를 입고 있는 관료)'들의 입을 열게 하려면, 외무성에 영향력을 가지고 있는 고급 관료나 거물 정치가 쪽에 파고들어 그 세력을 등에 업는 방법이 최고다. 아무리 중요한 역할을 하는 관료라고 해도 권력자이자 사실상의 인사권을 가지고 있는 정치가들에게는 꼼짝 못한다는 사실을 유미나리는 고히라 마사요시가 외무 대신이었던 시절부터 간파하고 있었다.

북미 1과에는 네 종류의 시험을 통해 채용된 직원 24명이 두 줄로 늘어선 책상에서 사무를 본다. 과장이나 수석 사무관처럼 장차 국장 이상의 진급이 가능하고 대사가 되는 길도 열려 있는 출세팀은 외무공무원 채용 상급시험에 합격한 자들이다. 반면에 출세를 지향하기 힘든 사람들은 외무공무원 채용 중급시험 합격자, 혹은 어학연수직원 채용 시험에 합격한 전문직들이다. 그 이외에 일반국가공무원 채용 초급시험을 통해 선발된 직원이 회계나 문서 관리, 통신 사무 등을 담당하고 있다.

과장인 가와사키川崎는 와이셔츠에 조끼 차림으로 서류를 읽는 데 몰두하고 있는 듯 보였다. 수석 사무관 자리는 비어 있었다.

"과장님, 이번에 오키나와에 방문하신 일은 어떠셨습니까?"

인사를 건네자 가와사키는 안경을 벗으면서 길쭉한 얼굴을 슬쩍 이쪽으로 돌리며 대답했다.

"특별히 이렇다 할 만한 일은 없었지요."

가와사키는 오키나와 반환 교섭의 실무를 맡고 있는 인물로서 미 국무부에서부터 미국 대사관, 류큐 정부(琉球政府, 1952년부터 1972년까지 일본 오키나와 섬을 중심으로 존재한 통치 기구. 1972년에 오키나와가 일본으로 반환되면서 소멸했다—역주)에 이르기까지 모든 교섭에 관여하고 있다.

유미나리는 수석 사무관의 의자를 끌어당겨서 털썩 앉았다.

"하지만 '핵은 철수하고 본토 수준으로' 하겠다는 반환은 헛소리였다는 목소리가 날이 갈수록 커져 가고, 심각한 데모가 빈발해서 야라屋良 주석도 골치를 썩이고 있다고 하던데요."

"야당에 있는 분들은 모든 것을 싸잡아서 헛소리라고 한 마디로 비판하시지만, 오키나와 현지에서는 교직원 조합이나 미군 기지 노동자, 군용지 지주들까지 제각기 서로 다른 입장에 있는 사람들의 이해관계나 의견들이 미묘하게 얽혀 있는 상황입니다. 아무튼 그건 그렇고, 오늘은 어떤 용건으로 오셨는지?"

할아버지 대부터 외교관이었던 가문에서 자란 가와사키는 깍듯하지만 빈틈없는 자세로 물었다.

"본론만 말하자면 핵 철수 때문이지요. 독가스는 요란하게 떠벌리면서 반출되었지만, 핵에 대해서는 여전히 베일에 싸여 있는 상황이잖아요."

"그렇게 중요한 기밀까지는 제 수준에서 알 수가 없지요."

말꼬리를 감추며 날렵하게 도망쳤다.

"그럼 아직도 결론이 나지 않은 군용지 복원 보상비 지불 건은 어떻게 되는 겁니까? 반환 협정 조인이 얼마 남지 않았으니, 미국이든 일본이든 어느 쪽이 지불하는지는 결판이 났을 텐데요."

"결판이고 뭐고, 미군이 군용지로 쓰고 있던 땅은 원래대로 농지나 택지로 쓸 수 있도록 배려하는 것이 당연하니까 복원 보상비도 미국에서 내겠지요."

빈틈없이 대답하더니 회의 시간이 되었다는 이유를 대며 부드럽게 더 이상의 취재를 거부했다.

그날 저녁 차관 간담회는 특별한 화제 없이 끝나 버렸고, 유미나리는 평소처럼 안자이 심의관의 방을 찾아갔다. 심의관실 안으로 들어서면 바로 두 비서가 쓰는 책상이 서로 마주 보고 있고, 복도에 가까운 벽 쪽으로 손님들이 기다릴 때 앉는 의자가 놓여 있다.

체크무늬 정장을 깔끔하게 차려입은 여비서 미키 아키코三木昭子는 짧게 커트한 앞머리를 휙 넘기며 손목시계를 보았다.

"지금 심의관님은 이란 대사관에 가셔서 자리에 안 계십니다. 하지만 곧 오실 테니까 조금만 기다리시면 돼요."

"차 한 잔 드시면서 기다리면 곧 오실 겁니다."

오십대 중반에 머리가 반백인 남자 비서 야마모토 이사무山本勇가 의자를 권했다. 차관에 이어 외무성의 이인자인 안자이 심의관실에 예약도 없이 자유롭게 드나들 수 있는 신문기자는 유미나리밖에 없다.

"두 분한테 언제나 신세만 지게 되네요. 언제 저녁이라도 한 끼 대접한다고 해 놓고 자꾸 미루기만 해서 정말 죄송합니다."

유미나리가 상냥하게 말했다. 미키 아키코는 주로 전화 응대나 서류 정리, 타이핑을 담당하고, 야마모토는 외무성과 국회, 의원 비서 등에 대한 연락과 일정 등을 담당하고 있다. 두 사람은 시험을 보고 들어온 직원이 아니라 외무성 연고자 채용으로 들어온 비서들이다. 어쨌든 상사로 모시고 있는 안자이 심의관이 마음을 열고 가까이하는 신문기자이기에 두 비서도 유미나리만큼은 불시에 들이닥쳐도 시간을 마련해 주곤 한다.

"유미나리 씨는 블랙을 좋아하시죠? 커피 드세요."

재빨리 커피를 내린 미키가 자신의 책상 가장자리에 컵을 내려놓았다. 보기 좋은 허리 곡선과 미니스커트 아래로 쭉 뻗은 다리가 눈에 띄었다. 도저히 서른여덟의 기혼녀로는 보이지 않는 젊음과 섹시함이 풍겼다.

그 커피를 반도 채 마시지 않았는데 안자이 심의관이 돌아왔다.

"안녕히 다녀오셨습니까?"

두 직원이 맞이하자 안자이 심의관은 고개를 끄덕이고는 그대로 자신의 방 안으로 들어갔다. 유미나리도 그 뒤를 따랐다.

커다란 집무용 책상과 책장 외에는 놓여 있는 것이 없는 살풍경한 방에서 유일하게 눈에 띄는 장식품이라고는 금

색 액자 속에 있는 터너(Joseph Mallord William Turner, 1775~
1851. 영국 낭만주의 화가. 영국을 대표하는 국민적 화가이자 서양회화
사에서 최초로 본격적인 풍경화를 그린 화가—역주)의 풍경화뿐이
다. 재벌인 안자이 본가에서 가지고 온 개인 소지품인지 외
무성 소유의 물품인지는 분명치 않다.

"신임 공사가 주최한 칵테일 파티였나 보죠?"

유미나리가 짙은 색 양복 윗도리를 옷걸이에 걸고 있는
안자이의 뒤에 서서 물었다.

"그래. 팔레비 국왕의 조카라는데 속내를 드러내지 않아
어떤 사람인지 도통 알 수가 없더군."

안자이는 집무용 책상에 앉더니 서랍에서 포켓용 위스
키를 꺼내 한 입 마셨다. 안자이처럼 외국 요인들과 교제하
고, 재외공관에 파견되어 파티에 참석하는 일이 잦은 외무
성 관료들 중에는 직업병처럼 가벼운 알코올중독증에 걸
린 사람들이 적지 않다.

"심의관님, 전에 말씀드렸던 지불 청구 건 말입니다……,
그 군용지 복원 보상비 있잖아요. 그걸 미국이 내느냐 일본
정부가 내느냐에 대해 국민들이 아주 관심이 많거든요. 이
제 슬슬 수수께끼 좀 풀어 주시지요."

낮에 북미 1과장에게 던진 것과 같은 질문을 꺼냈다

"또 그 얘긴가? 자네도 참 끈질기네."

안자이는 쓴웃음을 지었다. 일전에 안자이 심의관은 유미나리와 이야기하다가 일시 귀국 중이던 오오바 주미 대사의 급한 호출을 받고 기지 목록을 유미나리에게 보여 주려는 듯이 책상 서랍에 어중간하게 쑤셔 넣은 채 자리를 비웠다. 그러나 그런 일에 대해서는 양쪽 모두 이심전심으로 입 밖에 내지 않는다.

"제 추측으로는 원래 미국 측이 당연히 내야 할 복원 보상비를 일본 정부가 대신해서 몰래 오키나와 지주들에게 보상하는 것으로 결정이 났을 것 같은데요?"

유미나리는 다음 취재를 위해 핵심을 찔러보았다.

"현재 협의 중이라고 해야겠지."

"하지만 심의관님이 전부터 그런 말씀을 하셨잖아요. 미국은 월남전에 돈을 다 쏟아 부었기 때문에 일본에 내줄 만한 자금은 한 푼도 없다고 말입니다. 게다가 미국 의회에서도 오키나와를 일본에 돌려주는데 돈까지 내줄 이유가 없다는 의견이 많다고도 하셨죠. 그렇게 본다면 미국이 지불할 리가 없을 것 같은데요."

"외교 교섭이라는 건 막판에 뒤집어지는 일도 있는 법이야. 평소 자네답지 않게 왜 그렇게 흥분해서 달려드는 건가?"

"조약국장이 미국 공사하고 자주 만나고 있는 것 같던

데, 오키나와 반환 협정의 최대 걸림돌이 이 보상 문제 아
닙니까?”

“노코멘트일세. 자네는 신중하기로 유명한 조약국장의
움직임까지 훤하게 꿰뚫고 있는 건가?”

포켓용 위스키의 뚜껑을 닫으며 새삼스레 날카로운 눈
길로 유미나리를 쳐다보았다.

“이 외무성 안을 부지런히 돌다 보면 제 육감에 딱 걸리
는 게 있거든요. 그건 그렇고 이제까지는 허용 범위 안에서
라면 허물없이 말씀해 주시던 심의관님이 이번 청구권 문
제에 대해서만큼은 이상할 정도로 입을 다무시네요.”

유미나리는 문제의 뿌리가 얼마나 깊은지 새삼 느끼며
안자이가 입에 문 담배에 불을 붙여 주고 자신도 한 대 피
웠다.

안자이와 알고 지낸 지도 7년이 지났다. 처음 말을 주고
받은 것은 안자이가 워싱턴의 주미 대사관에 있다가 외무
대신 관방 총무 참사관으로 부임한 지 얼마 안 되어 신문기
자들을 만나는 자리에서였다. 가스미가세키 클럽에서도
홍보과장이 특별히 추천한 기자들만 대여섯 명을 초대했
는데, 마이아사 신문에서는 당시 팀장이던 츠키사가 아니
라 유미나리가 지명되었다. 외무 대신 관방 총무 참사관은

차관과 직결되는 중추적인 직위인데, 그 자리에 오른 안자이는 일본 신문기자들과 친분이 없었기 때문에 앞으로 믿고 가까이 지낼 만한 기자를 가늠하기 위해 특별히 자리를 마련했던 것이다. 유미나리도 안자이가 그 후부터 자신에게만 친근하게 대하는 것을 보고서야 그 사실을 깨닫게 되었다.

몇 차례 술자리를 같이 하면서 안자이는 유미나리가 고히라를 맡고 있는 유력한 기자이며 정국 사정에 밝다는 것을 알게 되면서 더욱 중시하게 되었고, 유미나리도 국내에서는 좀처럼 알기 힘든 국제 정보를 안자이에게 들을 수 있어 많은 도움이 되었다. 고향이 가깝다는 점도 있어서 나이 차이가 10년 이상이지만 술이 들어가면 서로 사투리로 이야기하는 친밀한 관계가 되었다. 게다가 장래에 총리는 고히라 마사요시가 되어야 한다는 뜻도 이심전심으로 통하는 사이다.

그러던 어느 날, 유미나리가 신문사로 출근하기 전에 안자이의 방에 들렀더니 "특종 하나 줄까?"라는 말을 느닷없이 꺼냈다. 반년 동안 친하게 지내면서 한 번도 그렇게 직접적인 말을 들어 본 적이 없던 유미나리는 순간적으로 자신의 귀를 의심했다.

"주시기만 한다면야 뭐든 감사하죠."

"모레 아침에 미국 원자력 잠수함이 일본에 처음 기항하네."

유미나리는 너무도 놀란 나머지 몸이 부르르 떨렸다. 주일 미국 대사가 원자력 잠수함의 기항을 일본 정부에 공식적으로 요청한 지 1년 반이 지나도록 성사되지 못한 이유는, 논의가 분분하고 저지 투쟁과 시위운동이 여러 곳에서 일어나고 있었기 때문이다. 하지만 일본 정부가 기항을 수락한 이상 원자력 잠수함은 언젠가 반드시 기항하게 되어 있었다. 그런데 그게 언제, 어느 미군 기지로 들어오느냐는 외교 방위 담당 신문기자들에게 초미의 관심사였다. 미국 측의 사전 통지는 기항 48시간 전, 공식 발표는 기항 24시간 전이라고 일미 간에 합의가 되어 있었기 때문에 이튿날 조간에 내놓으면 공식 발표 전에 터뜨리는 큰 특종이 된다. 유미나리로서도 이 정도의 최고급 군사 기밀을 특종으로 내놓을 기회는 다시없다. 유미나리는 다급하게 물었다.

"함명과 기항처는요?"

"설마 일본 한가운데까지 들어오지는 않겠지."

답변을 흐리면서 나머지 사항은 알아서 취재하라는 식이었다.

유미나리는 곧바로 기자 클럽으로 돌아가 츠카사 팀장

에게 보고하는 한편, 방위청 본부의 참사관에게 전화를 걸어 찔러보았다. 그 전해에 유미나리가 미군 초대로 괌에 정박 중이던 원자력 잠수함에 시승할 기회를 얻었을 때 가까이 알게 된 사람인데 머리 회전이 보통이 아니다. 갑작스러운 전화에 금세 눈치를 챈 참사관은 "역시 유미나리 씨군요. 벌써 냄새를 맡았다니. 지금 사세보佐世保는 비밀리에 경계 태세에 들어갔어요" 하고 속삭였다. 입항지가 사세보 기지임을 확신한 유미나리는 "잠수함 이름이 아마……" 하고 말을 재촉했다.

"괌에서 유미나리 씨가 시승했던 잠수함이 소드피쉬(Swordfish, 황새치)였죠. 그럼 일본에 처음 오는 것은 '해마'쯤 되겠네요."

그는 조용히 전화를 끊었다. 그러고 보니 유미나리가 원자력 잠수함 시승 체험을 했을 때, 함장은 일본 기자들에게 원자력 잠수함의 안전성을 강조한 다음 급잠항과 급상승 체험을 시키고는, 유미나리를 비롯한 기자들이 새파랗게 질린 얼굴로 근처에 있는 기기들에 매달려 있는 모습을 보고 웃었다.

그때 시승에 앞서 미군이 소유한 원자력 잠수함 일람표를 받은 기억이 되살아나 회사 서랍을 뒤져 보았더니 누런 봉투 속에서 나왔다. '씨드래곤Sea Dragon'일 것이라는 점은 거의 확신할 수 있었지만 만에 하나라도 잘못이 있어서는 세기의 특종도 엉망진창이 되어 버리고 만다. 다른 신문사가 눈치 채지 못하도록 기사는 최종판 마감에 맞춰서 1면 톱기사로 준비되어 있었다. 절대로 잘못이 있어서는 안 된다는 생각에 위가 뒤틀릴 정도였고, 도저히 참을 수 없게 된 유미나리는 큰 결단을 내렸다. 덴엔초후田園調布에 있는 안자이의 집으로 전화를 건 것이다. 새벽 1시, 막 잠이 들었다가 전화 때문에 깬 안자이는 기분이 최악이었지만 유미나리는 아랑곳하지 않고 "씨드래곤, 내일 사세보에 기항하다, 로 내보내겠습니다!" 하고 목소리를 깔며 확인하자 "알았네!"라는 대답이 돌아왔다.

이튿날 아침 1면을 장식한 원자력 잠수함 첫 입항에 대한 기사는 최종판에 갑자기 끼어들었기 때문에 규슈 판에는 실리지 않았지만, 서부 본사가 호외를 찍어 사세보로 보냈을 정도로 쾌거를 거두었다.

다만 이만한 특종이었는데도 불구하고 기명 기사로 내보내지도 않았고, 편집국장 상도 받지 않았다. 유미나리의 기사라는 사실이 알려지면 안자이가 정보 제공자라는 의심을 받을 가능성이 있었다. 기자명은 물론이고 편집국장 상 신청도 삼갔던 이유는 오로지 취재원을 지켜 주기 위해서였다. 그랬기 때문에 안자이와의 관계는 지금까지도 변함없이 계속될 수 있었다.

"유미나리 씨, 청구권 문제는 정말로 아직 결정된 것이 아니니까 이야기가 마무리된 다음에 움직이도록 해."

안자이 심의관은 듣기에 따라서 충고처럼 들리는 말을 했다. 오키나와 반환 문제는 사하시 총리의 은퇴에 이르는 꽃길이니 그것을 망칠 수 있는 짓은 하지 말라는 뜻으로 하는 말인가?

"그건 그렇고, 심의관님이 좋아하실 만한 괜찮은 집을 알게 되었는데, 다음 주쯤 시간 좀 내주시지요."

유미나리는 담배를 비벼 끄고는 가볍게 목례를 하고 방에서 나왔다. 야마모토는 보이지 않았고 미키 아키코가 퇴근 준비를 하고 있었다. 시선이 마주치자 방금 립스틱을 다시 칠한 듯한 입술로 고혹적인 미소를 지었다. 순간적으로 유미나리가 어떻게 반응해야 할지 몰라 당황하고 있는데, 와이셔츠 차림을 한 관방 부서의 젊은 직원이 서류 봉투를 안고 들어왔다.

"심의관님께 내일 오전 중으로 결재를 받아서 차관실로 보내 주세요."

"알겠습니다. 이제 곧 모임에 나가실 시간이니까 오늘은 일단 여기서 보관했다가 내일 처리하도록 하겠습니다."

미키는 재빠르게 응대하고 봉투에서 서류 다발을 꺼내 노트에 수령한 문서 항목을 적기 시작했다. 그 문서들에는 거의 대부분 '비밀'이라는 도장이 찍혀 있었다.

"여전히 뭐든 비밀이라고 찍혀 있네요."

"그냥 비밀 정도면 그래도 양호한 편이에요. 여기 이것처럼 '극비', '부외 비밀'로 되어 있는 극비 문서가 하루에도 몇 건이나 심의관님 앞으로 오는지 모른답니다. 하기야 아주 드물기는 하지만 굳이 비밀로 할 것이 아닌데도 문서를 읽게 하려고 일부러 극비 도장을 찍는 분도 있다고 하더라고요."

미키는 문서 항목들을 꼼꼼히 써 나가면서 은근히 미소 지었다.

"그래요? 출세욕이 강한 관료가 잔머리를 쓰는 거네요. 이런 문서나 전문들을 타이프로 친 것은 본 적이 있지만 손으로 쓴 것은 처음 봅니다. 가로쓰기와 세로쓰기라는 차이는 있지만 얼핏 보기에는 꼭 기자들이 휘갈겨 쓴 기사 초고 같군요."

유미나리는 경계심을 일으키지 않도록 일부러 가벼운 어투로 말하면서 문서를 열심히 들여다보았다. 서둘러 써서 그런지 옆줄로 지우거나 위에 덧쓰기가 된 것도 있는데 상당히 악필이었다. 문서 위쪽에는 회람처로 장관 이하 정무차관, 사무차관, 2명의 심의관, 관방장, 국장, 담당 과장 등의 직위명이 죽 적혀 있었다. 관방장 이하는 이미 열람을 했다는 사인이 각각의 독특한 필체로 적혀 있었다. '한정 배포'라는 스탬프도 눈에 띄었다.

미키 아키코는 유미나리의 강렬한 시선을 눈치 채고는 손으로 살짝 가리면서 말했다.

"실례지만 유미나리 씨, 얼굴을 저쪽으로 좀 돌려 주세요. 심의관님도 아직 보시지 않은 최고 기밀급의 '부내 비밀' 문서라서요……."

"처음 보는 거라 신기해서 나도 모르게 그만……. 이거 정말 미안해요. 그럼, 이만 실례하겠습니다."

유미나리가 얼굴을 휙 돌리고는 상냥한 목소리로 사과하고 방에서 나가려 하자, 미키가 자리에서 일어났다.

"제가 혹시 실례의 말씀을 드렸다면 죄송합니다."

고개를 숙이며 말하는 그녀의 눈길은 여전히 고혹적이었다.

파란색 코롤라를 운전하고 있는 유미나리 유리코는 옆 자리에서 자고 있는 골프웨어 차림의 남편 얼굴을 걱정스러운 눈길로 바라보았다. 코가네이小金井 골프 클럽에서 열리는 고치카이 주최 친선경기에 참가하기 위해 오늘 아침에도 일찌감치 일어난 남편을 집합 장소인 다카이도高井戸 인터체인지까지 유리코가 태워다 주는 길이었다.

유리코는 오늘따라 남편이 더욱 안쓰럽게 여겨졌다. 가스미가세키 클럽의 팀장으로 일하면서도 자유당 각 파와의 친분을 유지하는 등 30대 때와 변함없이 일하느라 피로가 쌓일 대로 쌓였을 텐데도 직접 취재하지 않으면 성이 차지 않는 듯한, 남편의 성격이 아내로서 애처로웠기 때문이다.

이목구비가 뚜렷하고 하얀 살결이 돋보이는 얼굴에 가볍게 화장을 한 유리코는 남편보다 다섯 살 연하지만, 장밋빛 스웨터와 하얀 바지 차림이어서 그런지 나이보다 훨씬 젊어 보였다.

주택가 골목에서 우유 배달하는 소년의 자전거가 갑자기 튀어나왔을 때도 유리코는 노련한 운전 솜씨로 피하면서 다시금 머릿속으로 남편을 걱정하고 있었다.

아내의 입장에서는 40여 명이 일하는 정치부에서 지금처럼 남편 혼자만 죽어라 일하게 내버려 두지 않았으면 하는 심정이었다. 하지만 남편은 가스미가세키 클럽의 팀장을 지낸 뒤 여당인 자유당 담당 팀장, 그리고 총리 관저 팀장을 거친 다음 나중에는 정치부장과 편집국장 자리까지 올라길 야망을 가지고 있는 것 같았다. 세속적인 출세를 바라는 것뿐이라면 유리코도 나름대로 할 말이 있겠지만, 남편은 자신이 그 자리에 앉지 않으면 '내가 가진 센스로 멋 있는 지면'을 만들지 못할 것이라는 생각에 사로잡혀 있 다. 자신의 일에 대해 집에서 이야기하는 경우는 거의 없지 만 밤늦게 귀가해서 오차즈케를 먹을 때 가끔씩 본심을 내 보이곤 했다. 남편 말로 예전에는 3대 일간지 중에서 첫째 로 손꼽히던 마이아사 신문이 무능한 간부들 때문에 판매 부수가 점점 줄어들다가 이제는 교쿠니치 신문에도 뒤처 지게 됐다며 울분을 터뜨리곤 했다.

환상環狀 8호선 도로로 나가자 교통 체증이 시작되었다. 유리코는 발끝으로 가볍게 액셀을 밟으면서 차들의 흐름 속으로 살짝 끼어들었다.

"앞에 있는 저 '굼벵이' 같은 버스 좀 재껴 버려!"

잠들어 있다고 생각했던 남편이 갑자기 바로 앞에 서 있 는 사설 철도 회사 버스를 가리키며 외쳤다.

"그렇게 서두르지 않아도 시간은 충분해요. 그보다 샌드 위치 한 조각이라도 먹어 두세요. 빈속으로 정치가들하고 어떻게 골프를 치려고 그래요?"

먹기 좋게 자른 샌드위치를 권하자 유미나리는 귀찮다 는 듯이 냅킨을 펴서 한 조각을 입 속으로 밀어 넣었다.

다카이도 인터체인지에서 초후調布 방면으로 향하는 갓 길에 도착하자 검은색 승용차들이 죽 늘어서 있었다. 각 신문사의 기자들을 초청해서 여는 골프 친선경기이기 때문에 여기서부터는 고치카이가 마련한 차를 타고 가면 된다.

유미나리는 백미러를 보면서 세련된 옆줄 무늬의 골프 셔츠 옷깃을 고치고는 기세 좋게 차에서 내렸다. 큰 키에 단단한 몸집의 그는 골프 용품이 들어 있는 가방과 샤워 후에 갈아입을 옷이 들어 있는 작은 보스턴 가방을 어깨에 멨다.

"그럼 다녀올게."

유미나리의 얼굴에는 활기가 넘쳐 보였다.

"이이쿠라飯倉 공관의 다도회에는 갈 수 있겠어요?"

오후 3시에 외무성 외곽단체인 문화교류회가 각국의 주일 대사관, 총영사관, 대표부 관계자들을 초청하여 다도를 선보이는 모임을 갖는데, 어쩐 일인지 가스미가세키 클럽에서 일하는 유미나리도 부부 동반으로 초대받은 것이다.

"1시 넘어서는 가스미가세키에 돌아가 있겠지만 다도회 같은 데 나갈 생각은 없으니까 당신이 적당히 알아서 해 줘."

유미나리는 떠넘기듯이 말하고 나서 먼저 도착해 있는 동료 기자들 쪽으로 성큼성큼 걸어갔다.

집으로 돌아온 유리코는 초등학교 3학년과 1학년인 두

아이에게 급식비 봉투를 주며 책가방에 넣어 두라고 했다.

"아빠는 오늘도 일찍 일하러 나갔어?"

아빠를 닮아 고집이 센 큰아들 요이치가 불만스러운 표정으로 입을 삐죽 내밀었다.

"신문기자는 만날 바쁜 거야. 그렇지, 엄마?"

엄마를 닮은 둘째 준지가 뭘 아는 것처럼 그럴듯하게 말하면서 유리코를 올려다보았다.

"오늘은 엄마도 오후에 어디를 가야 하니까 학교 끝나면 곧바로 세이조成城의 이모 집에 가 있어. 알았지?"

근처에 동생 집이 있기 때문에 외출할 일이 있으면 서로 아이들을 맡아 주곤 한다.

"그럼 거기서 자도 돼?"

동생은 시어머니를 모시고 살지만 별채에 따로 계시기 때문에 아이들은 넓은 저택 안에서 사촌들과 마음껏 뛰어놀 수 있었다. 그래서 이모네 집에 가는 것을 좋아한다.

"그건 안 돼. 아빠가 오셨을 때 너희가 집에 없으면 얼마나 서운하시겠니?"

유리코는 아이들이 둘러멘 책가방을 떠밀다시피 배웅하고는, 사이좋게 걸어가는 뒷모습이 길모퉁이를 지나 시야에서 완전히 사라질 때까지 바라보면서 입가에 잔잔한 미소를 띠었다. 행복감이 밀물처럼 찾아들었다.

부엌을 다 치우고 나자 유리코는 그때서야 비로소 한숨을 돌렸다. 인스턴트커피를 마시면서 남편이 오늘은 두고 간 조간신문 두 가지를 대충 훑어보고는, 남편의 기명 기사와 미리 지시해 놓은 기사를 잘라서 스크랩북에 붙여 놓았다. 특별히 눈에 띄는 기사는 없었다.

신문에서 눈을 떼고 시선을 밖으로 돌리자 유리문 너머 화단에 피어오르는 장미꽃 봉오리가 보였다. 유리코는 샌들을 신고, 기와로 둘러놓은 2평 남짓 크기의 화단에 있는 꽃들을 바라보며 미소를 머금었다. 팬지, 쥬리아, 페튜니아 등 형형색색의 작은 꽃들이 귀엽게 피어 있고, 수국도 다음 달이면 피기 시작할 것이다.

유리코는 꽃을 가꾸는 취미를 즈시厨子에 있는 친정아버지에게서 이어받았다. 젊은 시절에 런던에서 은행원으로 오래 근무했던 아버지는 귀국한 후에, 할아버지가 정성으로 보살피던 일본 정원은 거들떠보지도 않고 햇살 좋은 남면에 커다란 화단과 온실을 만들어 화려한 서양 꽃 가꾸기에 몰두했다. 게다가 새로운 품종에도 관심이 많아서 영국의 종묘 회사가 발행하는 잡지까지 정기 구독할 정도였다. 컬러 사진들이 가득 실린 《SUTTON》이라는 잡지가 우편으로 배달되면, 유리코는 아버지가 다 읽으실 때까지 기다렸다가 동생과 앞 다투어 그 잡지를 보곤 했다. 전쟁이 끝난 지 얼마 되지 않아 물자 부족에 시달리는 여건에서도 그 잡지를 펼치면 말할 수 없이 좋은 종이 냄새가 풍겼다. 또 카틀레야와 장미 같은 화려한 꽃들과 가지나 아스파라가스 같은 야채 모종들의 귀여운 사진이 그들 자매를 매료시켰다.

그 뒤에 아버지가 종종 병석에 눕게 되면서 취미도 서양꽃에서 동양란을 가꾸는 것으로 바뀌었지만, '꽃' 하면 아버지, 그리고 매달 영국에서 배달되어 오던 잡지가 머릿속에 떠오르곤 한다.

그렇게 과묵한 신사였던 아버지가 유미나리 료타와의 결혼 이야기가 나왔을 때는 좀처럼 승낙하지 않고 "유리코에게 맞는 배필을 따로 찾고 있는 중"이라며 완곡하게 반대하셨다. 3남매 중에서 유리코를 특별히 더 아끼거나 사랑한 것이 아니었기 때문에, 장남의 결혼을 별 문제 없이 치렀던 어머니도 그런 아버지의 태도에 신기해하면서 "혹시 생각해 두신 사윗감이라도 있으세요?" 하고 몇 번이고 물었지만, 그럴 때마다 "유리코의 대학 교수님한테 부탁해 놓았소"라는 말만 되풀이하였다. 그리고 나중에 가서는 "아직 학교도 졸업하지 않았는데……"라는 한마디로 결혼 이야기를 들으려고도 하지 않았다.

유미나리 료타가 즈시에 있는 유리코의 집에 나타난 것은, 유리코가 대학 선배가 다니던 마이아사 신문사 사업국에 비너스 전시회 표를 받으러 갔다가 현관에서 우연히 유미나리와 마주치고 3주가 지난 일요일이었다. 마이아사 신문사에서 마주쳤을 때 선배는 유미나리에게 "자네 학교 후배야"라고 소개를 시켜 주었다. 어깨로 바람을 가르듯이 걸어오던 유미나리는 유리코를 보자 그 자리에서 딱딱하게 굳어 버리더니, 정중하게 인사를 하고는 그냥 지나쳤다. 그리고는 일주일 후, 대학의 학생 식당으로 유리코를 만나러 왔다. 당시 매스컴의 주목을 받고 있던 젊은 정치학 교수의 인터뷰 관계로 오랜만에 모교를 찾았다는 명목이었다. 유리코와 커피를 마시면서 학창 시절에 학생회장이었고, 학생 운동을 하느라고 충분히 공부하지 못해서 대학원에 진학했다는 등 유미나리는 40여 분 동안 자신의 이야기를 일방적으로 늘어놓다가 돌아갔다.

그로부터 2주가 지난 일요일, 유미나리가 느닷없이 즈시에 있는 유리코의 집으로 찾아왔다. 난데없는 방문에 유리코와 그녀의 어머니는 당황할 수밖에 없었다.

"요트부에 있는 친구가 오라고 해서 아부라츠보油壺의 요트장에 왔는데, 적성에 맞지 않아 그냥 기려다가 유리코 씨네가 이 근처라는 것이 생각나서 인사나 하려고 들렀습니다. 이 댁은 오래전부터 이 일대의 대지주시라면서요?
기차역 직원이 잘 안다면서 길까지 가르쳐 주더군요."

유미나리는 태연한 얼굴로 이야기하면서, 우연히 들렀
다는 점을 넌지시 강조했다.

그 이후로 특별한 일이 없는 한 일요일마다 들러 "배고
픈 총각이 맛있는 밥 얻어먹으러 왔습니다"라며 가족의 식
사 자리에 끼어들어서는 신문에 나오지 않는 정재계의 뒷
이야기 등으로 화제를 이끌어 가고는 했다. 그러면서도 유
미나리는 자신만만하고 야성적이며 남자다운 에너지를 한
껏 과시하여 가족들의 관심을 받게 되었다.

처음에는 우리 집 가풍하고 맞지 않겠다면서 고개를 갸
웃거리던 어머니도 어느덧 유리코에게 "너만 좋다면 졸업
한 다음에 결혼해도 괜찮다"고 말씀하였다. 아버지는 "재
능은 인정하지만 겸손함이 모자라다"며 마음에 들어 하지
않으셨지만, 심지가 굳은 유리코의 성격을 알고 있던 터라
"네가 알아서 결정하라"며 다른 상대에 대해서는 언급하
지 않으셨다.

사실, 유리코는 대학 졸업 후 얼마 동안이라도 취직해서
사회생활을 경험해 보고 싶었다. 그러나 대졸의 여자가 취
직할 수 있는 자리는 한정되어 있어서 즈시에서 출퇴근하
기는 어렵고 하숙을 할 수밖에 없었는데, 미혼의 몸으로 혼

자 하숙하는 것을 부모님은 절대로 허락하지 않았다.

유리코의 속내를 알아차리기라도 한 듯이 유미나리는 전보다 더 자주 집으로 찾아왔다. 그러던 어느 날 여느 때와 마찬가지로 가족의 식사 자리에 끼어들어서 함께 점심을 먹은 유미나리는 유리코에게 쇼난의 바닷가로 산책을 가자고 했다. 뻔뻔스럽기는 하지만 쑥스러움을 많이 타는 유미나리는 연애하는 남자가 흔히 그렇듯, 그럴싸한 말을 하지는 않았다. 그 대신에 언젠가 유리코의 얼굴을 뚫어지게 바라보면서 진지하게 말한 적이 있다.

"난 신문기자를 천직이라고 생각해. 당신이 내 곁에서 이 일을 끝까지 잘 해낼 수 있도록 해 줬으면 좋겠어."

유리코는 그 말에 신선한 충격을 받았다. 신사답기만 한 남자 친구들한테서는 찾아볼 수 없는 정열과 그 자신이 사는 방식에 대한 강렬한 의지와 자부심이 느껴졌기 때문이다. 유리코는 결국 유미나리의 충만한 에너지에 빨려 들어가듯 결혼을 하기로 마음을 굳혔다.

문득 시계를 보니 10시가 다 되어 가고 있었다. 유리코는 미용실에 예약 확인 전화를 건 다음 서둘러 청소를 시작했다. 부엌, 거실, 아이들 방까지 청소를 마친 다음 남편의 서재에 들어갔다. 남편은 언제나 바닥에 누워서 책을 읽는

버릇이 있기 때문에 작년에 이 집을 지을 때 서재를 일본식 다다미방으로 만들었다.

그나저나 남편이 어질러 놓은 것을 정리하려면 보통 힘든 게 아니다. 쓰다 만 노트와 스크랩북이 여기저기 펼쳐져 있고, 만년필이 뚜껑도 없이 굴러다니는 것은 예사였다.

책상 주위를 깔끔하게 정리한 다음 먼지떨이로 털고 있는데 어디선가 서류가 날아와서 방바닥에 떨어졌다. 주워서 보았더니 손 글씨로 작성한 문서의 복사본으로, '비밀'이라는 도장이 찍혀 있고 가로쓰기로 된 일본어에 영문이 섞여 있었다. 며칠 전에도 이런 종류의 복사본이 아무렇게나 책상 위에 놓여 있어서 파일에 끼워 두었기 때문에, 이 문서도 그 파일 뒤에 정리해 놓으며 아무 생각 없이 훑어보았다. 일미 외교 교섭에 대한 전신문 초고 같은데 타이핑이 된 문서라면 모를까, 이렇게 손으로 쓴 문서를 남편은 누구를 통해 입수하는 것일까? 신문기자라면 이런 문서를 입수하는 것이 별일이 아닐지도 모르지만 뭔가 마음에 걸리는 게 있어 언제 한번 물어봐야겠다고 생각했다.

무사시노武藏野의 자연의 모습을 그대로 간직하고 있는 코가네이 골프 클럽은 상수리나무, 녹나무와 같은 커다란 나무들 틈새로 단풍나무, 버드나무 같이 작은 나무들이 가지를 드리우고 있어, 도쿄 근교의 주택가가 바로 옆에 있다는 사실을 전혀 느끼지 못할 만큼 짙은 녹음에 둘러싸여 있다.

전쟁 전부터 있던 명문 골프 클럽답게 잔디는 물론이고 화단, 보도 구석구석까지 관리가 잘 되어 있다. 엄선된 개인 회원들만 느긋하게 플레이를 즐길 수 있는 골프장이지만, 오늘은 고치카이의 정치가들과 신문기자들의 친선경기를 위해 전체를 빌려 놓은 상태다.

클럽하우스와 코스에서는 개인 경호원들과 지역 경찰관들이 경호를 맡게 된다. 고치카이 쪽 사람 34명과 각 신문사 정치부 기자 30명, 도합 64명이 4인 1조가 되어 16개 팀으로 코스를 돌기 시작했다.

유미나리는 고치카이 간부로 자유당 총무회장을 맡고 있는 스즈모리 젠이치鈴森善市, 고히라파의 젊은 의원들을 이끄는 한편 고치카이의 대변인 역할을 하고 있는 타가와 시치스케, 토도東都 신문의 자유당 담당 팀장인 미나미南와 한 조가 되어 코스를 돌다가 13번 홀의 티그라운드까지 왔다. 각 홀마다 나무들로 구획이 지어진 임간林間 코스이기 때문에 16개 팀이나 되는 사람들이 돌고 있다는 떠들썩한 느낌은 거의 들지 않는다.

바로 앞 조에 요미니치 신문의 가스미가세키 클럽 팀장

인 야마베가 있어서 그 커다란 목소리가 바람을 타고 들려왔다. 그들이 제2타를 마치고 그린으로 향하기 위해 숲 너머로 사라져 버리자 타가와 시치스케가 기다렸다는 듯이 티그라운드에 공을 얹었다. 순조롭게 점수를 올리고 있어 기분이 한껏 좋은 타가와는 버버리 골프웨어를 갖춰 입었는데, 그 복장이 주요 일간지 정치부 기자 출신다운 분위기를 풍기고 있다. 옆에 있는 캐디에게 풍향을 몇 번이고 '취재' 한 다음, 페어웨이 가운데 오른쪽으로 많이 삐져나와 있는 상수리나무 옆을 노리며 골프채를 크게 휘둘렀다.

딱 하는 소리와 함께 하늘로 높이 솟은 공은 200야드 이상 날아가나 싶더니 때마침 불어온 강한 맞바람을 제대로 맞았는지 툭 하고 꺾여 떨어져 페어웨이에서 크게 바운드한 다음 왼편에 있는 러프로 들어가고 말았다.

"제대로 맞은 느낌이었는데, 이게 뭐야!"

타가와는 억울해서 어쩔 줄을 몰라 했다.

"아직 짬밥이 한참 모자라는군 그래."

관료 출신들이 많은 고치카이 간부들 중에서 보기 드물게 순수 정치가 출신인 스즈모리 젠이치가 눈가의 깊은 주름에 웃음을 담으며 말했다.

"저야 뭐 선생님처럼 소련을 상대로 참을 '인' 자를 쓰면서 어업 협정 교섭을 하는 재주 같은 건 꿈도 못 꾸는 햇병

아리니까요."

이와테현岩手縣 어업 연합 출신이라는 점 때문에, 난항을 겪고 있던 일본과 소련 간의 어업 교섭을 맡아서는 특유의 인내심과 성실함으로 교섭을 성공시켜 오늘날의 지위에 오르게 된 스즈모리 젠이치에게 타가와 시치스케는 가벼운 농담조로 말했다.

"아니, 이거 두 선생님께서 어째 이러시나? 여기는 품격을 따지는 명문 골프장인데……."

토도 신문의 미나미 기자가 웃으며 말하더니 스윙을 했다. 타가와와는 달리 단숨에 상수리나무 숲을 넘기려고 했는데 높은 가지에 부딪치는 바람에 공은 타가와의 공과 반대편 숲속으로 사라져 버렸다.

세 번째는 스즈모리였다. 인내와 성실이라는 두 단어가 그대로 플레이에 드러나는 스즈모리는 작은 체구로 짧은 거리를 꾸준히 치면서 나아가는 타입이어서 러프나 벙커에 빠지는 일은 거의 없다. 공은 150야드에서 멈췄다. 이 상태로 컵인을 시키려면 워낙 시간이 걸리기 때문에 '그린에 올리기만 해도 OK'로 간주되는 경우도 종종 있었다.

유미나리 차례가 되었다. 수면 부족과 공복 때문에 생각대로 플레이가 되지 않아 시작하자마자 더블보기를 하기도 했지만, 홀을 도는 사이에 본래의 컨디션을 되찾았다.

어쩌다 한번씩 초대를 받아 치는 골프로는 실력이 늘지 않겠다는 생각에 큰맘 먹고 월슨 골프 세트를 장만한 뒤, 히라즈카平塚의 골프장 회원권을 구입하여 나름대로 꾸준히 실력을 쌓아 왔다.

캐디가 들고 있는 골프백에서 유미나리는 3번 우드를 뽑아 들고 집중력을 높이기 위해 410야드 앞, 페어웨이가 살짝 옆으로 구부러진 모양으로 높게 만들어진 그린을 응시했다. 그린 위의 핀에 빨간 깃발이 펄럭이고 있어 서쪽에서 강한 바람이 불어오는 것을 알 수 있었다. 숨을 깊게 들이마시고 3번 우드를 휘두르자 한가운데 맞은 공은 땅 하고 기분 좋은 소리를 내며 상수리나무 숲 위를 아슬아슬하게 날아서 그린을 노릴 수 있는 좋은 위치에 떨어졌다.

"나이스 샷!"

세 사람이 이구동성으로 외쳤다.

"유미 씨는 실력은 몰라도 연장이 워낙 좋아서 말이야."

토도 신문의 미나미 기자가 놀리듯 말했다.

네 사람 모두 자신들의 공이 떨어진 지점을 향해 걸어갔다. 미나미만 혼자 페어웨이 반대편이었다. 갑자기 미적지근한 돌풍과 함께 빗방울이 툭툭 떨어지나 싶더니 소나기가 되었다. 캐디가 유미나리 일행에게 비닐우산을 내주었다.

"오랜만에 비가 오네."

스즈모리가 하늘을 올려다보며 말하자 타가와는 앞 팀이 비 때문에 지체되는가 싶어 고개를 내밀어 앞쪽을 보려 했다.

"잠깐 기다려 주세요. 앞 팀이 어떤지 보고 올게요."

캐디는 그렇게 말하더니 종종걸음으로 그린 쪽을 향했다. 그 사이에 세 사람은 커다란 상수리나무 아래서 비를 피했다.

"꼭 요즘 정국 같네요."

유미나리가 사하시 정권 이후를 향해 움직이기 시작한 정권 다툼의 전초전을 갑자기 비를 퍼붓는 날씨에다 비유했다.

"유미 씨는 다부치 가쿠조한테서 얼마짜리 독이 든 찐빵을 받으셨나?"

토도 신문의 미나미가 코스 반대편에 있는 것을 기회 삼아 스즈모리가 느닷없이 물었다. 일부 매스컴에서 '우직하다'고 평가한 이후로 아예 그런 이미지를 간판으로 삼아 버린 노련한 스즈모리다.

"글쎄요, 제가 원래 단 것을 싫어하는 편이라……."

"이거 쎄쎄하세 왜 이러나? 맨빌 차림으로 오가는 우리 사이에 말이야."

그 말대로 스즈모리와 지척에 사는 유미나리는 가끔씩 연락도 없이 들러서 정계 인사에 대해 물어보곤 한다.

옆에서 듣고 있던 타가와 시치스케가 끼어들었다.

"그 사람이야 이거다 싶은 사람한테는 막무가내로 먹이고 보는 인물이니까요. 참고로 가쿠조 프라이스가 얼마쯤 되는지 좀 가르쳐 주시죠."

그는 빗방울이 떨어지는 우산을 높이 들면서 키가 큰 유미나리를 올려다보았다.

"제가 단 것을 싫어하는 술꾼이라는 걸 다 알면서 왜 그래요?"

"그럼 위스키 박스 위에 얹어져 있었겠군."

"고히라 담당인 줄 세상이 다 아는데, 저 같은 사람한테 쓸데없는 낭비를 왜 한답니까?"

모르는 척 시치미를 뗐지만 사실은 일주일 전에 다부치 가쿠조가 동석했던 술자리를 마치고 돌아가려는데 누가 뒤에서 등을 툭 치기에 보았더니, 다부치가 "어이구, 이거 특종 잡는 보스 아니신가? 천하제일의 '에치고越後 모나카'인데 맛 좀 보구려" 하며 탁한 목소리로 말을 걸어왔다. 그게 무슨 뜻인지 곧바로 눈치 챌 수 있었던 유미나리는 손을 크게 휘저으며 사양했지만, 이튿날 아침 일찍 안면이 있는 개인 비서가 유미나리의 집까지 '에치고 모나카'를 들고 찾아왔다.

정치가는 신문에 어떻게 보도되느냐에 따라 죽기도 하고 살기도 하기 때문에 보험을 드는 셈치고 추석과 연말이 되면 담당 기자와 간부들에게 돈을 돌린다. 각 사 편집국장에게 30만 엔, 정치부장에게 10만 엔, 유능한 젊은 기자에게는 긴자銀座의 일류 양복점 양복 맞춤권을 동봉한 와이셔츠 같은 일반적인 인사 수준의 봉투가 전달되는 것이다. 그 외에도 승진 축하 선물이나 해외 출장을 갈 때 쓸 용돈까지 신경 써서 챙겨 주곤 하는데, 그것을 받느냐 돌려주느냐는 각자의 판단에 따르는 것이기 때문에 완강하게 거절하는 기자들도 많았다.

유미나리의 집으로 배달된 '에치고 모나카' 과자 상자 안에는 30만 엔이 들어 있었다. 때가 때이니만큼 이는 분명 사하시 정권 이후를 노린 실탄 공격으로, '니가쿠쇼후쿠'전에서 살살 봐 달라는 뜻임에 틀림없다. 그리고 또 다부치와 고히라의 연합이 이루어지면 잘 부탁한다는 뜻으로 받아들일 수 있다. 유미나리는 바나나왕인 기타큐슈의 아버지에게 수입 과일인 파파야를 비행기로 보내 달라고 해서, 그 안에 '에치고 모나카'를 곁들여 메구로에 있는 다부치의 집으로 깔끔하게 돌려보냈다.

"유미 씨는 모르는 척하는 데에도 도가 튼 사람이라니

까. 미나미 씨도 저쪽에 있는데 그냥 좀 가르쳐 주세요."

타가와는 끈질기게 물고 늘어졌다. 토도 신문의 미나미
는 페어웨이 반대쪽에서 비스듬히 우산을 들고 캐디와 열
심히 뭔가를 이야기하고 있었다.

"제대로 된 기자라면 실탄이 날아오건 말건 써야 할 말
이 있으면 다 쓰는 겁니다. 공연히 겁먹고 꽁무니를 빼는
건 소인배일 뿐이지요."

유미나리가 잘난 척하자 타가와 시치스케가 한숨을 내
쉬며 말했다.

"그거야 유미나리 료타니까 그렇지요. 신문기자였을 때
는 쓰는 쪽에 있다가 정치가가 되어서 쓰여지는 입장이 되
니까 노상 전전긍긍하게 되는데, 그때마다 신문이 제4의
권력이라는 말이 실감 난다니까요."

"정말 맞는 말이야. 요즘에는 황실조차도 비판을 당할
때가 있는데 신문을 비판할 수 있는 사람은 아무도 없으니
그저 부러울 따름이지."

신문에서 비판당하는 일이 잦은 스즈모리도 고개를 크
게 끄덕였다.

비가 조금씩 멎으면서 앞 팀이 슬슬 플레이를 재개하려
는 기색이 보였다. 유미나리가 우산을 접고 자신의 공이
있는 쪽으로 시선을 돌리자, 스즈모리가 기지개를 켤 것처

90

럼 몸을 쭉 뻗어서 유미나리의 귓가에 대고 낮은 소리로
물었다.

"유미 씨, 가쿠조 씨한테 생각지도 못한 민완 기자가 붙
었다는 사실은 알고 있지?"

타가와도 심하게 눈살을 찌푸렸다.

"아주 황당하더군요. 요즘 떠들썩하니 인기를 끌고 있는
다부치 가쿠조의 저서《일본도시개조론》은 통상이나 건설
쪽의 젊은 관료 중에서 누가 썼겠구나 생각했는데, 알고 보
니까 일본의 양식을 대표한다고 자부하는 신문사의 기자
가 유령 작가였다면서요. 유미 씨는 알고 있었죠?"

물어보는 건지 약을 올리는 건지 모를 말투였다.

"문장을 읽어 보면 노련한 게, 젊은 관료의 작문 수준이
아니라는 것쯤은 당장 알 수 있지요. 그 신문사에는 뛰어난
기자가 없는 대신에 죽어라 공부해서 기자가 된 고만고만
한 사람들이 도토리 키 재기를 하고 있어서 어지간한 일 가
지고는 눈에 띄지 않지요. 그래서 그런지 가끔씩 우리 신문
기자의 상식으로는 이해할 수 없는 황당한 짓을 저지르는
사람도 있는 모양입니다."

유미나리는 다부치 가쿠조의 유령 작가가 된, 학자풍으
로 보이는 기자의 얼굴을 떠올리면서 웃었다.

"그래서 이참에 부탁 좀 하고 싶은데 말이야. 고히라 마

사요시를 위해서 가쿠조 씨보다 훨씬 더 뛰어난 정책론을 유미 씨가 써 주면 어떨까? 사실 외모로 따지면 나도 손해 보는 축에 속하지만, 고히라 씨도 정원 바위 같은 우락부락한 외모하며 '아아, 에에' 하는 입버릇 때문에 이만저만 손해를 보는 게 아니잖아."

가무잡잡하고 작은 체구에 가는 눈을 가진 스즈모리가 자신의 일처럼 탄식했다. 그의 말대로 고히라는 큰 체구와 과묵한 성격 때문에 '정원 바위'라는 별명이 붙었지만, 알고 보면 정책에도 경륜이 엿보이고 역사나 문학에도 조예가 깊다. 이렇게 심하게 바빠지기 전까지는 개인 경호원이 따라붙기는 했어도 직접 서점에 가서 책을 보고 고르는 것을 즐기던, 정치가치고는 보기 드문 독서인이기도 하다. 그런 고히라의 진정한 모습은 겉모습만 훑는 일반적인 취재로는 전해지지 않는다.

"다음 총재 선거 때 우리 계파는 일치단결해서 고히라 마사요시를 후보자로 내세우기로 했네. 그러니까 유미 씨, 아니 유미나리 료타 기자님, 바쁜 줄은 잘 알지만 이참에 고히라를 위해 그 실력을 발휘해 줄 수 없겠나?"

갑자기 스즈모리가 부탁을 해 왔다. 앞장서서 선거운동을 해 줄 생각은 전혀 없지만, 이제까지 10여 년 동안 기회가 있을 때마다 고히라와 더불어 토론해 왔던 정책들을 제대로 정리해서 한 권의 책으로 만들어 보고 싶은 마음이 유미나리에게도 있었다. 다만 그것은 고히라가 총리 대신이 되었을 때 마음을 잡고 본격적으로 쓰고 싶다는 뜻이다.

"모처럼 부탁하시는데 죄송하지만 지금은 도저히 그럴 틈이 없네요."

"너무 딱 잘라 그러지 마시고……. 자료 수집 같은 일을 도와줄 스태프라면 얼마든지 구해 드릴게요."

타가와 시치스케가 물고 늘어졌다. 스즈모리도 거들었다.

"난 유미 씨가 나중에 마이아사 신문의 정치부장, 편집국장, 주필, 사장 자리까지 오를 사람이라고 보고 나름대로 우리 관계를 소중히 생각하고 있어. 오늘 갑자기 이런 이야기를 꺼냈다고 당장 덥석 받아들일 거라는 기대는 안 하고 있으니까 시간을 두고 천천히 생각해 보라고."

그는 능란한 말재간으로 교묘하게 결론을 유보시켰다.

"장래의 부장, 사장 후보라면 앞 팀에도 1명, 뒤 팀에도 1명씩 있잖아요?"

"그러고 보니까 유미 씨를 포함해서 오늘 경기에는 각 사의 사장 후보들이 3명씩이나 모여 있는 셈이군. 고히라가 돈으로는 가쿠조를 도저히 당해 내지 못하지만 인재로는 월등하게 이기고 있군 그래."

스즈모리는 파안대소했다.

비가 그치고 파란 하늘이 펼쳐지기 시작했다. 캐디가 오는 것을 보고 우산을 돌려주고는 플레이를 재개했다. 유미나리는 제2타로 공을 그린 옆에 갖다 붙인 다음 신중하게 골프채를 휘둘러보고는 제3타에서 그린 위에 얹어 놓았는데, 짙은 녹색의 잔디를 굴러가던 공이 운 좋게도 그대로 컵 안으로 쏙 들어갔다.

그날 저녁, 유미나리는 외무성 차관 간담회에서 도중에 빠져나와 아카사카미츠케赤坂見附 근처의 빌딩으로 갔다.

엘리베이터를 타고 3층에서 내리자 바로 맞은편에 '카스가春日 경제연구소'가 보였다. 문을 열고 들어가자 칸막이로 막아 놓은 맞은편에 커다란 타원형 책상과 의자 10개 정도가 놓여 있었고, 방금 손님이 돌아갔는지 담배 냄새가 아직도 남아 있었다.

"방금 전까지 회의가 길어져서 그래요. 죄송합니다."

여직원이 재떨이를 바꾸면서 미소를 지었다.

"오늘도 잠시 빌릴게요. 지금 있어요?"

엄지손가락을 들어 올려 보이며 상사의 소재를 묻고 있는데 안쪽 문이 열리면서 커다란 체구에 약간의 비만기가 있는 카스가가 화려한 체크무늬 셔츠 차림으로 나타났다.

"왔어? 오늘은 고치카이 친선경기였다면서? 그 골프장

은 가는데 1시간 정도밖에 안 걸리니까 오후에는 시내로 돌아와 다른 일을 볼 수 있어서 아주 좋단 말이야.”

의자를 권하면서 말했다. 카스가는 전에 요미니치 신문 경제부 기자로 있으면서 대장성 담당을 오래해 행정계와 재계에 폭넓은 취재 인맥을 가지고 있었고, 후쿠데 다케오 대장성 대신의 최측근 기자이기도 했다. 유미나리가 입사한 지 2년 반 만에 경제부로 발령이 났을 때 기자 클럽에서 서로 알게 되었는데, 카스가가 나이는 위였지만 묘하게 죽이 맞아서 그 이후로 십수 년 동안 가까이 지내고 있다.

“사무실을 연 지도 2년이 다 되어 가네요. 처음에는 이렇게 좋은 자리에 사무실을 떡하니 차려 놓고 그 경비를 어떻게 다 메우려고 그러나 걱정을 많이 했는데, 역시 카스가 씨는 보통 사람이 아니라니까요.”

미니바까지 갖춰 있는 실내를 둘러보며 말했다. 자리가 워낙 좋아서 다달이 유지비만 해도 상당할 텐데 끄떡없이 버티고 있다. 《카스가 주간 리뷰》구독료가 주된 수입원인 모양인데, 은행, 상사, 석유 회사 등 알 만한 대기업들이 정기 구독하고 있다. 현역 시절에도 대장성 관료들 속으로 깊이 파고들어 금융 재편성, 도시 은행 합병 등의 특종기사를 수없이 터뜨렸던 대단한 실력자였다. 그러다가 데스크가 되라는 발령이 떨어지자 “관리직은 싫다, 평생 취재기자로

살겠다"면서 그대로 사표를 제출하고, 기자 시절에 일궈 놓은 인맥을 잘 활용하여 자기 사무실을 차린 다음 여태껏 직접 글을 쓰고 있는 부지런한 사람이다.

"여직원한테 들었는데, 유미 씨 오늘도 데이트라며?"

카스가가 씨익 웃었다.

"내가 카스가 씨 같은 줄 알아요? 취재원의 사정 때문에 그런 거지. 아무튼 덕분에 필요할 때마다 고맙게 잘 쓰고 있습니다."

유미나리는 정중하게 말했다.

"그건 아무래도 상관없는 일이고. 중요한 건 자네가 그 여성한테 여러 가지 정보를 얻어서 공부도 하고 특종기사 도 쓴다는 거지. 아주 바람직한 일이야. 그나저나 우리 직 원 말로는 그 여자 분이 미인인데다 머리도 좋다면서?"

카스가가 말하고 있는 사이에 칸막이 밖에서 "오셨습니 다"라는 목소리가 들렸다.

"그럼 나는 이만 퇴장해야겠군. 사실 나도 여기 주간 리뷰 말고도 잡지 연재를 2개나 시작해서 눈코 뜰 새가 없어."

카스가는 과장된 몸짓을 하면서 옆방으로 사라졌다.

"늦어서 죄송해요."

로열 블루색의 정장을 멋있게 차려입은 여성이 큰 핸드

백을 들고 들어왔다. 외무성의 안자이 심의관실에서 일하는 여비서, 미키 아키코였다.

사무실 여직원이 홍차를 내오자 고마워요 하고 가볍게 인사한 다음 하얀 목을 보이며 한 입 마셨다.

"상당히 바쁜 모양이던데 무리하게 시간을 내게 한 것 같아 미안하군요."

유미나리가 말하자 한숨 돌린 미키 아키코는 짧은 커트 앞머리를 쓸어 올렸다.

"아니, 대단한 일 때문에 늦어진 건 아니에요. 심의관님이 내일 아침 삿포로로 출장을 가시는데 비행기 표가 안 보인다고 하셔서 야마모토 씨랑 둘이서 여기저기 찾느라고……. 혹시나 싶어서 쓰레기통을 전부 뒤엎어 보았더니 거기에 얌전히 들어 있더군요."

"호오, 쓰레기통을 뒤져 보다니 미키 씨도 대단한데요. 일을 잘한다고 심의관님도 항상 칭찬하시던데 그런 재치가 있을 줄은 몰랐네."

유미나리가 감탄하자 미키는 짙게 그려진 눈썹 밑에 있는 큰 눈에 미소를 머금었다.

"오늘은 유미나리 씨에게 도움이 될 만한 게 있을지 모르겠네요."

말을 하다 말고 핸드백에서 검은 끈으로 묶은 문서의 복사본을 꺼냈다.

"그저께까지 이틀 치는 위에 있고, 오늘 것은 이거예요."

테이블 위에 놓인 문서 두 다발을 유미나리 쪽으로 밀었다. 유미나리는 날카로운 기자의 시선으로 한 장 한 장 문서를 읽어 나갔다.

그 사이에 미키는 쭉 뻗은 늘씬한 다리를 꼬고 앉은 채 말없이 지켜보다가 자리에서 일어섰다. 미니바로 다가가 스카치위스키에 물을 탄 칵테일을 만든 다음 술잔을 유미나리 앞에 놓고 자신은 바를 등지고 선 채 한 모금 마셨다.

"좋은 게 한 장 들어 있었네. 이건 가지고 갈게요."

서류를 전부 훑어본 유미나리는 정보를 입수한 흥분을 억누르듯이 말하면서 종이를 접어 속주머니에 넣었다.

"심의관실로 오는 결재 서류는 하루에 대충 어느 정도나 되나요?"

유미나리가 술잔을 손에 들고 물었다.

"종류가 워낙 다양해서 한마디로 말씀드리기는 힘들지만 분량으로 치자면 14, 15센티미터 정도 되지요. 그중에 도움이 될 만한 것이 있으면 좋겠네요."

미키는 술이 들어가서인지 약간 물기를 머금은 눈길을 유미나리에게 보냈다. 굉장한 미인이라고 할 수는 없지만, 촉촉해진 그녀의 눈은 남자의 마음을 끌어당기는 요염함이 있었다.

"미키 씨한테 정말 어떻게 감사해야 할지 모르겠어요."

손만 뻗으면 끌어안을 수 있을 만한 거리에 있는 미키에게 고맙다는 인사를 하고는 "가는 길에 한잔 할까요?" 하고 물었다. 그러나 미키는 고개를 저으며 카운터에서 떨어져 원래 앉았던 자리로 돌아갔다.

"요즘 계속 늦게 들어가서인지 남편 기분이 좋지 않아요. 저 대신 저녁을 해 놓고 기다리니까 기분 상하는 게 이해되기는 하지만……."

우울함이 담긴 목소리로 말하며 고개를 숙였다.

미키 아키코의 남편은 원래 외무성 직원이었는데 결핵에 걸려 피치 못하게 퇴직하게 되었고, 그 대신에 부인인 아키코가 연고자 채용이라는 자격으로 외무성에 들어와 일하게 되었다. 들어오고서 한동안은 다른 부서에 있었는데 외무 심의관 제도가 실시됨과 동시에 초대 심의관실의 비서로 발탁되었고, 그 심의관이 차관으로 승진하자 미키도 차관실 비서가 되었다. 눈에 띄게 중용된 탓에 '두 사람의 관계'에 대한 소문이 돌기도 했지만, 퇴근 시간도 없이 헌신적으로 일하는 모습이 소문의 근원이 되었던 것인지 어떤지 진위 여부는 알 수가 없다.

그 차관이 퇴임하고 지금의 하야시 차관으로 바뀌자 하

야시를 오랫동안 모시던 비서가 같이 올라왔고, 미키 아키코는 안자이 심의관실의 비서가 되었다. 차관, 심의관을 모시는 비서로서 흠잡을 데 없이 일을 잘하는 미키도 가정에서는 병든 남편과 둘이 지내면서 어딘지 우울한 사연을 가지고 있는 사람처럼 보이기도 했다.

"미키 씨도 힘들겠어요. 그런데도 그런 티를 전혀 내지 않고 남자 직원만큼이나 일을 잘 해내고 있으니 대단한 거지요. 그럼 가까운 전철역까지 택시로 모셔다 드리지요."

유미나리는 미키에게 동정하듯이 말하고는 카스가의 사무실에서 같이 나와 엘리베이터 앞에 섰다.

"저는……, 그게……."

미키 아키코는 무언가 호소하려는 듯이 유미나리를 바라보다가 "그냥 혼자 갈게요" 하고는 문이 열린 엘리베이터 안으로 미끄러지듯이 들어갔다.

제2장

파리 회담

　마로니에 가로수가 하얗고 작은 꽃을 피우기 시작한 파리의 6월은 1년 중에서도 가장 쾌적하고 좋은 계절이다. 그런데 요 며칠 동안은 흐린 날씨가 이어지다가 간혹 비까지 뿌리는 바람에 상당히 쌀쌀하다.

　세느 강 오른쪽 기슭을 동서로 잇는 포부르 생토레 거리에 선명한 색채의 번호판이 달린 벤츠가 서행하고 있었다. 번호판의 바탕색은 초록, 숫자는 오렌지색으로 외교관 차량임을 한눈에 알아볼 수 있다. 62 CMD 1, 주불 일본 대사의 전용차다.

　생토레 거리에는 고급 부티크가 즐비하게 늘어서 있고 그 사이로 재외공관들이 띄엄띄엄 산재해 있다.

　6월 8일 저녁, 나흘 전부터 프랑스를 방문하고 있는 아이이케愛池 외무 대신이 뒷좌석에 혼자 깊숙이 등을 파묻고 있다. 이틀간에 걸쳐서 파리에서 OECD(경제협력개발기구) 각료이사회가 열렸다. 아이이케 외무 대신은 일본에서 자신과 함께 프랑스를 방문한 경제기획청 장관, 그리고 파리 대표부 대사 등을 거느리고 거기 참석했다가 모임이 끝나자 그들과 따로 떨어져서 생토레 거리에 있는 일본 대사 관저로 향하는 길이었다.

이번에 프랑스를 방문한 주목적은 OECD 각료회의 의장을 맡기 위해 파리에 와 있는 미국 국무 장관을 만나, 오키나와 반환 교섭에 걸림돌이 되고 있는 문제들을 해결하는 것이었다. 내일 아침 9시부터 그것을 위한 일미 외상회담이 예정되어 있다.

31번지에 있는 일본 대사 관저의 대문은 일찍이 사두마차가 출입하던 17, 18세기 귀족 저택의 대문 같은 모습을 그대로 간직하고 있기 때문에 폭이 좁아서 운전사는 차체가 긁히지 않도록 조심하며 들어갔다.

대문 안으로 들어서자 앞뜰을 지나 전면 유리로 만들어진 깔끔한 디자인의 관저 건물이 나타났다.

아이이케 대신은 대사 부부의 환영을 받으며 포치 계단을 올라가 국화 문장이 걸려 있는 현관으로 들어섰다.

"연일 이어지는 회의 때문에 피곤하시죠. 방금 요시다 국장에게 전화가 왔는데, 본국과 연락할 일이 있어서 오슈 거리에 있는 대사관에 들렀다 오느라 약간 늦어진다고 합니다."

나카오카中岡 대사는 아이이케 대신을 수행해 온 요시다 미국 담당국장의 말을 전했다.

리셉션 홀에서 안쪽에 있는 살롱까지는 건물 외관과 마

찬가지로 모던하고 넓게 뻥 뚫려 있다. 한쪽 구석에 동양풍의 금색 국화 문양이 그려진 옻칠한 스타인웨이 피아노가 놓여 있고, 장식용 선반에는 기타오오지 로산진(北大路魯山人, 1883~1959. 일본 예술가—역주)이 만든 붉은 바탕에 붓꽃이 새겨진 사각 도자기가 놓여 있어 그나마 일본 공관다운 분위기를 풍기고 있다.

"요시다 국장이 올 때까지 2층에 있는 게스트 룸에서 잠시 눈이라도 붙이시겠습니까?"

회의와 회담 사이에 연일 오찬과 만찬 스케줄이 잡혀 있고, 오늘 밤에도 예외 없이 경제기획청 장관과 공동으로 주최하는 OECD 각료이사회 대표단 및 대표 부원들을 위한 만찬이 예정되어 있다.

"내일 아침도 일찍부터 일정이 잡혀 있다고 들었어요. 수행하시는 분들도 대신님의 컨디션을 걱정하고 있으니 잠시 쉬었다 가시지요. 방 안을 따뜻하게 준비해 놓았습니다."

나카오카 대사가 권하자 옆에 있던 대사 부인도 거들었다. 외교관 가문에서 자라난 부인답게 부드러우면서도 당당한 말투였다.

"신경을 써 줘서 고맙지만, 그냥 여기서 좀 쉬면 될 것 같네."

아이이케 대신은 소파에 앉았다.

"와인이라도 한 잔 드릴까요? 그저께 만찬 때 대신님께서 즐기던 와인이 아직 있습니다만……."

주당으로 알려진 아이이케에게 와인 한두 잔 쯤은 피로 회복제나 다름없다.

"아니, 그냥 차나 한 잔 주세요."

"그럼 잠시만 기다려 주세요."

이윽고 흰옷에 나비넥타이를 맨 웨이터가 은으로 된 홍차 세트를 들고 왔다. 티포트에서 다질링 향기가 풍기자 아이이케는 한결 편안한 표정으로 잔을 들었다. 대장성 출신인 아이이케가 젊었을 때 잠시 영국 대사관에서 근무하며 홍차를 즐겼다는 사실을 대사 부인은 잘 알고 있었다.

"이번만큼은 아주 힘이 드는군."

일에 대한 이야기가 나오자 대사 부인은 눈치껏 조용히 자리를 비켜 주었다.

"그러시겠지요."

말수가 적은 아이이케를 상대하는 나카오카도 말을 아끼며 고개를 끄덕였다.

"안 좋은 때에 참의원 선거가 있어서 말이야. 선거가 가을 이후였으면 이렇게 초조해할 필요가 없는데 아와시마(淡島, 사하시 총리의 자택)가 오키나와 반환을 간판으로 삼고 있다는 사실을 미국 측에서도 뻔히 알고 덤비니까 보통 힘이 드는 게 아니야."

홍차를 마시면서 한두 마디씩 불쑥불쑥 불평을 하더니 이내 자신의 기분을 전환하려는 듯 살롱 바깥으로 넓게 펼쳐진 안뜰의 잔디로 시선을 돌렸다.

"이 공관에서는 정원이 볼만하군."

아까 살짝 내린 비에 젖은 잔디가 더욱 파랗게 빛나고 있었다.

관저의 부지는 안쪽으로 길게 뻗어 있고, 살롱에서 보이는 넓은 안뜰은 쭉 뻗은 잔디와 그 주위를 둘러싼 수백 년 묵은 나무들 덕분에 바깥세상과 차단되어 있다. 그래서인지 길 하나만 건너면 샹젤리제 대로라는 사실이 믿어지지 않을 정도로 주위가 고요하다.

"이렇게 좋은 뜰이 있는데도 인테리어는 이 유리로 된 건축에 맞춰서 그런지 영 썰렁하단 말이야."

식어 버린 홍차 찻잔을 바꿔 주려고 하는 나카오카를 말린 다음 아이이케는 시가를 입에 물었다.

"인테리어를 맡았던 사람이 이쪽에서는 유명한 여성 디자이너라고 하는데, 전체적인 분위기를 중요시해서 그림을 서는 것조차 말렸다고 하더군요. 하지만 대신님 밀씀대로 이곳을 찾는 분들에게 워낙 평이 좋지 않아 전임 대사가 피아노를 들여놓았고, 제가 와서는 1층에 로산진의 도자기를 놓고, 2층에 있는 객실에는 고쿠라센진(鄕倉千靭, 1895~1975. 일본 화가―역주)의 병풍 그림을 장식해 보았는데 집사람 말로는 어울리지 않는다고 하네요.”

“그렇기도 하군. 원래 있었다던 로코코식 건물을 재현하는 것까지는 무리였다고 해도 어차피 다 부수고 새로 지을 바에야 이왕이면 파리의 공관다운 특성이 있는 게 훨씬 좋았을 텐데 말이야.”

건축에 대하여 남다른 식견이 있어서인지 아이이케치고는 보기 드물게 몇 번씩 의견을 이야기하였다.

“이 관저를 세웠을 때만 해도 우리 일본의 국력이 지금 같지 않아서 건물을 찾는 것부터 해서 여러 선배님들이 많이 고생하셨다고 들었습니다. 그러다가 지역적으로도 적당한 이곳에서 옛 백작의 저택을 발견하고는 일본 문화에 조예가 깊은 앙드레 말로 문화 장관에게 상의했더니, 일본 공관이라고 일본식 건물로 만들거나 정원에 연못을 만들고 다리를 놓는 것은 촌스럽고 센스가 없는 짓이니 아예 시대를 앞서서 참신한 건축을 해 보라는 조언을 받았다고 합니다. 그래서 유리로 된 이 모던한 건축양식을 채택하게 되었다고 들었습니다.”

나카오카는 그 이상 입 밖에 내지는 않았지만, 이 관저는 생활하기에도 여간 불편한 게 아니다. 그저께 대사 부부가 주최한 만찬회에서도 다이닝 룸은 2층에 있고, 주방은 지하에 있는 바람에 요리 서빙 시간이 너무 걸려서 부부가 속을 태우기도 했다. 또 전면이 유리벽으로 되어 있으면서도 창문을 열 수 있는 곳이 적어서 그나마 요즘 같은 계절은 괜찮지만 한여름이 되면 실내 온도가 온실을 방불케 할 정도로 높아져서 참기 힘들 정도다. 에어컨을 설치해 달라고 본국 외무성 담당 부처에 신청을 해도 파리가 '온대 지역'으로 지정되어 있다면서 허가를 내주지 않았다.

"앙드레 말로가 그렇게 대단한 위인인가? 공공 건축물을 깨끗이 닦은 것도 그 사람 생각인 모양이던데. 난 말이야, 대장성에서 주영 대사관으로 발령을 받아 런던에서 살았을 때 출장차 파리에 들렀다가, 난방용 석탄 연기에 그을린 거리 풍경에 반해서 휴가 때만 되면 도버 해협을 건너가 여기저기를 걸어 다니곤 했지. 그런데 이번에 오랜만에 와서 보니 건물들이 이상하게 희끄무레해져 있더군. 깨끗하게 한다고 그래 놓은 모양인데 환멸이 느껴지더라고. 게다가 일요일에 안내해 준 오페라좌의 천장은 또 어떤가? 예전의 르느와르가 그린 천장화를 보면 당장이라도 천사가 날아들 것 같은 우아함이 느껴졌는데, 샤갈인가 뭔가 하는 화가 그림으로 바뀌었더군. 잘나가는 화가라고는 하는데 내가 보기에 이건 예전에 비하면 완전히 낙서 수준이야."

천천히 시가를 피우면서 젊은 날에 본 파리에 대한 향수가 깨져 버려 낙담한 이야기를 늘어놓았다.

"늦어서 죄송합니다."

요시다 미국 담당국장과 조약국 법규과장이 안내를 받으며 들어왔다.

"수고 많았네. 진전은 좀 있었나?"

내일 있을 미국의 로저드 국무 장관과의 회담을 앞두고 요시다 국장은 연일 주불 미 대사관으로 가서 워싱턴에서 온 에릭맨 국무부 일본부장과 실무 차원의 협의를 하고 있었다.

"에릭맨과 이야기하는 것만으로는 도저히 결론이 날 것 같지 않아 대사관에 들러 도쿄의 이가리井狩 국장한테 연락을 해 보았습니다. 슈나이더 공사와의 이야기가 어떻게 되어 가는지 물었는데 여전히 강경한 자세인가 봅니다. 일단 내일 아침 다시 협의해 본 다음 대신님께서 로저드 장관과 만나시기 전까지는 그 협의 내용을 대사관으로 연락해 달라고 해 놓았습니다."

"시차하고 전보문을 해독하는 시간까지 고려하면 9시부터 시작되는 로저드와의 회담 시간까지 받을 수 있을지 좀 걱정이 되네요. 제가 대사관 전신실에 미리 일러두겠습니다."

나카오카 대사가 말했다.

"이제 거의 막바지야. 최선을 다해 주게."

아이이케 대신은 실무자들의 노고를 치하하는 한편, 힘을 내라는 격려의 말을 잊지 않았다.

이튿날인 6월 9일, 일본 시간으로 오전 10시부터 외무성 북청사 7층에 있는 조약국장실에서 일미 교섭이 시작되었다.

토라노몬虎ノ門에 있는 미국 대사관에서는 슈나이더 공사, 정무 담당 일등 서기관, 오키나와 담당 이등 서기관이 일본인 통역과 함께 왔다.

외무성 쪽에서는 이가리 조약국장 양옆으로 조약국 참사관, 미국 담당국 북미 1과장, 그리고 수석 사무관이 자리를 같이 하고 있었다.

"반환 협정에서 제일 난항을 겪으리라 우려하던 핵 철수 문제가 먼저 해결되고 복원 보상비가 오히려 골치를 썩이다니, 예상 밖이네요."

슈나이더 공사가 교섭 과정을 돌아보며 말했다. 유태계 미국인 특유의 이목구비가 뚜렷한 얼굴에는 고집이 그대로 드러나 있다. 오키나와 반환 문제가 일미 간 정치 일정

에 등장했을 때부터 워싱턴에 있는 국무부 일본부장으로
서 관여하기 시작하여 주일 미 대사관 공사로 도쿄에 부임
하고부터는 메이어 대사를 보좌하는 위치였지만 실질적인
책임과 권한을 가지고 교섭에 임하였다.

외무성 쪽의 이가리 조약국장은 외무성 안에서도 손꼽
히는 명석한 인물로, 갸름한 얼굴에 냉철함이 엿보인다.
함께 오키나와 반환 교섭을 하고 있는 둥근 얼굴에 온화한
인상의 요시다 미국 담당국장과 이가리 조약국장을 두고
가스미가세키 클럽의 기자들은 뒤에서 '여우와 너구리' 같
다고 야유하고 있다.

"자, 그럼 파리 회담까지 시간이 얼마 없으니까 반환 협
정 제4조 3항의 복원 보상비에 대한 협의에 들어갔으면 합
니다.

이제까지 반복해 왔지만 미군이 종전했을 때 접수했다
가 나중에 불필요하게 되어 오키나와의 지주들에게 돌려
준 토지에 대해서 미국 쪽은 '위로금' 형식으로 복원 보상
비를 지불했습니다. 그러나 그것은 1961년 6월까지 반환
된 토지에 한정된 일이었고, 이후 현재까지 10년간 돌려준
토지에 대해서는 보상이 빠져 있습니다."

미국은 미군 기지를 건설하면서 오키나와 주민들의 논
밭과 가옥을 닥치는 대로 강제수용했고, 그 후에 기지 통폐

합에 따라 불필요해진 토지를 돌려주었다. 하지만 토대가 망가지거나 콘크리트로 포장된 채로 돌려주었기 때문에 쓸모가 없게 된 땅을 돌려받은 주민들이 격렬하게 항의하자 원상회복을 위한 복원 보상비가 지급되었다. 따라서 일본은 오키나와 반환을 계기로 지난번과 마찬가지로 보상을 받지 못한 지주들에게 보상비를 지불하도록 요구하고 있는데, 미국은 재원이 없다는 말만 되풀이하며 도무지 양보할 생각을 하지 않은 채 지금에 이르고 있는 것이다.

이가리는 외무성에서 작성한 제4조 3항의 문안을 제시했다.

"우리는 오키나와 반환에 있어 평화조약을 토대로 국가 차원의 대미 청구권은 포기합니다. 그러나 이 토지에 대한 복원 보상비만큼은 형평의 원리로 보았을 때도, 또한 국제법상으로도 미국이 지불하는 것이 마땅합니다. 제4조 3항에 '미국은 토지의 원상회복을 위해 자발적인 지급을 실시한다'고 명기할 것을 제안합니다."

슈나이더 공사는 이가리 국장의 제시에 조금도 동요하는 기색이 없이 고개를 가로저었다.

"이 문제에 대해서는 기존의 생각과 변함이 없습니다. 미국이 10년 전에 오키나와의 지주들에게 보상을 실시했을 때, 우리는 의회에 이제 더 이상 돈을 내지 않겠다는 약속을 했기 때문입니다.”

“그렇게 해서는 보상을 받지 못한 지주들을 납득시킬 수 없습니다. 류큐 정부를 통해서 그 비용을 대략 계산해 보았는데 400만 달러 정도에 불과합니다.”

옆에 있는 가와사키 과장을 돌아보며 이가리 국장이 말했다. 가와사키는 워싱턴에 있는 주미 일본 대사관 일등 서기관 시절부터 슈나이더와 안면이 있는 사이로, 외무성 미국 담당국 북미 1과장으로 귀임하고부터 미 국무부, 미국 대사관, 류큐 정부 사이를 뛰어다니며 실무를 담당하는 ‘미스터 오키나와’로 인정받고 있다. 그런 가와사키가 이번 오키나와 반환 교섭에 유독 매진하는 이유는 전쟁 때 학도병으로 동원되어 통신반에서 일하면서, 민간인들까지 대량으로 학살된 오키나와 전투를 ‘귀’로 체험한 과거의 기억에 대한 사명감 때문인지도 모른다.

잠시 침묵이 흘렀다.

“슈나이더 공사님, 솔직히 말씀드려서 미국이 계속 400만 달러를 내지 못하겠다고 주장하는 것을 이해하기가 어렵습니다. 재원이 없다고 하셨는데 일본은 미국이 남겨 두고 가는 자산, 즉 류큐전력, 류큐수도, 류큐개발금융까지 3개의 공사公社를 매입하고 기지 노무자들의 퇴직금, 핵 철수 비용, 부대의 이동 비용까지 합산해서 3억 2천만 달러를 지불

114

하겠다고 했습니다."

이가리가 그 의미를 생각해 달라는 듯이 다그쳤다. 사실 애초에 대장성과 미국 재무부가 교섭하는 단계에서 3억 달러로 내정되었던 대미 지불 금액에 2천만 달러를 더 얹어 놓은 것은 외무성이었다. 6월 말 참의원 선거를 앞두고 총리 쪽에서 서둘러 오키나와 반환 교섭을 매듭짓기 위해, 미국이 양보하려 하지 않던 VOA 폐지, 나하 공항의 완전 반환, 복원 보상비 등을 단숨에 해결하기 위해 대미 지불 금액을 증액시킨 것이다. 그렇게까지 할 정도면 복원 보상비 400만 달러도 일본 정부가 대신 내겠다고 표명하면 되지 않느냐는 의견도 있었지만, 총리의 의도는 어디까지나 '미국 쪽에 지불하게 했다'는 모양새를 취하는 것이었다. 만약 일본 측이 대신 내겠다고 하면 '오키나와를 돈으로 샀느냐?', '굴욕적인 외교 협상이다' 하며 심한 규탄을 받게 되고, 이는 사하시 정권의 커다란 오점으로 남게 된다.

슈나이더 공사가 입을 열었다.

"일주일 전에 이곳에서 메이어 대사와 아이이케 대신의 회담이 있었지요. 그 자리에서 대사는 "일본의 입장도 이해하고 있고, 또한 재원 걱정까지 해 주신 것에 대해 '고맙게' 생각한다"며 감사의 뜻을 전했습니다. 하지만 되풀이해서 말씀드리지만 의회에다 더 이상의 예산을 청구하지 않겠다는 언질을 주었기 때문에 반환 협정에 '미국이 자발적으로 지불한다'고 명기하면 그 재원이 어디서 나왔느냐는 질문이 반드시 나올 것이고, 우리로서는 '일본에서 받은 3억 2천만 달러 중에서 내놓기로 약속했다'고 대답할 수밖에 없습니다. 그렇게 되면 오히려 일본 쪽이 난처해지는 것 아닙니까?"

이가리를 비롯한 일본 쪽이 딜레마에 빠져 대답할 말을 찾지 못하자, 슈나이더가 회유책을 내놓았다.

"미스터 이가리, 이렇게 동떨어진 양측의 주장을 잘 해결할 수 있는 묘안이 있습니다."

"그게 무슨 말씀인지……?"

"우리 미국에는 19세기 말에 제정된 신탁기금법이 있습니다. 이는 합중국 시민들을 위해 외국 정부에서 특정 목적으로 받은 자금을 기금으로 만들 수 있다는 법률입니다. 이 법률을 토대로 400만 달러를 기금으로 만들고, 거기에서 오키나와의 지주들에게 지불하도록 하면 의회에 예산을 요구하지 않고도 보상비 지급이 가능합니다."

'19세기 말의 신탁기금법이라……?' 이가리는 가와사키에게 눈으로 물었다. 가와사키는 이가리의 귓가에 대고 "저도 들어본 적이 있는 법률입니다" 하고 속삭였다. 공식적으로는 일본어를 쓰지 않지만 전쟁 중에 대일 정보부원으로 태평양의 전쟁터에서 정보 수집 활동을 한 적이 있던 슈나이더 공사는 두 사람이 주고받는 말을 듣더니 매부리코를 앞으로 불쑥 내밀면서 말했다.

"미스터 이가리, 문제는 실질이 아니라 Appearance(겉모습)입니다. 실질적으로 일본이 낸 돈에서 400만 달러가 지불된다고 해도 일본 정부로서는 자신들이 대신 냈다는 소리를 듣기 싫고, 우리로서는 일본이 대신 냈다고 의회에 말하지 않으면 지불할 수가 없는 상황이 아닌가요? 이런 이율배반적인 상황을 해결할 수 있는 방법이 바로 신탁기금법이라는 겁니다."

문제는 실질이 아니라 겉모습이라는 말은 그야말로 외교 교섭이기에 나올 수 있는 테크닉이다.

"다만 이 법률을 사용하려면 조건이 있습니다. 아이이케 대신이 메이어 대사 앞으로 "일본 정부는 오키나와의 지주들에 대한 위로금으로 400만 달러를 미국에게 지불한다"는 내용의 서한을 써 주셔야 합니다."

슈나이더는 더욱 황당한 요구를 했다. 이번만큼은 이가리도 불쾌함을 참을 수 없었다.

"겉으로 드러나는 모양새가 문제라는 말씀은 잘 이해하지만, 그 부대조건으로 일본이 대신 지불한다는 사실을 인정하는 문구가 든 대신의 서한을 내드릴 수는 없는 일이지요."

"대신의 서한은 비밀로 하고 일본 측에 절대 피해가 가지 않도록 약속하겠습니다. 이 안을 승낙해 주시지 않으면 기금을 만들 수가 없고, 따라서 반환 협정에 '미국은 위로금을 자발적으로 지급한다'는 문구를 넣을 수도 없습니다."

'끝장났구나……'

이가리의 이마에서는 비지땀이 솟았다. 가와사키 등 다른 실무자들도 '오키나와를 반환해 주는' 입장에 있는 미국이 쉴 새 없이 꺼내 놓는 카드에 압도당한다는 불쾌감을 감추지 못했다.

"이렇게 세세한 것까지 따지면서 일본의 승낙을 받으려 하는 데에는 우리 쪽에도 나름대로 이유가 있습니다."

일본 측의 딱딱한 분위기를 감지한 슈나이더는 갑자기 표정을 부드럽게 바꿨다.

"사실 우리 국무부에 있는 사람들 중에는 지일파가 많아 오키나와를 반환해도 일미 동맹을 맺은 양국의 유대 관계가 변함없이 견고하리라 믿고 있습니다. 그러나 의회, 특히 상원이나 국방부, 그리고 군 관계자들은 지금도 오키나와를 반환하면 아시아의 군사 거점으로서 기존처럼 기능할 수 있을지 매우 걱정하고 있습니다. 로비스트 중에도 일본이 앞으로 오키나와의 기지 사용을 거부할 것이라는, 즉 미국으로부터 멀어질 것이라는 사람까지 있어 워싱턴은 이 문제에 대해 매우 신경이 곤두서 있습니다. 현재 메이어 대사가 본국에 돌아가 있는 것도 그런 부분에 대해 최종적으로 설득하기 위해서입니다.”

메이어 대사가 아직도 오키나와 반환에 불안감을 가지고 있는 워싱턴을 설득하고 있음을 강조하면서도, 슈나이더 자신은 이가리를 비롯한 일본 측을 설득하기에 나서고 있는 것이다.

“벌써 정오가 지났군요. 이제 파리 회담까지는 앞으로 5시간 남았습니다. 지금 우리가 합의점을 찾지 못하면 파리 회담은 아무런 성과 없이 단순한 행사로 그치게 됩니다.”

그러한 결과는 이가리 등 일본 쪽 실무자들에게는 업무 실패를 의미한다. 슈나이더의 교묘한 유도에 말문을 잃고 서로 얼굴을 쳐다보는 사이에 그는 다시 회유하는 투로 말을 꺼냈다.

“아무튼 일단은 아이이케 서한의 초안만이라도 이 자리에서 만들고 파리 회담에서 결정 여부를 따져 봅시다.”

“어디까지나 초안이라는 조건이라면 섬토해 보겠습니다. 다만 대신께서는 예상하지 못했던 사안이니만큼 회담

때까지 생각할 시간을 주셨으면 합니다. 오전 9시에 예정된 회담을 적어도 30분 연기해 주셨으면 합니다."

공지된 회담 시간을 연기하면 아이이케 대신을 따라갔던 신문기자들 사이에 온갖 억측과 소문이 돌 수도 있지만 그래도 이가리는 신중을 기했다.

"미스터 이가리의 부탁은 로저드 장관님께서도 흔쾌히 받아들이실 것입니다. 그럼 당장 시작해 볼까요……?"

책상 위에 메모지가 펼쳐졌다. 이 회담의 개요와 비밀 서한의 초안은 작성이 끝나는 대로 '최우선 급전'으로 파리의 일본 대사관에 발신하는 것으로 결정되었다.

　　외무성 전신안

　　재불 나카오카 대사 앞

　　안건 : 오키나와 반환 교섭 대미 청구권

　　[한정 배포] 9일, 이가리와 슈나이더 협상에서 복원 보상비에 관한 미국 측 제안은 다음과 같음.

　　(1) 미국 측에서 심사숙고한 결과, 1896년에 제정된 신탁기금법을 토대로 복원 보상비에 관한 일본 측 제안을 수락할 수 있다고 하며…….

첫 번째 페이지 상단에 '극비 무기한', '최우선 처리'의

빨간 도장이 찍힌, 손으로 쓴 6장의 전신문은 관방장, 2명의 외무 심의관, 차관 순으로 결재를 받고 나서 발신하는 것이 원칙이었지만 사안이 급할 경우에는 사후 승낙으로 처리해도 된다.

전신과로 보내진 극비 전신문은 우선 전문을 일본어의 알파벳 표기로 바꾸고 검열반에서 어투 등의 검토를 거친 다음 통신반으로 보내져서 난자표亂字表에 따라 암호화된다. 일본 외무성과 세계 각국 대사관이 공통적으로 가지고 있는 난자표를 사용하는 것이 F호, 보다 수준이 높은 D호는 외무성과 해당 대사관만 가지고 있으며 한 번 사용한 난자표는 소각 처분된다. 이가리와 슈나이더의 협상 내용은 당연히 D호로 발신되었다. 제삼자는 절대로 해독할 수 없고 주불 대사관이 수신하여 전신 담당자가 해독하는 데에 2시간이 걸린다.

대략적인 내용에 대해서는 연락을 받고 있었지만, 요시다 국장이 슈나이더 공사의 새로운 제안을 담은 평문으로 고친 극비 전신문을 읽고 아연실색한 때는 파리 시간으로 오전 8시가 넘어서였다.

"대신 각하, 두세 장 더 부탁드립니다."
콩코드 광장을 바라보는 주불 미 대사관 2층의 대사 집무실에서 아이이케 외무 대신과 로저드 국무 장관의 회담에 앞서 공식 사진 촬영이 있었다. 일본에서 따라온 수행 기자들은 누구 한 사람 들어가지 못했고, 미국의 양대 통신사인 AP와 UPI의 카메라맨들만 있었다.

촬영이 끝나고 카메라맨들이 나가자 로저드 장관은 일본 측에 손님용 의자를 권한 다음 자신은 아이이케 외무 대신의 대각선 맞은편에 있는 소파에 앉았다. 장관 옆에는 에릭맨 일본부장이 나란히 앉아 있었다.

"어서 오십시오. 반갑습니다."

"OECD 각료이사회 의장직을 맡느라 고생이 많으셨겠습니다."

로저드 장관과 아이이케 대신은 회담이 30분 늦어진 것에 대해서는 조금도 내색하지 않은 채 의례적인 인사만 주고받았다.

"이번 이사회를 통해 일본 경제가 비약적으로 성장하여 국제 경제 관계에 큰 변화를 주고 있다는 사실에 새삼 놀랐습니다. 앞으로 세계 무역 자유화를 위해 공헌해 주셨으면 하고 바라는 바입니다."

190센티미터에 가까운 키에 건장한 체격의 로저드 장관은 한눈에 보기에도 동부 출신 엘리트의 전형적인 외모를 가지고 있다. 그 옆에 있는 에릭맨 일본부장은 북유럽계 사람치고는 머리나 눈이 모두 갈색이고 몸집도 작달막하다. 요코하마 총영사를 시작으로 해서 일본 체재 기간이 11년에 이르는 노련한 지일파로 일본 재계에도 많은 인맥을 가지고 있다.

"이미 도쿄로부터 보고받으셨겠지만 우리는 위로금 지급 건을 일본의 제안대로 받아들일 용의가 있습니다. 그러려면 아이이케 대신의 서한이 필요합니다."

단도직입적으로 본 의제로 들어갔다. 이제부터는 일본과 미국 양쪽이 모두 통역을 쓴다. 일본 측에서는 뉴욕의 아카마쓰赤松 유엔 사무차장보가 '대사'의 직위로 참석했다. 50대 후반이지만 어릴 때부터 미국에서 자라 깨끗한 영어를 구사하는 그는, 일본인치고는 보기 드물게 미국 매스미디어의 총수들과 안면이 있어 그가 가진 정보량은 어중간한 외교 관료를 뺨칠 정도다. 사하시 총리가 닉슨 대통령과 단독 회담을 할 때도 그 옆에는 반드시 아카마쓰가 있었다.

미국 측 통역을 기다릴 것도 없이 아카마쓰의 동시통역을 들은 아이이케 대신이 입을 열었다.

"도쿄로부터 연락을 받아 알고는 있는데, 비밀 서한이라면 절대로 공표되지 않는다고 생각해도 되겠지요?"

그 사이에 요시다 국장이 서류 가방에서 이가리와 슈나

이더의 협상에서 기안된 비밀 서한 초안을 꺼내 테이블 위
에 펼쳤다.

The GOJ has agreed to article VII as a global
settlement of the financial problems in connection with
the GOJ understanding that the USG will set aside 4
million dollars out of this global settlement to establish a
trust fund for the USG to make ex－gratia payments in
accordance with article IV, paragraph 3.

반환 협정 제7조(의 3억 2천만 달러 지불)에 따라 오키나와 반환
에 관한 재정상의 문제는 일괄적으로 해결되나 제4조 3항에 따
라 이 지불 금액 중에서 400만 달러를 미국이 위로금(ex－gratia
payments)을 지급하기 위한 기금으로 만들기 위해 확보해 둔다
는 사실을 일본 측은 이해하고 있다.

로저드 장관은 짙은 푸른색 눈동자로 초안을 바라보더
니 태연하게 말했다.

"미국 정부로서는 최대한의 노력을 다하겠습니다. 다만
만에 하나 예상치 못한 일로 재원에 대한 질문을 받았을 경
우, 이 서한의 존재를 알리지 않으면 안 됩니다. 따라서 비

공개를 약속드릴 수는 없습니다."

이 건에 대해선 이미 도쿄에서 슈나이더 공사가 비밀을 보장하지 않았던가. 물론 문서가 남아 있으면 절대적으로 영원한 비밀은 불가능할 수도 있지만, 아이이케 대신은 물러설 수 없었다.

"이 서한을 영원히 비공개하겠다는 확약을 받지 않는 한 지금 승낙할 수가 없습니다. 그런데 조건만 갖춰지면 위로금 지급 건은 일본의 제안대로 실행되는 것으로 알아도 되겠지요?"

어떻게 해서든지 큰 틀 안에서의 합의만큼은 이루고 싶은 아이이케 대신이 서한의 취급에 대한 교섭의 여지를 남기면서도 버티는 자세를 보이자 로저드 장관은 느긋하게 고개를 끄덕였다.

"미국 측으로서도 이론은 없습니다. 다음으로 협정 조인식에 대한 것인데 실무 차원에서 이번 달 17일, 사하시 총리와 닉슨 대통령이 TV 위성중계로 만나 동시 조인을 하는 것으로 정했습니다. 이 점에 이론은 없으시겠지요?"

"좋습니다. 사하시 총리는 닉슨 대통령과의 조인식을 엄숙한 마음으로 기다리고 있습니다."

조인이 끝나면 국회 비준을 거쳐 오키나와의 반환이 확정된다.

"우리 쪽에서는 반환일을 내년 4월 1일로 하기를 원합
니다."

아이이케 대신이 몸을 앞으로 내밀듯이 하며 말했다. 일
본의 회계연도에 맞추려는 의도였는데, 로저드 장관은 고
개를 갸웃했다.

"4월은 좀 곤란합니다. 그 부분에 대해서는 조금 더 시간
을 두고 이야기해 봅시다."

미국은 반환일도 주도권도 양보하지 않았다.

파리 경찰이 엄중히 경비하고 있는 미국 대사관 정면 게
이트 밖에서는 도쿄에서 따라온 아이이케 외무 대신 수행
기자단이 대사관 내로 들어가는 허가조차 받지 못한 채 초
조한 마음으로 회담이 끝나기만을 기다리고 있었다. 회담
시작 시간이 30분 늦춰지는 바람에 11시에 끝나기로 되어
있던 것이 그만큼 늦어지게 되었다는 연락은 받지 못했다.

"아직도 한참 더 걸리나요?"

가스미가세키 클럽 소속의 신문사 기자들과 파리 지국
의 기자들까지 합쳐 30명 가까이로 늘어난 기자단의 관리
를 맡고 있는 외무성 보도과장이 나오자 일제히 다그쳤다.

"오늘이 총 마무리하는 날이잖아요……."

보도과장이 기자들을 달래면서 변명했다.

"아니, 이번 교섭 때문에 도쿄에서부터 온 수행 기자단을 문 안으로도 들여보내 주지 않다니 이런 실례가 어디 있나! 공식 사진 촬영도 미국 통신사들한테만 허가하고 일본 기자단은 대표로 촬영하는 것조차 인정해 주지 않다니 일본을 얕잡아 보고 하는 짓 아닌가?"

아이이케 담당으로 유명한 요미니치 신문의 기자가 새 양복을 입고 멋을 부린 사람치고는 매너 없는 태도로 투덜거렸다.

"맞아요. 과장님은 미국 측이 하자는 대로 고개만 숙이고 있을 겁니까? 이래 가지고서야 특파원 체면이 뭐가 됩니까?"

각 신문사 기자들이 불평을 늘어놓았다.

"미국 대사관 내 취재는 할 수 없다고 여러분께 미리 설명을 드렸고 다들 납득해 주신 것으로 알고 있었는데 지금 와서 왜 이러는 겁니까? 제발 조용히 해 주세요."

보도과장이 저자세로 부탁했다.

"회담이 길어지는 건 뭔가 문제가 생겨서 그런 겁니까?"

마이아사 신문의 기요하라가 재채기를 참으면서 물었다.

"그럴 것 같지는 않지만, 저도 대사 집무실까지는 들어가지 못하기 때문에⋯⋯. 오늘은 날씨도 쌀쌀하니 밖에서 기다리시기 힘들 테니까 호텔에서 차라도 마시고들 계시지요.

끝날 즈음해서 서기관을 시켜 연락드리도록 하겠습니다."

길 하나를 건너 옆으로 서 있는 호텔 크리옹을 가리키며 말했다. 아이이케 대신 일행이 머물고 있는 호텔에 기자단도 묵고 있다. 물론 그 말을 듣고 대사관 앞에서 물러서는 기자는 아무도 없었는데, 같이 있던 토도 신문 파리 지국 기자가 비꼬듯이 말했다

"아직 새파란 기자들이 호텔 크리옹에 묵다니 대단하군. 외무성에서 빵빵하게 대 주고 있는 것 아니야?"

사실, 수행 기자단이 다른 호텔에 묵으면 취재하는데 불편하지 않겠느냐며 외무성이 신경을 써서 파리에서도 최고급 호텔인 크리옹에 방을 마련해 주었는데 숙박 비용은 도쿄로 돌아간 다음에 정산하기로 되어 있다.

"아, 끝난 모양이네요."

보도과장이 긴장된 표정으로 안으로 뛰어 들어갔다.

아이이케 대신 일행은 로저드 장관, 주불 미국 대사, 에릭맨 일본부장 등의 배웅을 받으며 현관 밖으로 모습을 나타냈다. 약간 굳은 표정이었던 아이이케 대신은 신문기자들을 의식했는지 갑자기 밝은 얼굴로 웃으며, 과장된 몸짓으로 로저드 장관과 악수하면서 작별 인사를 했다.

"그럼 17일 조인식 때 TV에서 만납시다."

기요하라를 비롯한 기자들은 그의 입에서 나오는 말을

한 마디도 놓치지 않기 위해 현관 안으로 들어가 메모에 열
중했다.

호텔 크리옹으로 돌아온 아이이케 대신 일행은 본국과
연락을 마치고 오후 1시 반부터 기자회견을 하겠다는 뜻을
전했다.

그 사이에 기자들은 각 사가 공동으로 빌린 방에 6개의
전화선을 끌어들여서 작업실 삼아 원고를 쓰고 도쿄 본사
에 전화로 송고한 다음, 회견에 앞서 간단한 점심 식사를
하기로 했다.

"일본하고의 통신 상태가 이렇게까지 나쁠 줄은 몰랐네."

기자들은 샌드위치를 먹으면서 새삼스럽지도 않은 불평
을 주고받았다. 국제전화가 잘 연결되지 않는다는 것은 사
전에 알고 있었기 때문에 일본 KDD에 미리 호텔 크리옹과
도쿄 본사와의 직통 전화를 등록해 둔 다음에 정해진 시간
에 교환원이 연결해 주는 방식을 취하고 있었다.

마이아사 신문의 기요하라 같은 경우는 도쿄 본사 정치
부에 있는 직통 전화에 '기요하라 기자 정시 통화용'이라
는 종이를 붙여 놓고 시간대를 적어 놓았기 때문에 그동안
은 아무도 그 전화를 쓰지 못하게 되어 있다.

기요하라는 식후 커피를 마시면서 한시도 몸에서 떨어

뜨리지 않고 지니고 있는 파리 현지 시간과 도쿄 시간 대조
표를 폈다. 조간 기사 마감이 도쿄 시간으로 오전 0시라고
하면 8시간 늦은 파리 시간으로는 오후 4시가 된다. 최종
판은 오후 5시가 넘어서다. 석간 기사 마감이 도쿄 시간으
로 오전 10시라고 한다면 파리 시간으로는 오전 2시가 되
는 셈이다. 아이이케 대신의 일정은 매일 아침 일찍부터 잡
혀 있기 때문에 조간을 쓰고 저녁을 먹고, 다음에 석간을
쓰고 서너 시간 눈을 붙였다가 일어나는 식의 힘든 스케줄
이 이어지고 있다.

기요하라는 조금 후 기자회견이 열릴 장소로 들어갔다.

마리 앙투아네트의 방……. 프랑스 건물에는 역사가 살
아 숨 쉬고 있다. 합스부르크 왕가에서 프랑스의 루이 16세
에게 시집온 왕비 마리 앙투아네트는 베르사이유 궁전의
생활에 적응하지 못했는데, 그녀가 몰래 파리로 나와 안식
을 취한 장소가 바로 크리옹 백작 저택 2층에 있는 이 방이
었다고 한다. 왕비는 남의 눈을 피해 여기서 음악 레슨을
받은 적도 있다고 전해진다.

기요하라는 벽면을 가득 채우고 있는 호화로운 태피스
트리(tapestry, 장식용 벽걸이 융단—역주)를 올려다보았다. '노
래 레슨'이라고 이름 붙여진 이 우중충한 색조의 태피스트
리는 얼마 후 단두대에서 처형된 마리 앙투아네트의 비극

의 징조를 수놓은 것처럼 보이기도 했다.

방을 가로질러 베란다로 나갔다. 이제야 구름이 약간 걷히면서 그 사이로 붓으로 한 번 휘갈긴 듯한 푸른 하늘이 보였다. 시선을 놓려 빙 둘러보니 콩코드 광장 맞은편 샹젤리제 거리의 가로수 저편으로 에펠탑의 뾰족한 꼭대기가 보였다.

오후 1시 반 정각에 기자회견이 시작되었다. 30명에 이르는 기자들이 취재 노트를 펼쳤다.

요시다 국장이 먼저 입을 열었다.

"오늘 열린 로저드 국무 장관과 아이이케 외무 대신의 회담에서 오키나와 반환 교섭이 타결되었습니다. 반환 협정 조인식은 6월 17일, 도쿄와 워싱턴에서 TV 위성중계를 통해 동시에 진행됩니다. 그동안 몇 가지 남겨진 현안들에 대해서 말씀드리자면 나하 공항은 복귀 시점에 완전히 반환됩니다. 배치되어 있던 대잠초계기對潛哨戒機 이전 비용은 일본 측이 부담합니다. 보상에서 누락된 토지의 복원 보상비는 위로금 형식으로 미국이 자발적으로 지급합니다."

담담하게 회담 결과를 발표한 요시다 국장은 이어서 기자단의 질문을 받기 시작했다. 한 신문사 기자가 조인식 시간에 대해 질문한 뒤, 기요하라가 손을 들었다.

"대신님, 어제까지의 발표에서는 복원 보상비에 대해서 미국 측이 위로금 지급을 꺼리고 있어 이 문제가 차후에 남을지도 모른다고 하셨는데 이렇게 갑자기 타결된 이유가 무엇입니까?"

"우리 쪽에서는 근거가 확실한 것에 대해서는 가능한 한 미국으로부터 보상을 받겠다는 태도로 회담에 임했습니다. 정공법으로 당당하게 교섭하였고, 그 덕분에 반환 협정이 순리대로 풀렸다고 생각합니다."

그럴듯하게 대답했다.

"대신님, 오늘의 교섭 타결을 어떻게 평가하십니까?"

교쿠니치 신문의 기자가 질문했다. 아이이케 대신은 밝게 웃는 얼굴로 전체를 둘러보면서 자신만만하게 대답했다.

"이 이상의 협정은 더 이상 없을 정도로 만족스럽게 생각합니다. 아무튼 사하시—닉슨 공동 성명인 핵 철수에 관한 내용을 그대로 협정에 넣은 만큼 핵 은폐라는 비난을 이제는 용납하지 않겠습니다."

기자들은 메모를 하면서도 '아이이케—로저드 회담에서 교섭 타결', '미국이 위로금 지급, 핵 철수 간접 표명'이라는 제목을 달아서 송고할 원고를 머릿속으로 작성하고 있었다.

작업실에서 외무 대신의 기자회견 내용에 대한 기사 송고를 마친 각 사의 기자들은 독자적인 해설 원고를 보내기 위해 여기저기로 흩어졌다.

기요하라는 자신의 방으로 돌아와서 갈증에 시달리고 있던 목을 에비앙으로 적신 다음, 회견이 끝나는 시간을 염두에 두고 도쿄와 미리 연결해 두었던 전화 수화기를 들었다.

"여보세요, 여보세요……."

잡음이 심해서 목청을 돋웠다.

"어어, 기요하라, 나야. 방금 전에 보내 준 원고를 읽었어."

유미나리의 굵직한 목소리가 들려왔다.

"어땠어요?"

"으음, 위로금 문제가 타결되었다고 되어 있는데 그게 정말이야?"

"순리대로 풀렸다고 큰소리치던데요."

"구체적인 금액에 대해서는?"

"아니, 거기에 대해서는 전혀……."

"뭐, 그거야 여기서 취재한 결과 400만 달러라는 걸 확인 했으니까 됐고. 그나저나 회담이 30분 늦어진 건 어떻게 된 일이야?"

"네? 아아, 그러고 보니 늦어지기는 했네요. 첫 해외 취재라 정신이 없어서 깊이 생각해 보지 않았는데……."

"외상끼리 하는 회담이 늦어졌다면 그건 뭔가 어쩔 수 없는 중요한 이유가 있기 때문이라고 봐야 돼. 실은 이쪽 시간으로 오전 10부터 이가리와 슈나이더가 협상을 시작한 것 같은데, 상황이 어떻게 돌아가는지 알아보려고 시키한테 슈나이더 공사의 차량 움직임을 감시하라고 시켰더니 이상할 정도로 회의가 길어졌더군."

"네? 그, 그렇게까지 해서…… 에, 에, 엣취!"

"왜 그래? 강행군 때문에 감기라도 걸린 거야?"

"아니 그게……. 이 초호화판 호텔은 1인실인데도 지붕 덮개가 달린 커다란 침대가 떡 놓여 있어서 영 어색한데다가, 바닥은 대리석이라 멋있기는 한데 카펫이 한 장도 없어서 얼마나 추운지 몰라요……, 에취!"

연이어 재채기를 해 댔다.

"전 세계의 VIP들이 묵는 최고급 호텔이면 스팀이나 난로 같은 게 있을 것 아냐?"

"난로요? 그러고 보니까 어디서 불쏘시개 같은 막대기를 본 것 같기도 한데……."

"농담이야. 6월에 난로를 피우는 호텔이 어디 있어? 아무튼 자네 원고는 '파리 발 기요하라 특파원'의 기명 기사로 1면 톱으로 나갈 거야. 오늘 저녁에 런던으로 이동하

134

지? 몸 잘 추스르고 돌아오도록 해."

유미나리는 할 말만 빠르게 늘어놓으면서도 처음 해외 취재를 나가 지쳐 있는 기요하라의 건강을 염려해 주었다.

통화를 마치고 기요하라는 콧물을 팽 풀었다. 활기 넘치는 팀장의 목소리 덕분에 그나마 힘을 좀 되찾은 기분이었다. 그나저나 기자회견에서 타결되었다고 발표까지 한 청구권 문제에 대해 유미나리는 어째서 아직도 의문을 품고 있는 것일까……?

신문기자로서의 직감이지, 라는 것이 평소 유미나리가 입버릇처럼 하는 말인데, 한번 노린 사냥감은 반드시 잡아 버리는 유미나리의 저력을 알고 있는 만큼 이번 협정에 숨겨진 부분이 있는 모양이라고 짐작하면서도, 기요하라는 새삼 유미나리에 대한 경외감을 느꼈다.

단골 술집 쓰루하치의 카운터 자리에서 유미나리는 혼자 저녁을 먹고 있었다.

햇것으로 나온 은어 소금구이의 내장을 입에 넣고는 그기가 막힌 맛에 입맛을 다시며 감탄했다.

"역시 이게 감칠맛이란 말이야."

앞치마 같은 하얀 겉옷을 입은 여주인이 그 모습을 지켜보다가 유미나리에게 소주를 권했다.

"저희 남편이 유미나리 씨한테 드리려고 마련해 둔 보람이 있네요. 한 잔 더 드릴까요……?"

"오늘은 특파원이 보내 주는 소식 때문에 바빠서 점심도 못 먹었어요. 이제 적당히 요기할 것 좀 주세요."

식사를 부탁하고 난 후 카운터 안에서 뿌루퉁한 표정으로 칼을 갈고 있는, 경마를 좋아하는 주인에게 말을 걸었다.

"사장님, 대단하시네요. 천황상, 사츠키皐月상, 오크스까지 완전히 뒤집어졌다고 하던데 3개에서 다 따셨다면서요?"

그러면서 부럽다는 표정으로 소주잔을 비웠다.

"뭐, 내가 보기에는 다 뻔한 판이었으니까."

주인은 별거 아니라는 듯이 말했다.

"그럼 이번 일요일에는 어떻게 할 건데요?"

"글쎄, 히카루이마이부터 시작해 볼까 싶은데."

"웬일로 아예 안전하게 우승 후보를 찍으시네요."

"그게 말이야, 이기고 지고가 중요한 게 아니거든. 제4코너를 돌아서 채찍이 들어가고 난 다음의 질주, 후추府中의 관중석에 있으면 말들이 뛰는 두두두두 하는 소리가 뱃속까지 울려오는데, 바로 그 진동이 기가 막힌 거라고."

손님들의 주문을 받아 내면서 주인의 목소리는 열기를 띠었다.

136

"부럽네요. 나야 워낙 바빠서 경마장에도 못 가지, 마권을 사 봐야 제대로 따 본 적도 없지……."

유미나리가 투덜대면서도 여주인이 내준 밥과 일본식 된장국을 먹으면서 마지막 한 입 남은 밥을 입 안에 털어 넣었을 때 카운터의 전화가 울렸다. 여주인은 곧바로 전화를 받았다.

"감사합니다, 쓰루하치입니다. ……네, 여기 계시는데요, 잠시 기다려 주세요."

여주인이 유미나리에게 수화기를 건네주었다.

"네, 유미나리입니다……."

입 안에 아직 남아 있는 밥을 우물거리면서 말했다.

"팀장님, 교쿠니치의 움직임이 수상해요."

가스미가세키 클럽의 후배인 시키의 다급한 목소리가 들렸다.

"이상하다니 어떻게?"

"저 공부만 하는 '교수님'이 하루 종일 클럽을 비우고 있는 모양입니다. 은근슬쩍 물어보았더니 때 아닌 감기에 걸려서 드러누웠다고 하는데, 겨우 감기 때문에 저 교수님이 파리 회담 취재를 하던 어제부터 집에 틀어박혀 있을 것 같지는 않거든요."

그러고 보니 파리 회담 취재로 제일 바쁜 시간대인데도

불구하고 유미나리도 교쿠니치 신문의 가스미가세키 클럽 팀장이자 교수님이라는 별명을 가진 가쓰라桂를 본 기억이 없다. 하지만 사실 아이이케 외무 대신의 수행 기자단으로 가 있는 기요하라와 연락을 주고받을 때는 항상 본사의 직통 전화를 쓰고 있었기 때문에 유미나리 자신도 어제는 클럽보다는 본사에 있는 시간이 더 길었다.

그런데 하룻밤이 지나고 한창 정신없이 쏟아지던 파리 회담 관련 속보가 잦아드는 지금까지도 모습을 보이지 않다니…….

외신부 기자로 워싱턴 지국에서 오래 있었던 가쓰라는 일본의 특정 정치가를 등에 업고 있지는 않지만 미국 국무부, 주일 미국 대사관과의 취재 연줄이 굵고, 틀림없는 정보를 가지고 기사를 쓰기 때문에 외무 관료들에게도 평판이 좋다. 그래서 유미나리는 속으로 가쓰라에 대한 라이벌 의식을 가지고 있었다. 그런 가쓰라가 보이지 않는다는 말을 듣게 되자 머릿속에 경계경보가 울렸다.

유미나리는 쓰루하치에서 나와서 외무성 클럽으로 가기 위해 택시를 타고 동쪽 현관 앞에서 내렸다. 커다란 보폭으로 성큼성큼 엘리베이터를 향해 걸어가서 막 닫히려는 문을 넓은 어깨로 막고는 장신의 몸을 안으로 밀어 넣었다. 그런 억지에 먼저 타고 있던 직원들은 노골적으로 비난하

는 표정을 지었는데, 미소를 머금은 시선으로 똑바로 쳐다
보는 한 사람이 있었다. 심의관실의 비서인 미키 아키코였
다. 억지로 엘리베이터에 타는 모습을 들킨 유미나리는 쑥
스러워져서 "이아……" 하며 눈짓만 하고는 4층에 함께 내
려서 "심의관님은요?" 하고 즉시 확인했다. 교쿠니치가 외
무성과 관련된 큰 기사를 준비하고 있다면 안자이의 귀에
뭔가 들어갔을지도 모른다.

"외출하셨어요. 오늘은 영국 대사 관저에서 정례 만찬이
있는 날이라서 턱시도로 갈아입으시더니……. 상당히 서
두르시는 눈치였어요."

서류 봉투를 옆구리에 끼고 있는 미키가 안되었다는 듯
이 말했다.

"야, 이거 참 골치네. 만찬이라면 끝나는 시간도 늦어질
텐데……."

유미나리는 손목시계를 들여다보며 초조해했다.

"지금 시간이면 아직 살롱에서 다른 분들이 도착하는 것
을 기다리면서 가벼운 칵테일을 드시고 있을지도 모르겠
네요. 그렇게 급하신 일이면 제가 리셉션에 전화해서 통화
가 가능한지 알아볼까요?"

미키가 신경을 써 주면서 물었다.

"그렇게 할 수만 있다면 좀 부탁해요."

한시가 다급한 유미나리는 손이라도 잡을 듯한 기세로 미키 가까이로 다가와 말했다. 미키는 날씬한 발목이 돋보이는 뒷모습을 보이며 잰걸음으로 심의관실로 들어가더니 암기하고 있었던 것으로 보이는 영국 대사관의 전화번호를 돌렸다.

잠시 후 상대가 받았는지 안자이 심의관을 호출해 줄 것을 부탁했다가 실망하는 표정으로 수화기를 내려놓았다.

"리셉션 담당자의 말로는 안자이 심의관님이 대사 각하와 단둘이서 서재에 들어가 계시다고 합니다. 도저히 호출할 수 있는 상황이 아니라고 하네요."

"그렇다면 하는 수 없지요. 공연히 신경을 쓰게 해서 미안합니다."

유미나리는 고맙다는 말을 하고 같이 있는 남자 비서인 야마모토에게도 가볍게 손을 들어 인사한 다음 방에서 나와 3층에 있는 기자 클럽으로 내려갔다.

사쿠라다 거리를 바라보는 한 귀퉁이 공간에 도쿄의 20개 신문사와 방송국이 책장으로 나뉜 칸막이방을 두고 있는 기자 클럽은, 어젯밤까지 아이이케 외무 대신과 로저드 국무 장관의 파리 회담 결과 등에 대해 차관 간담회와 미국 담당국 회견에 참석하여 기사를 쓰는 기자들로 온 종일 북적대고 있었다. 하지만 오늘은 다시 원래의 모습으로 돌아와 있다.

유미나리는 두 손을 바지 주머니에 찔러 넣고 교쿠니치의 칸막이방을 지나치면서 흘깃 안쪽 분위기를 살폈는데 특별히 눈에 띄는 점은 없었다. 자사의 칸막이방으로 들어간 그는 시키와 가네다金田, 2명의 후배 기자에게 물었다.

"그 뒤로 상태는 어때?"

"특별히 들리는 소리도 없고, 움직임도 없는데요."

"흠……, 폭풍 전야의 고요함인가?"

유미나리는 혼잣말로 중얼거리면서 가슴팍이 두툼한 180센티미터의 장신을 접듯이 회전의자에 앉았다. 다리를 어디에 둘지 망설이다가 한쪽 다리를 쓰레기통 위에 얹어 놓고는 다시 한번 자사와 교쿠니치의 오늘 자 조간신문을 비교하며 읽어 보았다.

두 신문이 서로 약속이라도 한 듯이 파리 회담의 상황을 전하는 제목의 크기나 기사 내용이 거의 같았고, 아이이케와 로저드의 사진은 마이아사가 UPI, 교쿠니치가 AP에서 제공받았다는 차이만 있을 뿐 구도도 아주 흡사했다.

유미나리는 신문을 막 접으려다가 교쿠니치의 1면 아래쪽에 나와 있는 작은 제목에 눈길이 꽂혔다.

협정 개요, 서문과 9개 조항으로 구성

이 사실은 파리 회담을 기다릴 것도 없이 각 사가 다 알고 있는 내용이고, 조항의 대략적인 내용도 가끔씩 열리는 기자회견을 통해 거의 다 알고 있었다. 오키나와 반환 기사로 타사를 앞지르고 있는 유미나리로서는 아이이케 대신이 귀국한 다음, 일미 동시 조인식 전에 될 수 있는 대로 빨리 협정 전문을 빼내서 역사적인 특종을 터뜨리려고 노리고 있었던 만큼 기자의 동물적인 직감이 움직였다.

"어쩌면 이건지도 모르겠군."

입술을 깨물자 두 후배 기자들은 뭔가 싶어서 교쿠니치의 기사를 들여다보았다.

"교쿠니치는 오키나와 반환 협정의 전문을 이미 빼냈을지도 몰라. 그렇다면 어디서 누출된 거지? 자네들 짐작 가는 곳 없어?"

시계 바늘이 오후 8시 40분을 가리키고 있었다. 유미나리의 눈이 번뜩이며 강한 빛을 내뿜었다.

"하지만 파리에서는 이제 막 교섭이 타결되었고, 외무대신은 아직 귀국하지도 않았잖아요. 아무리 그래도 어떻게……."

"물론 대부분의 사람들은 파리를 주목하고 있지. 하지만 교섭은 파리에서만 했던 게 아니야. 어제 아침부터 여기 7층 조약국장실에 슈나이더 공사가 찾아와서 장시간

협의하고 있었잖아. 시키, 자네는 공사의 차량이 이곳을 떠난 게 오후 1시가 다 되어서라고 했지?"

"네, 팀장님의 지시로 지켜보고 있었는데 괴팍할 정도로 식사 시간을 지키는 그들이 정오가 지났는데도 움직일 생각을 안 해서, 저는 슈나이더 공사가 다른 차로 돌아가지는 않았나 하고 조마조마했었지요."

"가스미가세키에서 이가리 국장하고 슈나이더 공사의 교섭이 길어진 것 때문에 파리 회담 시작 시간이 30분 지연되는 이례적인 사태가 벌어졌어. 그건 아마 아이이케 대신이 프랑스에 갈 때까지도 타결되지 않았던 복원 보상비 문제에 대해서 서로 심각하게 밀고 당기다가 아슬아슬한 한 계선에서 뭔가 조건이 달린 절충안을 발견했고, 그걸 파리로 보냈다고 보는 게 맞을 거야."

유미나리는 어젯밤에 파리에 있는 기요하라와 전화 통화를 했던 내용을 곱씹었다.

"가령 교쿠니치가 협정 전문을 입수했다고 해도 아마 파리 회담용 초안일 거야. 조약국과 미국 담당국에 같은 문건이 있을 테니까 자네들은 그곳을 이 잡듯이 뒤져 보도록 해. 나는 안자이 심의관하고 연락이 닿을 때까지 여기저기 알아볼 테니까."

초안이라고는 하지만 최종적인 것이라면 조만간 공식

발표될 협정 전문과 거의 차이가 없다고 봐야 할 것이다.
두 기자는 알아들었다는 눈짓을 하더니 한가한 분위기를
가장하며 칸막이방을 나갔고, 조금 뒤 유미나리도 일부러
조명을 그대로 켜 둔 채 슬그머니 나갔다. 안쪽에 있는 기
자 휴게실에서는 TV 소리와 함께 마작을 하는 소리가 들려
오고 있었다.

외무성 밖으로 나온 유미나리는 눈에 띄지 않는 후미진
공중전화를 찾아 고치카이 간부이자 자유당 총무회장인
스즈모리 젠이치의 자택으로 전화를 걸었다. 아침형 인간
인 스즈모리는 어지간한 일이 없는 한 술자리를 찾아다니
는 타입이 아니다.

"네, 어, 이게 누구야? 유미 씨 아냐?"

술이 들어간 기분 좋은 목소리로 전화를 받았다.

"갑작스럽게 전화 드려 죄송하지만 파리 회담의 주요 쟁
점인 오키나와 반환 협정에 대해 여쭤 보고 싶은 게 있어서
요. 20, 30분 후에 찾아뵙겠습니다."

세타가야 교도経堂에 있는 스즈모리의 자택으로 쳐들어
갈 기세를 보이자 그는 당황해 하며 말했다.

"잠깐, 그게 무슨 소리야? 방금 아카사카赤坂에서 돌아왔
는데 갑자기 협정이 어쩌고 하면 도통 무슨 소린지…….
도대체 무슨 일인가?"

“아이이케 대신이 파리로 출발할 때 외무성에서 협정 초
안을 비밀리에 가지고 왔을 텐데요?”

여당의 외무위원장을 제외하고도 간사장, 정책조정회
장, 총무회장, 이 세 사람에게는 사전에 승낙을 받았을 것
이라는 짐작으로 찔러보았다.

유미나리와 오랫동안 친분을 나누어 온 스즈모리가 거
짓말을 할 리는 없었다.

“그러고 보니까 관방 과장이 사무실에 온 적이 있었지.
이렇게 진행할 방침이니 잘 부탁한다며 기다란 조문을 보
여 주러 왔더군.”

“사본은 가지고 계시지요?”

10엔짜리 동전을 계속 집어넣으면서 확인했다.

“아니, 없네. 그게 어떻게 된 거냐 하면 극비 문서니만큼
읽어 보고 이견이 없으면 곧바로 회수해 가겠다면서 의자
에 앉아서 기다리는 바람에 대충 훑어보고는 들려 보내 버
렸거든.”

우직함을 내세우는 스즈모리답게 솔직하게 말하면서도
핵심을 찔렀다.

“이런 시간에 유미 씨답지 않게 왜 그렇게 안달이 나서 그
러나? 안 그러던 사람이 안절부절못하는 걸 보니까 교구니
치나 다른 데서 협정에 대한 특종거리라도 잡았나 보지?”

이와테현의 어업 연합을 등에 업고 사회진보당社會進步黨
을 통해 정계로 들어온 지 얼마 되지도 않아 자유당 내의
큰 파벌에 파고들어 두각을 나타내었고, 이제는 총무회장
이라는 요직에까지 오른 사람답게 정치가로서의 직감은
예리했다.

"확증은 아직 없지만 영 수상해서요."

"유미 씨가 수상하다고 짚었다면 틀림이 없겠지. 거기는
전에 지위 협정 때도 특종을 냈잖아. 그런 식의 취재에 대
해서는 교쿠니치가 전통적으로 강한 편이지."

사실이니만큼 유미나리는 패배했을 때의 씁쓸한 뒷맛이
떠올랐다. 스즈모리의 집으로 쳐들어간다 한들 소용이 없
을 거라는 판단이 섰다.

"선생님, 늦은 시간에 실례가 많았습니다. 지금부터 조
간 때까지의 일에 대해서는 내일 사무실에서 말씀드리도
록 하지요."

아주 여유로운 척하면서 전화를 끊고는, 고치카이 회장
인 고히라 마사요시 자택의 서재 직통 번호를 돌리면서
10엔짜리 동전을 더 넣었다. 이케우치 내각 당시 외무 대
신으로서 한일 국교 정상화 교섭을 성사시킨 그 역량을
높이 평가하여 고히라를 '차차기' 총리감으로 여기고 몰
래 정보를 제공하고 있는 외무 관료가 적지 않다.

146

전화를 받은 사람은 비서로 일하는 사위였다.

"늦은 시간에 미안한데 '아바이'는 계시나?"

"아니요, 지금 후원회장 장례식 때문에 출타 중이시고 내일 정오가 지나서야 돌아오시는데요."

고히라의 고향은 카가와현香川縣 마루가메丸龜다. 유미나리는 오늘따라 영 일이 풀리지 않는다는 생각에 속으로 혀를 차면서 전화를 끊고는 일단 본사로 돌아가 보기로 했다.

밤 9시가 넘은 편집국은 출입처나 소속 기자 클럽에서 돌아온 기자들의 활기 넘치는 목소리로 가득 차 있었다.

유미나리는 정치부로 눈길을 돌려 두 후배 기자의 모습을 찾아봤지만 어디에도 없었다. 일단 자기 자리로 가려고 하는데 막 퇴근하려는 부장과 맞닥뜨렸다. 7대 3으로 가른 머리 모양까지도 단정한 신사지만 유미나리하고는 성격이 맞지 않는 상사다. 가볍게 고개를 숙이고 지나치려는데, 그는 마침 생각났다는 듯이 말을 던졌다.

"어떤 여성한테서 자네를 찾는 전화가 두 번이나 온 모양이더군. 이름이 '미와'라고 하던데 짐작 가는 사람이 있으면 전화해 주지?"

그런 이름은 들어본 적이 없지만 혹시나 미키 아키코가

아닌가 싶어 순간적으로 마음에 걸렸다. 하지만 외무성 직원이 신문사로 전화를 걸어 왔을 리가 없다.

"글쎄요, 짐작 가는 사람이 없는데요. 용건이 있다면 그쪽에서 다시 전화하겠지요."

퉁명스럽게 대답했더니 평소부터 정이 안 가는 부하라고 생각하고 있던 부장도 휙 하니 얼굴을 돌리고는 가 버렸다.

"유미, 그 태도 좀 고치라고 내가 그랬잖아."

서로 성격이 맞지 않은 두 사람의 대화를 옆에서 들었는지 수석 데스크 히가키가 주의를 주었다.

"부장님이 무슨 전화 받는 비서라도 된 것처럼 쓸데없는 메시지를 전하니까 그렇죠. 그나저나 그 후로 기요하라라한테서는 아무 연락 없었어요?"

'기요하라 기자 정시 통화용'이라는 쪽지가 붙어 있는 전화기를 가리키며 물었다. 아이이케 대신 일행은 로저드 국무 장관과의 회담이 끝난 다음 저녁에 런던으로 이동하고 기자단도 그대로 수행하는 것으로 예정이 잡혀 있다.

"자네가 저녁 먹으러 가기 전에 송고해 온 잡보가 마지막이야."

히가키 데스크는 짧게 대답하더니 부원들이 가지고 온 기사 원고를 검토하러 돌아갔다. 4명의 데스크 중에서 유미나리가 유일하게 '사내'로 인정하며 마음속으로 존경하고 있는 선배다.

시키와 가네다가 보이지 않아 혹시나 싶어서 '회의 중'이라는 팻말이 걸려 있는 소회의실 문을 열어 보았더니 아니나 다를까, 거기서 머리를 맞대고 있던 그들은 유미나리를 보자마자 매우 곤혹스런 표정을 지었다.

"팀장님, 저희 쪽은 헛걸음이었어요. 미국 담당국과 조약국의 각 과를 다 돌아다녔는데 특별히 교쿠니치가 움직인 것 같은 느낌도 없었고, 협정안도 아이이케 대신이 귀국하기 전에는 결정되지 않는다는 말만 계속 되풀이하더라고요."

이구동성으로 말하며 난처해했다.

"이가리 조약국장한테도 물어는 봤겠지?"

"그 사람이 입을 열리는 없겠다 싶었지만 그래도 혹시나 싶어 국장실로 찾아갔어요. 그런데 요 며칠 동안 쉴 새도 없었고 잠도 못 잤다면서 긴 소파에 쭉 뻗어서 셔벗을 먹고 있었는데, 제가 말을 끝내기도 전에 그렇게 치졸한 질문은 들을 생각도 없다면서 쫓아내 버리더군요."

분하다는 듯이 시키가 말했다. 이가리가 단것을 좋아한디는 사실은 알고 있었는데, 어쨌든 이야기를 들어 보니 상대에 따라 노골적으로 태도가 바뀌는 전형적인 외무 관료임을 알 수 있었다. 유미나리가 직접 부딪쳤어야 할 상대인데, 설사 그런다 해도 입을 열지 않는 건 마찬가지였을 것이다.

"파리 회담 전에 외무성 관방에서 스즈모리에게 이렇게 진행하겠다는 협정 초안을 들고 왔다는 걸 보면, 다음 주에 조인되는 협정과 거의 일치하는 초안을 빼내는 것은 불가능한 일이 아니야."

유미나리는 스즈모리 젠이치 총무회장과 전화 통화했던 내용을 대충 설명해 주었다.

"아직 교쿠니치의 움직임에 대한 확증은 없지만, 만일의 사태에 대비해 나는 초안 입수에 전력을 다할 테니까 자네들은 차선책으로 그 협정 개요를 다시 한번 정리해 주겠나?"

"알겠습니다. 이게 지금까지 정리한 협정 내용의 예상안입니다."

예전에 있었던 아마미奄美, 오가사와라小笠原 반환 협정을 뼈대로 하여 여러 날 동안 취재한 내용을 가지고 살을 입힌, 말하자면 '마이아사 신문사판 오키나와 반환 협정' 내용이 깔끔하게 타이핑되어 있었다. 유미나리는 손질을 했다는 부분을 살펴본 다음 한숨을 쉬었다. 아무리 꼼꼼한 취재를 바탕으로 만든 것이라 해도 초안 자체를 빼내지 못하면 도저히 싸움이 되지 않는다.

"팀장님, 기사를 넣을 지면 문제도 있고 하니까 이젠 데스크로 넘겨야 하지 않을까요?"

신중한 성격의 가네다가 말했다.

"아니, 안자이 심의관을 만나서 어느 정도 감을 잡은 다음에 넘길 생각이야. 그때까지는 모르는 척해."

유미나리는 단호한 태도로 후배 기자들을 제지한 다음, 수송부에 신문사 깃발을 없앤 대형차를 준비해 달라고 했다.

고쿄(皇居, 천황궁. 도쿄 한가운데 있는 천황의 거처―역주)의 한조몬半藏門 가까이 우치보리内堀 거리와 맞닿는 곳에, 전쟁 전에 세워진 영국 대사관이 위용을 자랑하듯 광대한 부지에 널따랗게 자리하고 있다.

오후 9시 47분……. 우치보리 거리에는 자동차 헤드라이트가 끊임없이 흐르고 있었지만, 오랜만에 맑게 갠 밤하늘 아래 고요하게 잠겨 있는 고쿄의 숲은 검푸른 실루엣을 그려 내며 그윽한 한 폭의 그림 같은 풍경을 만들어 내고 있었다.

유미나리는 숨을 크게 들이쉬며 잠시 그 풍경에 넋을 잃었다.

"거기 누구야?"

갑자기 들려온 날카로운 목소리에 뒤를 돌아보니 경찰관이 서 있었다. 대사관의 외곽 경비를 맡고 있는 관할서 순경이었다. 유미나리는 하는 수 없이 중의원에서 발행해 준 기자증을 보여 주며 취재차 왔고, 신문사 차량은 뒤편의 관저 현관 앞 로터리에 주차했다고 말했다.

"아아, 마이아사 정치부 기자께서 취재하려고 기다리시는 거군요. 수고가 많으시네요."

순경은 방금 전과는 전혀 다른 태도로 정중하게 거수경례를 하고는 자리를 떴다.

아까도 관저 로터리에서 검문을 받았는데 쉴 새 없이 떠들어 대는 순찰부장의 수다에 질려서 우치보리 거리 쪽으로 나왔던 것이다.

다시 혼자가 된 유미나리는 화강암으로 만들어진 3층의 중후한 대사관 건물을 철조망 너머로 바라보다가, 굳건하게 닫혀 있는 철문 중앙에 걸린 영국 외무성의 문장紋章에 눈길을 돌렸다. 선명한 빨간색과 파란색 방패 위쪽으로 황금색 장식이 있었는데 오른쪽에는 유니콘이, 왼쪽에는 이빨을 드러낸 사자가 방패에 앞발을 얹어 놓고 있다. 그리고 방패를 휘감고 있는 띠에는 '하나님과 나의 권리', '악한 생각을 하는 사람에게 화 있을 진저'라는 영국 왕실의 표어가 프랑스어로 적혀 있었다.

전에도 몇 번인가 와 본 적이 있는 영국 대사관은 차를 타고 정문으로 출입했을 때는 몰랐는데, 지금 보니 대영제국의 위엄에 압도되는 느낌마저 든다.

경비를 도는 순경들의 발소리가 뒤에서 다시 들렸다. 손목시계를 보니 10시가 다 된 시간이었다. 허겁지겁 뒤로 돌아 담을 따라 줄지어 서 있는 은행나무를 지나 관저 정문 앞으로 되돌아가니, 중앙의 주차장에 있는 각국 대사들의 차는 시동을 걸고 라이트를 켜기 시작했지만 관저의 현관문은 아직 닫혀 있었다. 마음이 통하는 대사들끼리 모여서 떠들기 시작하면 한도 끝도 없다는 이야기를 안자이 심의관에게 들은 터라, 원고 마감 시간에 쫓기는 유미나리의 마음은 초조하기만 했다.

어찌할 바를 모르고 있는데 마침 현관문이 열리면서 샹들리에의 눈부신 불빛 아래로 턱시도와 이브닝드레스 차림의 대사 부부 몇 쌍이 모습을 드러냈고, 그 옆으로 안자이 심의관 부부도 보였다. 참고 기다린 보람이 있었다.

활짝 열린 정문으로 차 한 대가 먼저 천천히 지나갔다. 범퍼 옆에 있는 작은 국기를 보니 스웨덴 대사의 차 같았다. 미국 대사는 본국으로 일시 귀국한 상태여서 참석하지 않았고, 마지막으로 안자이 심의관의 공용차가 빠져나왔

다. 유미나리는 자동차 헤드라이트 앞에 서서 자세를 바로
하고는 고개를 꾸벅 숙였다. 갑작스러운 일에 놀란 운전수
가 급브레이크를 밟고 경적을 울리면서도 안자이의 지시
에 따라 길가에 차를 댔다.

"도대체 무슨 일인가?"

턱시도가 잘 어울리는 안자이가 창문을 열며 물었다.

"실례되는 줄 알지만 긴급히 여쭤야 할 것이 있어 여기
서 계속 기다리고 있었습니다."

정중하게 사과를 했지만 취재차 왔다는 것을 안 안자이
는 곧바로 불쾌한 표정을 지었다.

"가까울수록 예의를 지킬 줄 알아야지. 여기가 어디라고
이런 짓을 하는가?"

안자이는 엄중하게 질책을 했다. 실크로 된 이브닝드레
스를 입고 알이 굵은 진주 목걸이로 가슴을 장식한 부인은
아름다운 얼굴을 딱딱하게 굳힌 채 한 마디도 입을 열지 않
고 유미나리를 무시하려는 듯이 앞쪽만 바라보고 있었다.

"저의 몰상식한 행동을 다시 한번 진심으로 사과드립니
다. 하지만 심의관님, 오키나와 반환 협정 초안이 외부로
새어 나간 것 같습니다."

창문을 닫을 수 없도록 가장자리를 손으로 꽉 잡으면서
다급한 목소리로 말했다.

"자네의 모습을 보아하니 입수한 게 라이벌 신문사인 모양이군."

안자이는 두 손 들었다는 듯이 딱딱하게 굳어 있던 입가에 쓴웃음을 지었다.

"교쿠니치라고 생각하는데 혹시 그런 느낌을 받으신 적이 없습니까?"

"글쎄……. 오늘 아침 미국 대사관에서 그쪽 신문사 팀장인 가쓰라 씨와 마주쳤는데 뭔가 좀 당황한 사람처럼 시선을 돌리더군. 이 정도면 대답이 되었나?"

역시 그랬구나……. 때 아닌 감기로 몸져누웠다는 것은 연막을 친 것이고, 가쓰라가 자취를 감추었다는 사실이 엄청난 경계경보였던 것이다.

순간, 점잔을 빼고 있는 가쓰라 '교수님'의 얼굴이 떠오르면서, 당했다는 생각에 분함과 억울함이 뒤섞인 쓰디쓴 감정이 솟구쳐 올랐다.

"협정만큼은 그쪽이 독점하게 놔둘 수가 없습니다. 초안이 외무성에 있을 테니까 어떻게 살짝이라도 볼 수 있도록 힘 좀 써 주십시오."

필사적인 부탁에 마음이 움직였는지 안자이가 나지막한 어조로 대답했다.

"집에 돌아가서 북미 1과장한테 자네가 취재하러 간다

고 전화해 놓겠네."

바로 그때, 안자이의 부인이 말참견을 했다.

"여보, 이런 데에서 언제까지 말씀하실 거예요? 대사관 사람들한테 창피하잖아요."

예의도 모르는 신문기자를 한껏 경멸하는 듯한 부인의 말이 유미나리의 가슴에 못을 박았지만 그래도 물러서지 않았다. 이윽고 안자이의 차가 떠나는 것을 보면서 유미나리는 머릿속으로 얼른 계산을 했다.

'여기에서 덴엔초후에 있는 안자이의 자택까지 잘 뚫려 있는 길로 달리면 20분 걸리고, 그런 다음에 안자이가 미국 담당국 북미 1과장한테 전화를 걸려면 아무리 빨리 잡아도 밤 10시 40분 정도겠구나.'

시간을 가늠해 보니 오키나와 반환 교섭이 절정에 이른 요즘 매일 밤 1, 2시까지 일하고 있는 북미 1과장으로서는 별로 늦은 시간이 아니었다.

오키나와 교섭의 실무를 한 손에 쥐고 있는 '미스터 오키나와'라는 별명의 가와사키는 아주 뚫기 힘든 '철팬티'로 유명하여 신문기자들이 애를 먹는 상대지만, 심의관이 직접 지시한다면 초안을 내놓지 않을 수 없을 것이다. 남의 뒤를 쫓아가야 하는 취재의 어려움을 곱씹으면서 유미나리는 이튿날 아침 1면 톱기사는 반드시 교쿠니치와 맞먹을 것이라는 투지를 불태웠다.

미국 담당국 북미 1과에서는 10여 명의 직원들이 밝은 조명 아래서 일에 쫓기듯 바삐 움직이고 있었다. 그들은 마치 밤을 잊고 있는 듯 보였다. 아이이케 대신을 수행하고 있는 미국 담당국장 일행이 보내는 전문이 쉴 새 없이 들어오고 그것에 대응하느라 정신이 없는 것 같았다. 가와사키 과장은 소매를 걷어붙인 와이셔츠에 조끼를 걸친 차림으로 전화에 매달리고 있었다. 유창한 영국 영어라서 유미나리가 알아듣기는 힘들었다.

"유미나리 씨, 이러시면 곤란한데요."

안에 들어와 앉아 있는 유미나리를 본 수석 사무관(과장 보좌)이 불만을 표시했다. 신문기자가 알아서는 안 될 일들을 한창 진행하고 있는 중이었기 때문이다.

"과장님한테 급한 볼일이 있어서 그래요. 과장님도 알고 계십니다. 다른 것에 대해서는 보지도 듣지도 않은 걸로 할 테니까 그냥 봐 주세요."

"어쨌든 여기는 안 되니 옆에 있는 회의실에서 기다려 주세요. 여기, 유미나리 씨 좀 안내해 드려요."

수석 사무관은 일반 직원인 사무 담당자를 불러서 유미나리를 방에서 쫓아냈다.

안쪽 문을 열고 회의실로 자리를 옮기자, 쉰이 다 된 서무 담당자가 실례가 안 되려나 하고 마음을 쓰는 말투로 물었다.

"모둠 도시락이라도 괜찮으시다면…… 아직 3∼4인분이 남아 있는데, 드릴까요?"

"아니, 됐어요……. 그나저나 관료들 뒤치다꺼리 하느라 고생이 많겠네요."

타이핑, 복사, 야식 준비, 차량 수배 등을 위해 일반 직원들도 매일 밤 동원되는 바람에 지칠 대로 지쳐 있었다.

"일이니까 어쩔 수 없죠."

짧게 대답하면서도 뒤에서 수발하는 일반 직원들의 노고를 유미나리가 알아주고 있다는 점 때문에 싫지 않은 기색으로 회의실을 나갔고, 그와 엇갈리다시피 하면서 가와사키 북미 1과장이 들어왔다.

"많이 기다리시게 했네요……."

"요점만 말씀드리자면 내용이 거의 확정된 반환 협정 초안이 있다는 말을 듣고 그걸 받으러 왔는데요."

뭐라고 딴말을 꺼내기 전에 아예 못을 박듯이 말했다.

"심의관님한테서 유미나리 씨를 만나 보라는 말씀을 들은 것은 사실이지만 저한테는 그런 서류가 없습니다."

그는 유미나리 맞은편에 대충 걸터앉으며 말했다.

"당 삼역의 이야기로는 아이이케 대신이 파리로 출발하기 직전에 외무성에서 어떤 방식으로 진행하겠다는 협정 초안을 들고 왔다고 하던데요. 게다가 다른 신문사가 그것을 입수했다는 정보도 들어왔고요."

"가령 초안이 있다고 해도 그걸 신문기자한테 그대로 보여 드릴 수는 없는 일이지요. 그리고 어느 신문사인지는 모르지만 그 초안을 입수했다는 이야기는 도저히 믿을 수가 없습니다."

안경을 손가락으로 추켜올리면서 부인했지만, 이대로 물러날 수는 없었다. 무슨 일이 있어도 내일 조간에 협정 전문을 싣는 것이 최우선이었다. 안자이 심의관이 도와주면 틀림없이 받아낼 수 있으리라고 믿고 있었던 만큼 유미나리는 궁지에 몰린 사람처럼 초조해졌다. 지금에 와서 빈손으로 돌아갈 수는 없는 노릇이었다.

"……그럼 이것만이라도 봐 주시겠어요? 누락되거나 잘못된 부분이 있는지 확인만 좀 해 주시면 좋겠는데."

타이핑한 '마이아사판 협정문'을 주머니에서 꺼냈다. 지금까지 기자 생활을 하면서 이렇게 비참한 적은 없었지만 당장 벼랑 끝에 내몰린 상황에서는 체면이나 자존심을 따질 수 있는 처지가 아니었다.

가와사키는 하던 일이 마음에 걸리는 듯 손목시계를 보

면서도, 눈앞에 내밀어진 협정 개요를 거절하지 못하고 받아 들었다. 자신의 업무와 연관되어 있는 만큼 읽는 데 시간은 거의 걸리지 않았다.

"이건 협정의 개요군요. 대체적으로 봤을 때 특별히 잘못된 부분은 눈에 띄지 않는데요."

타이핑된 원고를 돌려주며 말했다.

"과장님, 정 안 되면 협정 서문만이라도 원문을 볼 수 없을까요?"

유미나리가 끈질기게 물고 늘어졌다.

"죄송하지만 유미나리 씨, 더 이상 채근하지 마시고 그냥 알아서 써 주세요."

가와사키는 더 이상의 취재를 정중하게 거부했다.

유미나리는 어금니를 악물고 굴욕을 참으며 물러나지 않을 수가 없었다.

밤 11시 반, 유미나리가 본사로 돌아오자 수석 데스크인 히가키가 기다렸다는 듯이 말을 걸었다.

"이봐, 교쿠니치가 내일 조간을 교환하지 않겠다고 하던데, 뭐 짐작 가는 것 없어?"

신문 업계에서는 각 신문사마다 12판, 즉 밤 10시 전후의 마감 시간까지 나온 기사가 실린 조간 지면을 서로 교환하는 관례가 있다. 그 관례를 깨고 신문을 교환하지 않겠다고 나온 것은 교쿠니치에 특종기사가 독점으로 실려 있고 다른 신문사가 뒤쫓아 취재하는 것을 저지하기 위해서다.

유미나리는 애써 마음의 동요를 숨겼다.

"짐작이 가지 않는 것은 아니지만 다른 부서 건은 아니고요?"

유미나리는 사회부와 경제부 쪽을 턱짓으로 가리키며 물었다.

"가스미가세키 말고는 없을 것 같은데. 그러고 보니까 시키와 가네다, 그리고 유미 자네도 저녁때부터 움직임이 수상했는데 도대체 무슨 일이야?"

데스크가 눈을 부라리며 노려보았다.

"실은 오키나와 반환 협정문이 누출되었을 가능성이 있어서요."

유미나리가 보기 드물게 풀이 죽은 모습으로 털어놓자 데스크의 안색이 바뀌었다.

"오키나와 반환 건으로 다른 신문사를 앞지르고 있는 우리 체면이 완전히 박살나잖아?"

"최종판까지는 아직 1시간 반 이상 남아 있습니다. 개요는 만들어 두었으니까 최선을 다해서 따라잡으면 될 겁니다."

유미나리는 힘 있게 말하고는 시키와 가네다를 데리고 회의실로 들어가 안자이 심의관과 가와사키 북미 1과장과 있었던 일들을 대략적으로 이야기해 주었다.

"이렇게 된 이상 이제는 협정 기사를 제대로 작성하는 게 무엇보다 중요해. 시키, 자네하고 친하다는 교수한테 다시 전화로 취재하고, 가네다는 다시 한번 오가사와라 반환 협정과 비교 검토하도록 해."

각자에게 할 일을 지시한 유미나리는 협정 서문을 다시 작성하기 시작했다.

"이봐, 당했어."

히가키가 교환 정지된 교쿠니치 신문을 휙 하고 책상 위에 던져 놓은 것은 최종판에 들어가기 직전, 유미나리가 간신히 작성한 기사의 교정쇄를 최종적으로 체크하고 있을 때였다.

오키나와 반환 협정안 전문

공동성명을 기초로 실시

고딕체로 된 커다란 제목이 가로세로로 춤을 추며 전문이 지면을 꽉 채우고 있었다.

유미나리는 그 자리에 주저앉을 것처럼 온몸에서 힘이 빠졌지만 잡아먹을 듯한 눈길로 기사를 읽었다.

자신의 기사는 '오키나와 반환 협정 내용', 교쿠니치는 '전문'. 제목부터 아예 승부가 되지 않았다.

"미처 힘이 닿지 못해 죄송합니다."

유미나리가 머리를 숙였다.

"지기는 했지만 그래도 열심히 노력했어. 그나마 정치부장한테 사표를 내지 않아도 될 정도로는 따라잡았잖아."

데스크는 그렇게 위로의 말을 던지고 갔다. 유미나리는 큰소리로 질책을 당하는 것보다 더욱 깊은 패배감을 맛보았다.

술에 잔뜩 취해서 세타가야 소시가야에 있는 집으로 돌아온 시간은 새벽 3시가 넘어서였다.

신발을 벗는 것도 힘들 정도로 만취되어 큰 소리를 내며 집 안으로 들어오는 남편의 모습을 본 유리코는 나이트가운의 끈을 묶으면서 서둘러 나왔다.

"왜 그래요? 당신답지 않게……."

평소에 유미나리는 술에 취했어도 겉으로 드러내는 일이 거의 없었다.

"냉수 좀 줘……."

유미나리는 그렇게만 말하고 귀찮다는 듯이 윗도리와 넥타이를 벗어서 바닥에 내던지고 소파에 털썩 앉아 책상다리를 했다.

"오차즈케 드실 거예요?"

유리코는 남편에게 냉수가 든 컵을 건넨 다음 바닥에 어질러진 옷가지를 주워 소파에 걸쳤다.

"뜨거운 차나 한 잔 줘."

유리코는 부엌으로 가서 녹차를 만들면서 말했다.

"연락이 없어서 걱정하고 있었어요."

늦어질 때는 아주 간단하게나마 전화를 해 주는 편이었기 때문이다.

"교쿠니치한테 당했어."

"그래요……. 하지만 불사신이 아니니까 그런 일도 가끔 생길 수 있다고 저번에 당신이 그랬잖아요."

남편이 이 정도로 상심한 것을 보면 어지간한 사정이 있었겠구나 하고 짐작은 하면서도 모르는 척 녹차를 내주었다.

"그게 보통 큰일이 아니라고."

분한 마음을 참을 수 없는 표정으로 말했다.

"당신 정도면 다음을 기약할 수 있잖아요. 하룻밤 푹 자고, 당했던 일은 깨끗하게 잊어버리고 다시 출근하는 것이 신문기자의 미학이라면서요?"

만신창이가 된 자존심을 부드럽게 격려하려는 의도였다.

"입에 발린 소리 좀 하지 마! 다음을 기약할 기회가 다시는 없는 건수에서 완전히 당해 버렸단 말이야!"

술기운으로 거의 잊어버리고 있던 분함이 되살아난다는 듯 그는 녹차가 든 찻잔을 탕 하고 테이블 위에 거칠게 내려놓았다.

"미안해요. 아무튼 목욕하고 빨리 주무세요."

"응, 그러지."

유미나리는 욕실로 가기 전에 아이들 방문을 살짝 열어 보았다. 초등학교 3학년과 1학년인 두 아이는 더워서 그런지 이불을 걷어차고 자고 있었다. 곁에 가서 이불을 덮어 주고 싶었지만 휘청거리는 발걸음으로 갔다가 혹시 밟기라도 할까 봐 그만두었다.

유리코가 받아 놓은 미지근한 목욕물에 가슴팍이 두터운 몸을 담그고 유미나리는 눈을 감았다. 딱딱하게 굳어 있던 목덜미와 어깨가 따뜻한 물속에서 조금씩 풀리는 것은 기분이 좋았지만, 교쿠니치가 입수한 협정 전문의 출처를 생각하자 머리가 아파 오는 것 같았다. 이렇다 할 만한 출처를 짐작할 수가 없어 두 손으로 물을 떠서 얼굴에 끼얹었다.

가쓰라가 쓴 기사의 정보 출처가 자꾸만 마음에 걸렸다. 가와사키 북미 1과장이 아니라는 것만큼은 확실하다. 국장급 이상이고 사하시 정권을 잘 알고 미국 정부 사정에 밝은 가쓰라 기자를 좋아할 만한 사람이라면, 안자이 심의관의 존재에 가려져서 눈에 띄지는 않지만 정책을 담당하는 또 한 명의 외무 심의관이라는 데에 생각이 미쳤다. 하지만 영국 대사 관저 앞에서 안자이가 했던 말을 생각해 보면 오히려 미국 대사관 쪽 사람인지도 모른다.

유미나리는 욕조에서 불쑥 일어서서 목욕 가운을 두르고 창문을 열었다. 맑게 갠 밤하늘에 영국 대사관 앞에서 우러러보았던 별들이 똑같은 모습으로 소리 없이 반짝이고 있었다.

타사의 추종을 용납하지 않는다는 평소의 자만심과 과신 때문에 방심했던 것이라고 스스로를 꾸짖으면서, 그 협정 속에 숨겨져 있을 속임수를 반드시 백일하에 드러내 보이겠다고 다짐하며 하늘을 응시했다.

장마가 잠깐 갠 사이 반짝이는 햇살과 산들바람을 받아 고쿄의 해자 옆에 들어 찬 푸르고 울창한 수풀이 수면 위에서 한들거리고 있다.

오전 10시, 한 대의 공용차가 사카시타坂下 문을 지나 소

166

나무 가로수를 따라 미나미구루마요세南車寄로 향하고 있
었다. 얼마 후에 말레이시아 대사로 부임하는 아시아국장
이 인증장을 받기에 앞서 천황 폐하를 배알하러 온 것이다.

모닝코트에 은회색 넥타이를 한 아시아국장은 긴장된
표정이었다. 외무성에 들어와 28년 동안 재외공관을 오가
며 근무하다가 처음으로 '특명전권대사'로 임명받게 된 것
이다.

대리석 바닥으로 된 '미나미다마리南溜'라고 불리는 현
관에 도착하니 벌써 궁내청宮內廳 식부관式部官이 기다리고
있었다.

서로 인사를 나눈 다음 식부관은 자갈이 가지런히 깔린
안뜰을 둘러싼 넓고 긴 회랑을 따라 대기실인 '치도리千鳥
의 방'으로 대사를 안내했다. 그곳에서 잠시 기다린 다음
정전正殿인 '마쓰松의 방'으로 향했다.

바닥이 높게 되어 있는 정전의 녹청색 큰 지붕이 한일자
로 공간을 가르고, 하얀 벽과 다갈색 기둥과 들보까지 삼색
으로 통일된 정전은 간소하고 장중한 일본의 전통미를 응
축시켜 놓은 곳이다.

융단이 깔린 '미나미와타리南渡'의 계단을 올라 조금 더
기니 큰 삼목니무 문이 보였다.

거기서 일단 발걸음을 멈추었다. 삼목 문이 열리자 정면

에 천황의 모습이 보였고, 아시아국장은 정전인 '마쓰의 방' 입구에서 깊이 머리를 숙여 인사했다. 약간 떨어진 오른편으로 외무 대신과 내각 참사관, 왼편으로 궁내청 장관과 식부관장이 시립侍立하고 있다. 아시아국장은 느티나무로만 만들어져 있는 바닥에서 뚜벅, 뚜벅 울리는 자신의 구두 소리에 당혹해하며 천황이 있는 곳에서 두세 발짝 떨어진 곳까지 나아가 허리를 90도로 굽혀서 인사했다. 외무 대신이 들고 있던 '관기官記'를 받아 들고 다시 천황 쪽으로 몸을 돌렸다.

특명전권대사의 성명과 임지 등은 사전에 알려져 있기 때문에 모든 일은 무언중에 진행된다.

"임무를 수행하느라 수고가 많네."

천황 입에서 처음으로 말이 나왔다.

대사는 다시금 허리를 깊이 숙여서 경례를 하고 뒷걸음으로 세 발짝 물러난 후 뒤로 돌아서 퇴장했다.

고쿄에서 인증식을 마치고 외무성으로 돌아온 아시아국장이 예복 차림으로 엘리베이터를 향해 걸어가고 있는데, 마이아사 신문의 유미나리 료타가 인사를 했다.

"요시나가 씨, 인증식은 무사히 잘 끝내셨어요?"

"어어, 자넨가? 어이구, 얼마나 긴장을 했는지 몰라."

학처럼 몸이 가늘고 긴 요시나가 게이스케吉永敬介는 쓴 웃음을 짓더니 모닝코트의 어깨를 두드리며 말했다.

"시간이 있으면 잠시 좀 뵀었으면 하는데……."

"지금 말인가? 그러면 대사 대기실에서 잠깐 이야기하도록 하지."

유미나리는 고개를 끄덕이고 같이 엘리베이터에 올라탔다.

대사 대기실은 네 세트의 커다란 책상과 의자가 놓여 있는 것이 전부인 단조로운 방이었다.

"잠깐 실례하고 옷부터 갈아입겠네."

요시나가는 녹차를 가지고 온 비서의 도움을 받아 옷장 안에 있던 평복으로 갈아입고 유미나리와 마주했다.

요시나가가 담배를 꺼내자 유미나리는 몸을 내밀어 라이터로 불을 붙여 주고는 자신도 피스(담배 이름) 갑에서 한 대 빼서 같이 피웠다.

"가스미가세키 클럽을 담당한 지도 꽤 오래되었는데 인증식을 막 마친 분하고 이야기하는 건 이번이 처음이네요."

"그게 정상이지. 자네가 이 안에서 아무리 발이 넓다고 해도 고쿄에서 인증식을 치르는 것은 초임 대사로 나갈 때뿐이니까."

"아아, 그래서군요. 그런데 폐하께서는 아무 말씀 없으셨습니까?"

"임무를 수행하느라 수고가 많다고 하시더군. 이쪽에서
는 아무 말도 해서는 안 되는 규칙이 있어서 고개를 숙이고
경례만 되풀이할 수밖에 없었지만, 몸이 떨릴 정도로 사명
감을 절실하게 느꼈어. 돌아가신 어머니께서 외교관이 되
면 천황 폐하를 뵐 정도가 되어 달라고 입버릇처럼 말씀하
시던 일이 뇌리를 스치더라고."

다시금 감동을 느끼듯이 말했다.

유미나리는 담배를 손에 들고 고개를 끄덕였다. 외무성
에 들어온 이후로 28년 동안 조사국을 시작으로 조약국, 미
국 대사관 참사관, 한국 대사관 공사, 그리고 아시아국장까
지 주로 아시아 지역을 맡아 온 요시나가와는 10년이 넘게
알고 지낸 사이다.

"생각해 보니 요시나가 씨한테 참 신세를 많이 졌네요.
특히 한일 교섭 당시에는 정말 이모저모로……."

당시 유미나리는 이제 막 외무성 출입 기자가 되었을 때
였다. 팀장, 부팀장에 이어 세 번째였지만 최대의 외교 현
안이었던 한일 교섭에 대해서 쉴 새 없이 특종을 낼 수 있
었던 것은 주한 공사인 요시나가라는 뉴스 소스가 있었기
때문이다.

"아니지, 그건 자네가 당시 고히라 외무 대신이나 조약

국장한테 취재를 잘해서 정보를 가지고 있었기 때문이야.
나는 노력 안 하는 기자는 상대하지 않으니까. 그뿐이지."

요시나가는 꽁초를 재떨이에 던져 넣고는 맑은 눈길로
쳐다보며 말했다. 유미나리는 입가에 미소를 띤 채 고개를
끄덕이며 물었다.

"이번에 부임하시는 말레이시아는 베트남 전쟁에 직접
적인 영향을 받는 곳이 아니라서 가족 분들도 안심하고 가
실 수 있겠네요?"

"하지만 그 나라에 가는 게 결정된 다음부터 내 머릿속
에 자꾸만 떠오르는 생각은 일본이 전쟁 때 4년에 걸쳐서
말레이시아를 군사 점령했다는 사실일세. 중공이나 한국
만큼 반일 감정이 강하지는 않지만 그래도 일본은 그런 과
거를 잊어서는 안 되지. 말레이시아는 최근에 실업자 대책
이나 외국 기업 유치에 힘을 들이고 있는 모양이니까 그런
쪽으로 뭔가 도움이 되었으면 하고 바라고 있어.

외교의 기본은 나라와 나라가 전쟁을 하지 않도록 한다
는 그 한 가지로 요약될 수 있는데, 그러기 위해서라도 일
본은 좀 더 아시아 국가들과의 우호 관계를 중시할 필요가
있지.

아무리 전쟁에 져서 미국의 지배하에 놓여 있었다고는
해도 4반세기가 지난 지금까지도 여전히 미국 눈치만 살피

고 있다면 그게 얼마나 딱한 일인가? 하기야 아시아 쪽을 맡고 있는 우리의 무력함도 반성해야겠지만 미국 일변도의 외교 가지고는 일본의 장래가 걱정된다고 봐야지."

담담한 말 속에 나라를 걱정하는 외교관의 진지한 마음이 느껴졌다.

유미나리는 깊은 감동을 받았다.

"요시나가 씨……"

입을 열었다가 말을 꺼내지 못하고 있었다.

"왜 그러는가? 오늘은 영 평소의 자네 같지 않아 보이는데. 설마 교쿠니치가 오키나와 반환 협정 전문을 특종으로 내놓은 것 때문에 아직까지 그러고 있는 건 아니겠지?"

입가에 미소를 띠웠다.

"아니요, 정말 타격이 컸습니다. 그 정보의 출처는 어디쯤일까요?"

"글쎄, 보나마나 국장급보다 더 위쪽에서 나온 거겠지."

부드러운 말투였지만 대충 짐작이 가는 듯했다.

"안자이 심의관님이 아니라면 혹시 한 분 더 있는……?"

안자이 심의관에게 가려서 눈에 띄지 않는 정책 담당 심의관을 암시하며 눈으로 물어보았는데 요시나가는 여전히 선선한 미소만 띠고 있을 뿐이었다.

"그건 그렇다 치고, 일찍부터 노리고 있던 기사거리를

172

빼앗겨서 체면이 말이 아니게 구겨졌지만, 반환 협정에 대해서 또 한 가지 꼭 쓰고 싶은 기사거리를 가지고 있는데, 어떤 타이밍에 어떻게 써야 할지 이것저것 따지다 보니 결단을 내리기가 힘드네요."

외무 관료 중에 안자이 심의관과 가장 친하기는 하지만, '친미파'와 거리를 두고 일본의 진정한 국익이 무엇인가를 생각하면서 때로는 정치가하고도 타협하지 않는 요시나가 게이스케는 유미나리가 존경하며 본심을 털어놓을 수 있는 몇 안 되는 사람 중에 하나다.

"외교는 상대국과의 신의 때문에라도 비밀을 중시하는 방향으로 가기 쉬운데 그것을 감시하는 기능을 가진 것이 신문이 아닐까 하네. 자네들이 하는 취재와 보도가 없으면 모든 것이 비밀의 베일 속에 가려져서 자칫하다가는 잘못된 방향으로 나아가는 수도 있으니까. 외교관하고 신문기자는 입장의 차이는 있어도 크게 보면 진정한 국익을 위해 일한다는 점에서는 마찬가지라고 볼 수 있지."

국정의 유일한 전달자는 신문기자라는 신념을 가진 유미나리에게 그것은 가슴에 스며드는 고마운 말이었다.

"말씀을 들으니까 용기가 생기네요."

"오늘따라 너무 얌전하네. 자네만한 기자가 그토록 고민하고 있는 기사거리라는 게 도대체 무엇인지 궁금해지는군. 말레이시아로 부임하기 전에 기사를 읽을 수 있겠는가?”

관심을 드러내며 물었다.

“꼭 읽게 해 드리고 싶기는 하지만 언제, 어떻게 터트릴지 아직 결정되지 않아서요…….”

유미나리는 걱정 어린 말투로 말끝을 흐렸다.

“내가 쓸데없는 걸 물었군. 그럼…….”

요시나가는 손목시계를 보았다.

“송별회 때 찾아뵐 생각이지만, 일단 인사는 해 두겠습니다. 말레이시아는 기후가 좋지 않은 곳이라 하니 가셔서도 몸 건강히 지내시길 바랍니다.”

유미나리는 악수에 힘을 담아 송별 인사를 하고 복도에서 배웅한 후, 외무성에서 나와 곧바로 택시를 잡지 않고 신문사 방향으로 사쿠라다 거리를 걸었다. 그러다가 요시나가와 나누었던 대화의 여운에 잠기면서 문득 시간이 있을 때 요시나가에게 줄 선물이라도 봐 두어야겠다는 생각이 들어 택시를 세웠다.

택시를 타고 긴자 욘초메銀座四丁目의 교차로에서 내려 미유키みゆき 거리로 들어섰다. 외국에서 수입한 신사용 잡화들이 즐비한 ‘후지이’ 안으로 들어가니, 1905년에 창업된 전통 있는 상점다운 면모를 갖춘 가게 안쪽에서 누군가 반색하며 맞이했다.

"오랜만에 오셨네요."

머리는 완전히 벗겨졌지만 말끔하게 차려입은 나이 든 점원이 모습을 드러냈다.

"여기에 자주 들렀다가는 내 용돈이 남아나지 않지. 그나저나 선물을 사려고 왔는데, 예산은 알다시피 그만그만하고……. 좀 그럴듯한 작은 물건이 없을까? 상대의 나이는 쉰 정도이고, 소지품을 보면 동전 지갑조차 워낙 고상한 취향이라 뭘 드려야 할지 도무지 감을 잡을 수가 없군."

"까다롭네요. 혹시 받으실 분의 직업은……?"

실례가 되지 않도록 조심스럽게 물었다.

"외국 생활 경험이 많은 관료라고 보면 되겠지."

"그렇다면……."

나이 든 점원은 반질거리는 머리를 갸웃거리더니 잘 닦여져 있는 유리 케이스의 여기저기와 선반으로 눈길을 옮기다가 시선을 멈췄다.

"어지간한 것은 다 가지고 계시는 관료 분이라면 은으로 된 이 페이퍼 나이프는 어떨까요? 이니셜을 넣어서 드리면 정성이 돋보이겠지요. 한 이틀 정도만 여유를 주시면 이니셜을 넣어 드릴 수 있습니다."

"응, 괜찮군. 다 되면 신문사로 보내 줬으면 좋겠는데."

유미나리는 요시나가 게이스케의 이니셜을 메모지에 써주고 돈을 냈다.

"유미나리 씨가 맨 그 넥타이는 저희 가게에서 구입하신 것이지요?"

점원이 영수증을 주면서 물었다.

"어, 이거? 이건 누구한테 받은 건데. 그런데 이게 여기서 파는 물건들만큼 비싼 건가?"

유미나리는 파란 바탕에 작은 마름모 모양이 들어간 넥타이 끝을 손으로 잡으면서 약간 낭패한 표정으로 물었다.

"아무튼 유미나리 씨의 인품을 잘 아는 분이 고르셨다는 것은 한눈에 봐도 알 수 있겠네요. 아주 잘 어울리십니다."

"여전히 남 추켜세우는 데는 일가견이 있다니까. 이러니 장사가 잘 되지."

아부하려고 하는 빈말은 아니라는 것을 알면서도 유미나리는 일부러 딴청을 피우고는 가게를 나섰다.

아직 오전 시간이라 사람들이 많지 않은 미유키 거리를 따라 좀 전에 왔던 길로 되돌아가면서 유미나리는 잘 닦여진 쇼윈도에 비친 넥타이를 힐끗 보고는, 그렇듯 마음이 담긴 물건이었구나 하는 생각에 은근히 기분이 좋아졌다.

6월 17일, 30분 뒤인 오후 9시부터 오키나와 반환 협정 조인식이 위성방송을 통해 도쿄와 워싱턴에서 동시에 진행될 예정이다.

유미나리는 편집국 정치부에 있는 자신의 자리에서 외무성의 기자 클럽으로 전화를 걸었다. 기요하라가 곧바로 받았다.

"조인식에 닉슨이 참석하지 않는 이유가 뭔지 알아냈나?"

8일 전 파리 회담에서 합의할 때는 조인식에 일본 측에서는 사하시 총리, 미국 측에서는 닉슨 대통령이 참석하여 서로 축사를 하기로 했음에도 불구하고 오늘 새벽, 오전 2시에 타전된 로이터 통신에 따르면 닉슨 대통령은 참석을 하지 않는다는 것이었다.

"외무성이 공식 연락을 받기도 전에 로이터에서 소식이 흘러나오는 바람에 체면이 완전히 깎여 버린 북미 1과는 아무것도 들은 바 없다는 말만 계속하고 있어요. 하지만 오키나와 반환 교섭과 병행하던 일미 섬유 교섭 때문에 닉슨이 섬유 업계로부터 압력을 받고 있고, 그쪽 눈치를 보느라 참석하지 않았다는 추측이 대부분입니다. 실제로 오늘 조인식은 인기가 많은 미국 아침 뉴스 프로인 '투데이즈 뉴스'로 생중계된다고 하니까 화면에서 도망치고 싶었던 거겠죠."

기요하라 기자가 똑 부러진 말투로 대답했다.

"그래, 대충 짐작은 했었지. 아무리 그래도 직전에 와서 참석을 안 하겠다니 이쪽을 너무 깔보는 거 아냐?"

유미나리의 말이 떨어지기도 전에 "어, 이제 시작될 모양이네!"라는 술렁임과 함께 정치부, 외신부, 사회부, 경제부 기자들은 편집국에 있는 2대의 TV 앞으로 모여들었다. 유미나리도 전화를 끊고 TV 쪽으로 자리를 옮겼다.

도쿄의 조인식이 열리는 총리 관저의 큰 방에는 사하시 총리 이하 전 각료와 메이어 주일 미국 대사, 슈나이더 공사 등이 모여 있었고, 워싱턴에서는 국무부 8층에 있는 토머스 제퍼슨 스테이트 리셉션 룸에 로저드 국무 장관, 리드 국방 장관, 오오바 주미 일본 대사 등이 참석해 있었다.

일본 측에서는 총리 대신이 참석했는데도 미국 측에서 닉슨 대통령이 나오지 않는 것은 균형이 맞지 않는 일로, 일미 간의 입장 차가 극명하다는 것을 암시해 주었다.

주요 인물인 오키나와의 야라 주석도 모습을 보이지 않았다. 핵 철수, 재배치 금지, 기지 축소 중 그 어느 것도 명확하게 보증되지 않은, 오키나와 주민들의 의사가 배제된 협정에 대한 반발인 것으로 보였다.

형식에 따라 조인식이 진행되었다. 아이이케 외무 대신과 메이어 주일 미국 대사가 반환 협정과 관련된 문서에 서명을 하고 있는 동안, TV 위성중계 화면을 바라보던 사하시 총리의 볼은 발갛게 상기되어 있었다.

조인식은 30분 만에 종료되었고 사하시 총리는 메이어 주일 미국 대사와 악수를 나누었다. 감개무량해서인지 그 커다란 눈에 살짝 이슬이 맺혀 있었다.

감격에 복받쳐서 당장이라도 울음을 터뜨릴 것처럼 보이는 사하시의 얼굴이 TV 카메라에 클로즈업된 후, 이 사람 저 사람 가리지 않고 악수를 청하며 감사의 말을 연발하는 기쁨에 넘친 모습이 비춰지자 많은 기자들은 감동을 받았다.

"TV의 힘이 무시할 게 못 되네."

"그러게……. 지금까지 걸핏하면 '대책 없는 사하시'라고 깎아내리던 우리였지만, 저런 모습을 보니까 어려운 전후 처리 문제를 참을성 있게 해결했구나 하고 높이 평가하고 싶어지니 말이야."

"생각해 보면 사하시처럼 안정된 정권이 아니었으면 오랜 시간이 필요한 오키나와 반환 교섭은 이루어지지 못했을지도 모르는 일이야."

서로 그런 말을 주고받으며 각자의 자리로 흩어졌다. 유미나리는 TV 앞에서 혼자 팔짱을 끼고 생각에 잠겨 있다가 이윽고 마음을 정했다는 듯이 츠카사 정치부장 자리로 향했다. 츠카사도 TV 중계방송을 보고 있었다는 사실은 미리 눈으로 확인해 두었다.

"방금 있었던 반환 협정에 대해 좀 긴 해설 기사를 쓰고 싶은데요."

어떤 기사를 쓰든 상의하는 일이 거의 없는 유미나리가 그런 말을 하자 츠카사 부장은 의아해하는 표정을 지었다.

"일단 앉지."

양복 윗도리는 벗은 상태지만 와이셔츠 소매 끝에 커프스 버튼을 달고 있을 정도로 단정한 옷매무새를 흐트러뜨리지 않은 츠카사는 책상 앞에 있는 의자를 권했다.

"잘 아시는 그 청구권 문제입니다. 조인된 협정에 복원 보상비는 미국 측이 지불한다고 되어 있는데 사실은 일본이 대신 내주는 셈입니다. 이제야 확신이 서서 그러는데 일미 외교의 존재 방식을 생각해 본다는 의미도 포함해서 이참에 한번 써 두고 싶은 겁니다."

자신의 신념을 피력하듯이 말하고는 일본이 대신 지불하는 시스템에 대해서 설명하자 츠카사는 깜짝 놀랐다.

"만약 그 말이 사실이라면 국민이 모르게 그런 교섭이 이루어진다는 건 보통 문제가 아니야. 히가키 씨를 불러서 같이 검토해 보자고."

을 짚으며 확인해 나갔다. 그야말로 극히 한정된 관계자들에게만 회람된 전신문으로 3통이 있었다.

"이건 완전히 특급 정보인데."

언제나 침착하고 냉정하게 사물을 대하는 츠카사도 흥분을 억누를 수 없다는 듯이 읽고 나서 히가키에게 넘겨주었다.

"첫 번째와 두 번째는 손으로 쓴 전신안이군. 고치고 덧붙여 쓰기를 몇 번이나 한, 정말로 생생한 문안이야. 이런 건 생전 처음 보네. 대단해, 유미 씨! 이 정도로 확실한 물증이 있는 이상 해설이 아니라 특종기사로 1면에 대대적으로 터뜨리자고."

히가키가 눈을 반짝였다. 츠카사 부장도 같은 생각인지 전신문을 비교해 보면서 의미 있는 말을 했다.

"조인식에 대한 내용은 아까 그 TV 중계로 신선미가 없어졌어. 지금 시간이면 1면뿐만 아니라 3면도 쓸 수 있겠군."

아마도 독점으로 대특종을 터뜨리는 상상을 하는 것 같았다.

"……그것은 좀……."

부장과 수석 데스크의 흥분된 반응에 오히려 당사자인 유미나리가 갑자기 뒷걸음질 치듯이 머뭇거렸다.

"왜 그래, 갑자기? 뭐 문제가 되는 일이라도 있는 거야?"

히가키가 굵은 눈썹을 올리면서 물었다.

"이 전신문을 입수했다는 사실 자체를 숨기고 싶어서요. 오늘은 그냥 해설 기사로 나갔으면 합니다."

"……이 문서는 언제 입수한 거야?"

"4, 5일 전에요."

"이런 특급 정보를 입수했으면서도 4, 5일 동안 꼭꼭 숨겨 두고 오늘 밤 조인식이 끝날 때까지 입도 뻥긋하지 않은 것을 보면 뭔가 사연이 있는 것 같은데?"

"이걸 손에 넣고서 대대적으로 특종을 터뜨리고 싶다는 생각을 몇 번이나 했는지 모릅니다. 하지만 워낙 큰 건이라서 자칫 조인식 전에 썼다가는 조인식뿐만 아니라 오키나와 반환 자체에 지장이 생기지 않을까 걱정이 돼서 자꾸 망설이게 되더라고요……."

오키나와의 본토 반환을 바라는 마음과 특종기사를 쓰고 싶은 마음 간의 갈등을 이야기하자 츠카사는 팔짱을 꼈다.

"거기까지 생각하고서 내놓은 것이었군."

"하지만 조인식은 마쳤으니까 어떻게 쓰느냐에 따라 얼마든지 요리할 수 있는 거잖아?"

유미나리의 성격을 누구보다도 잘 알고 있는 히가키는 망설이는 이유를 제대로 짚어 내려는 듯이 물었다.

자리에서 일어섰다.

유미나리는 원고지에 기사를 쓰기 시작했다. 기승전결을 미리 다 세워 두었다고는 하지만 후반 이후의 핵심 부분에 이르자 썼다가 찢어 버리고, 다시 썼다가 고치는 식으로 신중하게 글귀를 골라가며 작성했다.

큼직한 꺼리를 잡으면 일단 닥치는 대로 쓰고, 쓰고, 또 쓴다는 것이 유미나리의 평소 지론이다. 하지만 지금은 기관총을 갈기듯 써 대던 평소의 그 모습을 찾아볼 수 없다. 주저하면서도 써야 할 것은 일단 모두 썼다.

한 줄에 20글자씩 넉 줄로 된 원고지 50매를 다 쓰고는 그것을 수석 데스크에게 제출했다.

대형 사건 기사를 마감한 뒤에 느껴지는 성취감은 생기지 않았고, 유미나리의 가슴에는 아직도 꺼지지 않는 무언가가 계속 남아서 타고 있었다.

옆쪽에 있는 사회부에서는 과격파가 메이지 공원에서 쇠파이프 폭탄을 터뜨린 사건의 속보가 들어왔는지 기자들의 목소리가 여기저기서 크게 울려 대고 있었다.

"유미 씨, 전화……."

대각선 맞은편에 있는 동료가 외부에서 전화가 왔음을

알려 주었다.

"나 없어!"

유미나리는 퉁명스럽게 대답했다. 지금은 전화를 받을 기분이 전혀 아니었다.

"기타큐슈의 유미나리 쇼스케弓成正助라고 하던데……, 아버님 아냐?"

"아버지? 누구든 간에 어쨌든 없다고 해!"

무뚝뚝하게 거절해 놓고 보니, 오늘 신주쿠新宿에서 열리는 전국 청과 업계의 대규모 회합 때문에 도쿄로 올라오면 소시가야에 있는 너희 집에 들르겠다는 내용의 편지를 아버지한테서 받은 기억이 났다. 1년에 한 번 있을까 말까 한 기회를 즐거운 마음으로 기다리던 아버지한테 지금 자신의 고함 소리가 들렸을지도 모른다. 맨손으로 집안을 일으킨 대단한 사업 수완에 호방한 성격을 가진 아버지이지만, 일흔을 바라보는 나이에 접어들면서 외아들인 자신과 손자들에 대한 애착은 날이 갈수록 깊어지고 있었다. 그런 만큼 지금 자신의 쌀쌀맞은 목소리를 들었다면 틀림없이 마음이 상하실 것이다. 그래도 지금으로서는 아버지와 술잔을 나눌 마음의 여유가 전혀 없었다.

미안해요, 아버지……. 유미나리는 마음속으로 아버지에게 머리를 숙이면서도 시선은 계속 정리본부 쪽을 향하고 있었다.

내일 조간신문은 오키나와 반환 협정 조인식에 관련된 지면으로 가득 찰 것이다. TV로 중계 방송된 이후인 만큼 활자 보도의 강점과 깊이를 충분히 살려 얼마나 알찬 지면을 만드느냐 하는 것이 정리본부의 실력이라고 할 수 있다.

자신의 원고를 정치, 경제, 외신 담당 데스크가 다 읽었을 즈음 유미나리가 정리본부로 다가갔다.

"또 자네야?"

데스크는 노골적으로 싫은 표정을 지었다. 기자가 작성한 기사에 제목을 달고, 지면 할당을 하는 것은 정리본부의 권한이기 때문에 현장 기자들과는 분명한 선을 그어 두고 있고, 그 선을 넘어서 이런저런 참견을 하는 것을 무척 싫어한다.

"제목으로 '군용지 보상비에 대한 의혹'이라고 크게 넣어 주셨으면 하는데요."

유미나리가 공손하게 말했다.

"전에도 말했지만 제목은 이쪽에서 정하는 거야. 게다가 자네 기사에는 의혹을 뒷받침해 줄 구체적인 사실이 한 줄도 안 나오잖아?"

"뉴스 소스 때문에 노골적으로 쓸 수가 없어서요. 하지만 증거는 확실합니다."

자신만만하게 말했다.

"그럼 좀 보여 주던지."

"그건 좀……. 저희 부장님하고 수석 데스크한테는 미리 OK를 받았거든요."

은근히 위쪽이 알고 있음을 내풍기고는 더 이상 아무 소리도 듣지 않으려고 뒤돌아섰다.

후배들을 데리고 근처 술집에서 거나하게 마신 다음 본사로 돌아온 것은 밤 11시 반, 조간이 막 인쇄되어 나왔을 때였다.

1면 전체에 조인식에 대한 기사와 사진이 실려 있었고, 유미나리의 기사는 3면 왼쪽 8단에 기명으로 크게 게재되어 있었다.

교섭의 내막

미국, 기지와 수입으로 실리를 잡다−청구 처리에 대한 의혹

이번 교섭에서 미국 측의 교섭 방침 중의 하나는 오키나와 반환에 따른 비용은 한 푼도 내지 않는다는 것, 뒤집어 말하면 이제까지 오키나와에 투자한 금액을 최대한 회수한다는 것이었다.

이런 요구에 대해서 일본은 순순히 응했다. 정권 연장을 위해 오키나와 반환에 모든 것을 건 사하시 내각의 약점을 미국 측은 속속들이 알고 있었다. 결과적으로 미국 자산의 유상 인수 금액 이외에도 특수 병기(핵) 철수 비용까지 포함한 3억 2천만 달러라는 일본 측의 재정 지출은 완전히 '고무줄 식'이어서 항목별 계산 근거에 대해서는 국회에도 제시할 필요가 없도록 되어 있다.

게다가 교섭 막판까지 남겨진 4가지 쟁점 중에서 VOA를 제외한 일본 측의 모든 요구가 받아들여진 형태가 되었는데, 이 중에서 대미 청구에 대해 '자발적 지불'이라고 표현한 점은 명료하지 않다는 인상을 지울 수가 없다. 과연 정말로 미국 측이 지불하는 것일까 하는 의혹을 품지 않을 수가 없는 것이다.

미국 측은 예전에 의회에 '오키나와 문제에서 대미 청구 건 보상이 종료되었다'고 설명한 것을 이유로 내세우며 보상에서 누락된 400만 달러를 지불하라는 일본의 요구를 계속 거부해 왔다. 그래서 일본 측은 3억 1천600만 달러라는 대미 지불 금액에 위로금 400만 달러를 덧붙여서 3억 2천만 달러라는 딱 떨어지는 숫자로 만든 것이 아닐까? 그리고 미국 측은 의회에다 '400만 달러는 일본 측이 지불했다'고 설명하는 것으로 일을 무마시키려는 속사정이 있는 것은 아닐까? 다만 그렇게 설명하기 위해서는 일본 측으로부터 비밀리에 '한 글귀'를 받아 둘 필요가 있었을 것이다. 교섭의 실태는 대략 이런 것이리라 짐작된다

올 가을 오키나와 반환을 비준하는 국회를 통하여 여론이 여

기에 대해 과연 어떤 심판을 내릴지 주목되는 바이다.

(정치부 유미나리 료타 기자)

정리본부 데스크가 말한 대로 기사는 뜬구름을 잡는 것처럼 애매하다. 아이이케 비밀 서한에 대해서도 "비밀리에 '한 글귀'"라는 표현으로 얼버무릴 수밖에 없었다.

아무튼 자국의 의회 대책밖에 생각하지 않는 미국과 자국 국민 따위는 전혀 염두에 두지 않는 일본 정부……. 유미나리가 입수한 3통의 전신문이 없었더라면 상상도 하지 못했을 내막이 어둠 속으로 묻혀 버리고 말았을 것이다.

절대로 용서할 수 없는 속임수의 증거를 손에 쥐고 있으면서도 뉴스 소스가 드러나서는 안 된다는 이유 때문에 있는 그대로 쓸 수 없는 답답함과 안타까움……. 그나마 이 기사가 사실을 밝히기 위한 단서가 되어 주기만을 바랄 뿐이었다.

이튿날 유미나리의 집 식탁은 오랜만에 떠들썩했다. 료타의 아버지인 유미나리 쇼스케는 아들한테 박정하게 전화를 거절당했다고 해서 순순히 물러날 위인이 아니었다. 그는 쓰키지築地 수산 시장에서 직접 고른 큼지막한 도미를 들고 유미나리의 집에 나타났다.

190

집 근처 생선 가게에 부탁해서 생선회로 뜬 도미가 큰 접시에 수북이 놓여 있었고, 유리코가 솜씨를 발휘해서 만든 조림, 무침, 아이들이 좋아하는 크로켓, 샐러드 등이 식탁을 가득 채우고 있었다.

"아무튼 우리 아버지는 아무도 못 말린다니까. 우선 한 잔 받으세요."

료타는 아버지의 커다란 술잔에 소주를 부어 드렸다.

"너야말로 천하에 불효막심한 놈이지. 아니, 아비가 전화를 걸었는데 거기에 대고 '없다고 해!'라고 소리치는 놈이 어디 있냐, 엉? 와하하하!"

료타와 얼굴 모양과 몸집이 비슷한 아버지는 바나나왕으로 자수성가한 사람답게 체격이 건장하고, 우락부락하게 생긴 얼굴도 혈색이 좋아 일흔에 가까운 나이라고 믿기지 않을 만큼 정정하다.

"사내놈들이 먹는 게 왜 그 모양이냐? 이것저것 가리지 않고 덥석덥석 먹어야지."

초등학교 3학년과 1학년인 손자들을 웃는 얼굴로 꾸짖으며 젓가락으로 생선회를 집어 입에 넣어 주고는 흐뭇한 표정을 지었다.

"밀아버지, 이빈에는 몇 밤 가고 갈 거야?"

요이치가 물었다.

"글쎄다. 많이 자고 가고 싶지만 할애비도 회사에 가야 하니까 하룻밤밖에 못 있겠네."

"아버님, 하룻밤만 계시다 가시면 오히려 더 피곤하실 텐데요. 아예 2, 3일 푹 쉬고 가시지 그러세요?"

유리코가 말하자 준지도 거들었다.

"할아버지, 그렇게 해. 토요일까지 있다가 즈시에 같이 가자."

"할애비는 즈시에 가기 힘들겠는데."

쇼스게는 대대로 재산은 있어도 벼슬자리에는 오르지 않았던 집안 배경 때문인지 인텔리 집안인 유리코의 친정과는 성미가 맞지 않았다.

"얘들아, 할아버지는 바쁜 분이야. 그렇게 오랫동안 규슈에 안 가시면 그쪽 회사 사람들이 일을 못하잖니."

료타가 끼어들어 말리자 요이치가 어른 같은 말투로 말했다.

"할아버지도 은퇴하면 되잖아. 즈시의 외할아버지는 옛날에 은행 일을 그만두고 여러 가지 조개를 모으면서 재미있게 지내는데……."

"이 할애비는 죽을 때까지 일해서 회사를 아주 크게 만드는 게 꿈이란다."

"그럼 할아버지가 죽은 다음에는 아빠가 그 회사에서 일하는 거야?”

“아니⋯⋯.”

료타가 야채 조림을 젓가락으로 집으면서 고개를 흔들었다.

“할애비 회사는 아무나 할 수 있는 거야. 하지만 너희 아빠는 마이아사 신문에서 최고로 일 잘하는 기자니까 나중에 신문사 사장이 될 거다. 오늘 아침 신문에도 아빠 이름이 들어간 커다란 기사가 실려 있었잖니.”

쇼스케는 그렇게 말하고는 자리에서 벌떡 일어나 가방 안에 쑤셔 넣어 두었던 오늘 자 조간신문을 들고 오더니 손자들 앞에 활짝 펼쳐 놓았다.

“하지만 아빠 기사는 너무 어려워서 무슨 말인지 모르겠어.”

“그것보다 친구들 아빠처럼 노는 날에는 집에서 우리랑 같이 놀아 줬으면 좋겠는걸.”

두 아이는 입을 모아 말했다.

“너희는 아직 어려 잘 몰라서 그래. 좀 더 크면 너희 아빠가 얼마나 훌륭한 사람인지 알게 될 게다.”

쇼스케는 자랑스러운 얼굴로 콧구멍을 벌름거리면서 말했다.

이윽고 후식으로 과일을 다 먹고 나자 아이들은 유리코

의 채근에 못 이겨 자리에서 일어났다. 식후에는 아이들을 자기 방으로 들어가게 하는 것이 유리코의 육아 방침이었다.

"아버님, 바닥에서 드시는 게 편하시죠? 술과 안주는 제가 그쪽으로 옮겨 놓을게요."

시아버지를 위해 다다미방으로 술상을 옮겼다. 등받이가 높은 식당 의자에서는 책상다리를 하지 못해 불편해하기 때문이다.

"아아, 역시 다다미방이 최고야."

다다미 6장 크기의 일본식 방으로 자리를 옮기자, 쇼스케는 편안해하면서 크게 기지개를 폈다. 료타도 마찬가지였다.

"오늘은 아주 기분이 좋다. 네가 쓴 기사가 대대적으로 실린 날에 딱 맞췄으니 말이야. 네 어미한테 전화로 말해 주었더니 신령님께서 그렇게 해 주신 거라며 좋아하더구나."

료타의 어머니는 신심이 깊은 사람이다.

"물론 회사에도 전화해서 판매소에 가서 100부쯤 사다가 거래처에 모조리 돌리라고 해 두었다. 내 아들이 쓴 기사 좀 보라고 말이다."

소주를 단숨에 들이키더니 무릎을 쳤다.

"제발 좀 참아 주세요. 촌스럽게 그게 뭡니까?"

"촌스러우면 어떠냐? 내가 좋아서 하는 일인데. 료타, 오랜만에 이거 한번 해 보자."

샤미센(三味線, 일본 고유 음악에 사용하는 3개의 줄이 있는 현악기-역주)을 켜는 시늉을 했다. 료타도 기분이 동해서 아내에게 샤미센을 가지고 오라고 했다. 평소에는 샤미센을 켜는 일이 없기 때문에 창고 선반에 보관해 두고 있다.

유리코가 악기를 자루째 들고 오자 쇼스케는 샤미센을 무릎 위에 얹고 실 죄는 곳을 손으로 잡았다. 청과업 거래처와 어울리면서 아버지가 배우기 시작한 것이 이 샤미센인데, 그 반주로 읊는 긴 속요인 나가우타長唄와 기요모토淸元까지 할 줄 안다. 어머니, 시즈しづ도 나가우타를 배운 스승으로부터 예명을 허락받았을 정도로 실력이 있다. 그래서 료타는 어렸을 때부터 다른 집과는 다른 독특한 가정환경에서 자랐다. "너도 나중에 커서 사회에서 사람들하고 사귀게 될 때를 대비해서 나가우타 정도는 배워 둬야지"라는 어머니의 권유로 배우기 시작한 샤미센이었는데, 재능이 있다고 칭찬을 들으면서 눈에 띄게 실력이 좋아져서 언제부터인가 취미로 내세울 수 있을 정도가 되었다.

띵, 뚱, 땡 하고 샤미센 줄 소리를 맞추고 있는 사이 유리코는 소수를 한 병 더 깄다 놓고서 지리를 비켜 주었다.

"나도 며느리 하나는 참 잘 봤지. 너, 네 처한테 잘해 줘야 한다."

쇼스케는 그렇게 말하고는 정좌를 하고 앉아 나가우타 인 〈검은 머리〉를 손톱으로 뜯기 시작했다. 료타는 그 샤미센 가락에 맞춰 부르기 시작했다.

검은 머리에 '띵, 땡' 같이 묶어 둔 그 마음 '뚱, 땡, 땡'

풀고서 함께 잔 그날 밤의 베개였던가 '뚱, 땡'

홀로 자는 밤의 슬픈 베개여 '띠리리땡, 띵, 땡'

아버지의 샤미센은 탄력이 있으면서도 부드럽다. 오랜 만에 부자지간에 풍류가 통하면서 서로 마음에 오가는 것 이 있었다. 료타는 긴장했던 심신이 속에서부터 풀려 가는 것을 느꼈다.

제3장

기밀문서

이듬해인 1972년 2월의 인사이동 때 유미나리 료타는 외무성 담당인 가스미가세키 클럽에서 여당의 국회 담당인 나가타초 클럽으로 옮기게 되었다.

나가타초 클럽은 자유당 본부 4층과 중의원 본관 2층에 각각 하나씩 있는데, 국회 회기 중에는 대개 중의원에 있는 클럽에 있다.

국회의사당은 전쟁 전에 세워진 건물이어서 천장도 높고 방들도 널찍널찍하지만 전체적으로 어두침침하다. 기자 클럽은 간사장실 옆에 있는데, 여당 간부 회견용으로 쓰이는 커다란 책상이 있고, 도쿄에 있는 5개의 큰 신문사를 비롯해서 통신사와 전국 네트워크를 가진 방송국 기자들이 칸막이로 나뉜 책상에 앉아 있다.

국회 회기 중이어서 간사장 등의 회견이 빈번하게 이루어지고, 예산위원회에서는 여야당 간의 공방도 치열하다. 취재기자들이 쓴 원고를 부팀장이 정리하고 최종적으로 팀장이 확인한 다음 본사 정치부 데스크로 보낸다.

유미니리는 미이아사 신문의 팀장으로서 10명의 팀워을 이끌고 있다. 부팀장 2명, 사하시파, 사하시파 다부치 계열,

고치카이(고히라파), 세이류가이(淸流會, 후쿠데파), 니키파, 도네가와利根川파, 그리고 간사장, 총무회장, 정책조정회장 등 삼역 담당…….

정치 보도의 중심은 여당의 움직임을 전하는 것이며 나가타초 클럽의 팀장이 내린 판단은 곧바로 마이아사 신문의 지면에 반영되기 때문에 정치부 기자로서는 꼭대기에 섰다고 해도 과언이 아니다.

"이봐, 유미 씨."

굵은 울림이 있는 익숙한 목소리가 들려 뒤를 돌아보자 요미니치 신문의 야마베 기자였다. 베이지색 체크무늬 재킷을 멋지게 입고 트레이드마크인 파이프를 손에 들고 있었다. 한때는 열렬히 그를 추종하던 후배 기자들이 어쩔 줄 몰라 하면서 여기저기로 시선을 돌리는 이유는, 작년 여름에 요미니치 신문 내부에서 일어난 파벌 싸움의 불똥을 맞아 야마베가 갑자기 해설위원으로 좌천되었기 때문이다.

하지만 야마베 기자는 다시 재기하겠다는 의지를 강하게 드러내며 회견용 큰 책상 앞에 떡하니 앉아서 클럽을 내려다보았다. 석간 마감 시간을 넘기고 한숨 돌리는 기자들이 빈 소파나 의자에 축 늘어져 있고, 어떤 사람은 해변에 밀려 올라온 물고기처럼 곯아떨어져서 자고 있다.

유미나리는 읽고 있던 책을 덮고 회견용 책상에 야마베

와 나란히 앉았다.

"유미 씨, 지난번에는 상당히 신랄한 기사를 내놓았던데."

'권력에 대한 망집으로 마비'라는 제목으로 사하시 총리의 무능함을 규탄하며 조기 퇴진을 촉구한 유미나리의 기명 기사에 찬성하는 뜻을 내보였다.

"그쪽도 사흘 전에 내놓은 1면 톱기사가 아주 센세이셔널하던데요."

'사하시 정권 이후에 대한 검은 소문', '파벌을 넘어서 개인 매수'라는 제목으로 후쿠다 다케오와 다부치 가쿠조의 '가쿠후쿠 전쟁'이 치열해지고, 5대 파벌의 움직임이 가속되어 다수파의 검은 공작이 횡행하고 있다는 사실, 중간파의 어떤 보스한테는 5천만 엔, 그 아래 위원들한테는 잠시 자기 선거구로 돌아간다고만 해도 50만, 80만 엔의 실탄을 쏘고 있다며 마치 보고 온 사람처럼 적나라하게 쓴 기사였다. 1면 톱기사로서는 이색적인 내용으로 이름을 밝히지는 않았지만, 유미나리가 짐작하기에는 해설위원인 야마베가 자신의 영향력 아래에 있는 나가타초 클럽 기자들에게 정보를 흘려서 실탄이 어지럽게 오가는 정계에 돌을 던져 파문을 일으킨 것이었다.

"그 기사를 읽은 사하시가 엄청나게 화를 내면서 사장한테 전화를 걸었다는군. 나는 퇴진한다는 말을 한 적이 없

다, 경우에 따라서는 5선이라도 할 각오가 되어 있는 자기
한테 실례를 저질러도 유분수지 이게 뭐냐, 게다가 총리나
총재 자리를 돈으로 살 수 있는 것 같은 인상을 국민에게
줄 수 있는 이따위 기사를 도대체 누가 쓴 거냐, 당장 모가
지를 잘라 버려라, 사장은 사죄하러 달려오고, 신문에도 정
정 기사를 내라, 하고 말이야."

파이프 담배를 피우던 야마베는 연기를 내뿜으면서 씨
익 웃었다.

"그래서 결과는 어떻게 되었는데요?"

"사장이 허겁지겁 관저로 달려가서 머리를 숙였다고 하
더군. 우리 신문사는 신사옥을 지을 때 제일 좋은 국유지를
불하받은 약점이 있기 때문에 경영자로서는 모르는 척할
수도 없었겠지."

"야마 씨는 여전히 대단하시네요."

유미나리가 통쾌해하면서 말했다.

"기분 전환도 할 겸해서 오늘 아침에 오랜만에 메구로에
다녀왔지. 실탄이 어쩌고 하는 냄새 나는 이야기가 아니라
취미인 새 이야기나 좀 하려고……."

야마베가 버드워칭bird watching을 하는 것은 알고 있었
지만 가쿠조에게 그런 취미가 있다는 말은 금시초문이었
다. 여우에 홀린 듯한 표정으로 "비단잉어가 아니라 새라

202

고요?” 하고 물었다.

“지난달에 아타미熱海에서 함께 골프를 치면서 그렇게 아등바등하지 말고 새라도 키워 보는 게 어떠냐고 내가 버드워칭에 대한 이야기를 좀 해 줬더니 갑자기 막 달려들더라고. 한번 키워 보겠다고 하기에 내가 이것저것 가르쳐 주었지. 당장 내가 소개해 준 가게에서 20마리도 넘게 사 갔다고 이야기해 주기에, 새들은 더위나 추위에 약하니까 집 안에서 키워야 한다고 말하러 가니까 새장이 하나도 없는 거야. 어떻게 된 거냐고 물었더니 지금 냉난방이 완비된 철근 콘크리트 버드 하우스를 짓고 있는 중이라며 본채 옆을 가리키더라고. 내가 할 말이 없어지더군. 정말 너무 가쿠조 씨다운 행동 아닌가? 하하하……..”

주변을 신경 쓰지 않고 큰 소리로 웃더니 말을 이었다.

“그나저나 언제 술이나 한잔 같이 하자고 했더니 그 급한 성미가 어디 가겠나. 내일 당장 ‘치요신千代新’에서 만나자더군. 마이아사의 유미나리를 데리고 가겠다고 말하니까 좋아, 좋아 하고 대답하던데 시간이 되나?”

뜬금없이 클럽을 찾아온 이유는 이 말을 하기 위해서였던 모양이다.

“다시없는 기획지만 요즘 들어 꼼짝달싹하기 힘든 상황이라서요.”

유미나리는 야마베의 마음에 감사하면서도 머리를 숙여 정중히 거절했다.

"옥신각신하고 있는 예산위도 막판이니까 팀장이 눈을 뗄 수가 없다는 거지? 괜찮아, 다음에 또 날을 잡지, 뭐."

"이렇게 좋은 기회를 만들어 주셨는데……. 다음에는 무슨 일이 있어도 만사 제쳐 놓고 나갈 테니까 꼭 다시 자리를 만들어 주세요."

알았어, 하고 야마베는 시원스럽게 고개를 끄덕이더니 파이프를 넣고 유유히 나갔나.

정보의 보고인 다부치 가쿠조와 하룻저녁 이야기할 수 있다면 스케줄 따위는 어떻게든 조절해 볼 수도 있는 일이다. 하지만 지금 유미나리의 머릿속에는 온통 오키나와 반환에 따른 대미 지불……, 그중에서도 군용지 원상회복을 위한 복원 보상비에 대한 정부의 속임수를 야당 측이 제대로 공격하지 못하고 있다는 생각뿐이었다. 내일이면 공방의 무대인 중의원 예산위원회도 끝나고 참의원으로 넘어간다.

"요코미조橫溝한테 넘겨줘야 하나……?"

작년 6월 17일에 오키나와 반환 협정 조인식이 TV로 중계 방송된 다음 유미나리는 자신이 입수한 3통의 극비 전신문을 토대로 기사를 썼지만 이렇다 할 반향은 일어나지 않았다. 그 뒤에도 '오키나와 반환 국회'를 계기로 두 번이나 '의혹'을 지적하는 기사를 썼지만 독자들의 관심을 불러일으키지 못했다.

그러는 중에 유미나리의 기사에 관심을 갖고 자세한 이야기를 듣고 싶다면서 접근해 온 사람이 바로 변호사 출신으로 아버지의 뒤를 이어 2세 의원이 된 사진당(사회진보당)의 요코미조 히로시横溝宏였다. 유미나리의 후배 중에서 야당 담당으로 있는 고모리小森라는 기자가 대학에서 요코미조와 동기였다면서 그 기자를 통해 접촉해 온 것이다.

고모리 기자는 일부러 가스미가세키 클럽으로 유미나리를 찾아와서 간곡하게 부탁했다.

"요코미조한테서 또 유미나리 선배님을 만나게 해 달라는 부탁을 받았어요. 한 번만 만나 주실 수 없을까요?"

유미나리는 야당을 담당한 경험이 없어 요코미조를 어디까지 믿어도 될지 주저하고 있었지만, 변호사 출신이라면 외교 문서에 대한 이해도 정확할 것이라고 판단했다.

"그럼 남의 눈에 띄지 않는 곳에서 잠깐만 보도록 하지."

그러자 11월의 어느 날, 신주쿠 아라키초荒木町에 있는 한 음식점에서 만나는 것이 어떤지 물어 왔고, 고모리가 유미나리를 인내했다.

아직 문을 열기 전이라 손님이 없는 카운터 자리에 앉아 기다리고 있던 요코미조 의원은 유미나리를 보자 예의 바르게 인사하고는 2층 방으로 안내하려고 했다.

"아니, 여기서 그냥 이야기합시다. 오키나와 반환 협정에 의혹을 제기한다고 쓴 제 기사 중 어느 부분에 관심을 가지셨습니까?"

요코미조 의원의 이해도를 시험해 볼 생각으로 묻자, 가방 안에서 6월 18일자 조간신문에 유미나리가 기명 기사로 쓴 부분을 오려 둔 것을 꺼냈다.

"특히 이 마지막 부분의 15번째 줄……, '미국 측이 의회에 400만 달러는 일본 측이 지불했다고 설명해야 할 때를 대비해서 은밀히 한 글귀를 받아 두었다'고 운운한 부분입니다. 이 정도까지 쓰신 것을 보면 뒷받침해 줄 만한 확실한 물증을 가지고 계신 게 아닙니까? '한 글귀'란 도대체 무엇을 뜻하는 건가요?"

핵심을 찌르는 질문을 해 오는 것을 보면 나름대로 열심히 연구한 모양이었다.

"일본이 대신 지불한다는 사실을 명기해서 아이이케 외무 대신이 로저드 국무 장관에게 보낸 비밀 서한을 뜻합니다. 반환 교섭 마지막 단계에서 미국 측에 끌려가다시피 정신없이 일이 결정되어 가는 모습은 제가 입수한 전신문만 보아도 명백하게 드러납니다."

유미나리는 안주머니에서 3통의 전신안 복사본을 꺼내 보였다.

"아니, 그럼 유미나리 씨의 물증이라는 게 외무성의 전신문이었습니까?"

요코미조는 놀라움을 금치 못하는 표정을 지었다.

유미나리는 반환 교섭 마지막까지 결론이 나지 않았던 군용지 지주들에 대한 토지 복원 보상금이 실상은 협정에 문서화된 미국 측의 자발적 지불과 얼마나 동떨어진 상태로 결정되었는지 전신문을 읽어 주면서 누누이 설명했다.

"그렇군요. 오키나와를 돈으로 다시 사들이는 것 같은 교섭을 위장하기 위해서 그렇게까지 양보했던 것이군요. 사하시 총리의 공명심을 위해서 국민을 무시한 굴욕 외교를 하다니 용서할 수 없는 일입니다. 12월에 열리는 오키나와 및 북방 문제 특별위원회에서 철저하게 총리를 규탄하겠습니다. 혹시 그 복사본을 제가 가지고 있어도 되겠습니까?"

"취재원 보호를 위해 제가 기사를 쓸 때도 흐리멍덩하게 얼버무리고 말았으니, 이걸 드린다는 건 불가능하지요. 정치가는 정치가 나름대로의 방법으로 이 밀약을 폭로해 주세요.

유미나리는 복사본을 다시 안주머니에 넣고, 고모리를

재촉해서 자리를 떴다.

하지만 그 특별위원회에서 요코미조가 한 질문은 헛수고에 그쳤다. 사하시 총리 이하 외무 대신, 외무성 미국 국장 등이 입을 모아 밀약을 부정했을 뿐만 아니라, 교섭 막판에는 구두로 협의했기 때문에 메모나 전신문 따위는 아예 존재할 수도 없다고 주장했기 때문이다.

그로부터 3개월 남짓 지나는 동안에 요코미조는 가끔씩 연락해서는 전신문을 달라고 졸라 댔지만 유미나리는 계속 거절해 왔다. 그리고 마지막 기회인 예산위원회에서조차 연일 질문 공세에 시달리면서도 정부는 슬쩍슬쩍 교묘하게 그것을 피해 왔다. 오늘은 벌써 3월 27일이다. 앞으로 하루만 지나면 중의원 심의는 끝나고 정부의 기만은 역사의 뒤편으로 사라져 버릴 것이다.

그렇게는 안 되지……! 유미나리는 입술을 꽉 깨물었다. 자신이 직접 기사를 쓰면 정보 제공자가 특정되어 버리기 때문에 피해가 가게 된다. 그렇다면 남은 방법은 사진당의 요코미조 의원이 국회에서 질문하는 것뿐이다. 정보 제공자와 요코미조 사이에는 접점이 전혀 없기 때문에 취재원이 드러날 걱정은 없을 것이다. 국회라는 자리에서 국민에게 진실을 전달한다……. 차선책이기는 하지만 그냥 가만히 손 놓고 보고 있을 수만은 없었다.

결심이 서자 요코미조 의원과의 중개 역할을 하고 있고, 지금은 자신의 직속 부하이자 고치카이 담당인 고모리 기자를 불렀다.

"이걸 요코미조 의원한테 전해 주도록 해."

윗도리 주머니에서 극비 문서의 복사본이 든 누런 봉투를 꺼냈다. 내용물을 짐작하고 있는 고모리는 말없이 크게 고개를 끄덕였다.

"신중하게 다루고……. 요코미조는 변호사니까 잘 알고 있겠지만 조심해서 다루라고 유미나리가 다시 한번 못을 박더라고 전해 줘."

"잘 알겠습니다. 당장 다녀오겠습니다."

고모리는 흥분을 누르듯이 말하고는 봉투를 자신의 안주머니에 넣었다.

휴식 시간을 갖고 오후 2시부터 다시 열린 중의원 예산위원회에는 사하시 총리, 후쿠데 다케오 외무 대신을 비롯한 각료들과 각 성청의 국장급 관료들이 정부위원으로서 참석하고 있었다.

오키나와의 전군로全軍勞 출신인 우에노하라上之原 사진당 의원이 예정 시간보다 빨리 질문을 끝마치자 위원장이 요코미조를 지명했다.

"오후 위원회를 재개하기 직전에 요코미조 의원으로부터 여기에 관련된 질문을 하고 싶다는 신청이 들어왔습니다. 우에노하라 의원에게 할당되었던 시간 안에서 하는 것이라면 허가합니다. 요코미조 히로시 의원……."

요코미조 의원은 31세의 초선 의원답게 젊은 사자와도 같은 기백으로 질문하기 위해 일어섰다.

"오키나와 반환은 올해 5월 15일에 드디어 실현됩니다만 다시 한번 반환에 관한 미국 측의 태도를 생각해 보고자 합니다. 이번 교섭에서 미국은 미군 기지의 기능을 손상시키지 않아야 한다는 것과 이번 반환 과정에서 돈을 내지 않는다는 원칙을 갖고 협상에 임했습니다.

작년에 열린 '오키나와 반환 국회' 때 저는 '미국이 자발적으로 지불하게 되어 있는 4조 3항에 대하여 일미 간에 비밀 협정, 말하자면 밀약이 있고 그것이 외무성 기록에 남아 있는 것으로 안다'고 지적했는데, 총리는 비밀리에 이루어진 약속은 없다, 외무 대신은 그런 기록은 없다, 미국 담당국장, 조약국장도 전혀 모르는 일이라는 답변을 하셨습니다. 그러나 저는 오늘 이 자리에서 실제로 존재하는 외무성 문서를 바탕으로 그 사실을 명백하게 하여 지난 국회에서 여러분이 거짓 답변을 하셨던 것에 대한 책임을 묻고자 합니다.

여기서 다시 한번 질의하겠습니다. 반환에 따라 일본이

미국 측에 지불하는 금액은 정부의 설명에 따르면 3억 2천만 달러, 그 내역은 류큐전력, 류큐수도, 류큐개발금융 등 3개 공사의 유상 인계비로 1억 7천500만 달러, 미군 기지 노동자 퇴직금 등이 7천500만 달러, 핵무기 철수 비용 등이 7천만 달러로 되어 있습니다. 이 핵 철수 비용으로 나와 있는 7천만 달러의 계산 근거에 대하여 작년에 저희 당에서 질문한 바 있는데, 후쿠데 외무 대신은 고도의 정치적 판단에 따라 처리된 것이기 때문에 내용에 관해서 공개하기는 힘들다는 답변으로 일관했습니다.

국민이 낸 세금을 쓰면서 국회에서 공개할 수 없다는 것 자체가 국민에 대해 무례하기 짝이 없는 답변입니다만, 공개할 수 없는 진정한 이유는 4조 3항에 명기되어 있는 복원 보상금 400만 달러를 미국 측이 자발적으로 지불하는 것이 아니라 사실은 일본 측이 대신 내주면서 그 7천만 달러 속에 숨겨 놓았기 때문 아닙니까?"

확신에 찬 어조로 요코미조 의원이 다그치자 작년 여름 내각의 개각으로 아이이케 외무 대신의 자리를 이어받은 후쿠데 대신이 유유히 일어서서 답변에 임했다.

"작년에 드렸던 말씀을 다시 드리는 셈인데, 우선 미국 측으로부터 고액의 요구가 있었지만 우리 쪽은 가능한 한 적은 금액으로 해결하고 싶다는 주장을 하여 결국 7천만 달러로 타결이 되었습니다. 이는 될 수 있는 대로 빠른 시일 내에 오키나와 반환을 실현시키고 싶다는 고도의 정치적 판단에 따른 결과라고 말씀드릴 수 있겠습니다.”

“그러니까 그 정치적 판단 속에 복원 보상금 400만 달러를 일본 측이 대신 내는 것도 포함되어 있는 것이 아니냐고 지금 질문하고 있는 것입니다.”

“그런 일은 없습니다.”

후쿠데 외무 대신이 잡아떼자 요코미조 의원은 책상 위에 펼친 문시로 시신을 돌렸다.

“여기 외무성 극비 전신문이 있습니다. 총 제28181호, 1971년 5월 28일, 미국 오오바 대사 앞 아이이케 외무 대신 발, 청구권에 대하여, 아이이케 대신과 메이어 주일 미국 대사 회담.

전신문의 개요는…… 우선 아이이케 대신이 ‘핵 철수 비용 등 7천만 달러 중에서 복원 보상금 400만 달러를 염출하여 미국 측이 자발적으로 지불해 주기를 바란다’는 뜻이 담긴 일본의 제안을 전달한 데 대해, 미국 측은 ‘재원 걱정까지 해 준 것은 고맙지만 4조 3항의 일본 측 제안에 있는 문안을 그대로 받아들이면 반드시 미국 의회에서 재정적 근거에 관한 공개적인 설명을 요구할 것이다. 그러면 오히려 일본 측이 곤란해지지 않는가, 문제는 실질이 아니라

걸모습'이라고 말하며 보류했다. 아이이케 대신은 '어떻게든 미국 측에서 정치적으로 해결해 주었으면 한다. 그리고 애써 320으로 맞췄는데 그게 제대로 되지 않아 316이 되면 대외적인 설명이 곤란해진다'고 설명하였습니다. 320이란 3억 2천만 달러, 316은 3억 1천600만 달러를 의미한다고 봅니다. 바로 아이이케 대신의 이 말에서 400만 달러가 대미 지불액 3억 2천만 달러에 포함되어 있음이 명백하게 드러나 있지 않습니까?"

사하시 총리를 비롯한 정부위원들은 눈 하나 깜짝하지 않고 모르는 척하는 표정을 흐트러뜨리지 않았지만, 야당 측은 그 리얼한 교섭 내용을 듣고 웅성거렸다.

"다른 한 통을 읽어 드리겠습니다. 총 제09066호, 같은 해 6월 9일자, 프랑스 나카오카 대사 앞, 이가리 조약국장과 슈나이더 미국 대사관 공사 회담.

미국 측에서 검토를 거듭한 결과 1896년 2월에 만들어진 신탁기금법을 토대로 하면 청구권에 관한 일본 측 제안을 수락하는 것이 가능하다고 하였다. 다만 그러기 위해서는 아이이케 대신이 메이어 주일 미국 대사 앞으로 신탁기금 설립을 위해 400만 달러를 미국 측에 지불하겠다는 뜻을 명기한 비공개 서한을 발신해야 힐 필요기 있디는 게안이 있었다. 이런 미국 측 제안을 서로 본국 정부와 검토한다는 것으로 회담은 끝났다고 되어 있습니다.

　이 전신문을 읽으면 400만 달러는 일본이 대신 내기로 했으며 대미 지불액 속에 포함되어 있다는 사실을 명백하게 알 수 있습니다. 그럼에도 불구하고 '미국 측의 자발적인 지불'이라고 한 협정은 거짓말이라고 해야 하지 않습니까? 작년 국회에서 반환 교섭은 모두 구두로 상대편과 협의하였고 전신문, 메모 등은 일체 없었다고 여러분께서 입을 모아 답변하셨는데 여기에 이런 문서가 있지 않습니까? 대신, 어떻게 된 일인지 답변해 주십시오."

　요코미조 의원은 그렇게 말하면서 책상 위에 있던 서류들을 손에 들고 흔들었다. 후쿠데의 얼굴에 처음으로 당혹스러워하는 빛이 떠올랐지만 그는 끝내 부정했다.

　"당시 외무 대신이 아니었던 저는 자세한 경위에 대해서는 들은 바 없습니다만 결론적으로 뒷거래가 없었다는 점, 이것만큼은 분명히 말씀드릴 수 있습니다."

　야당 의원들이 잇달아 야유를 퍼부어 소란해진 가운데 요코미조 의원 스스로도 최후의 일격을 가할 생각으로 했던 추궁을 한마디로 부인해 버리자 분노로 얼굴이 붉어졌다.

　"이건 외무성 전신문이란 말입니다. 지금 제가 읽어 드린 외무성 전신문, 이 번호와 날짜를 가진 문서가 있는 겁니까, 없는 겁니까?"

전신문을 높이 들고 흔들면서 다그쳤다. 요시다 미국 담당국장이 자리에서 일어섰다.

"방금 요코미조 선생님께서 말씀하신 전신문이나 그 밖의 문서는 저희도 조사해 보지 않으면 뭐라고 답변해 드릴 수 없기 때문에 당장 조사해 보도록 하겠습니다."

온화하게 생긴 둥근 얼굴을 그럴듯하게 갸웃거리면서 답변했다.

"관련 질문 있습니다!"

갑자기 요코미조 의원 옆에 있던 나라모토奈良本 의원이 큰 소리로 말했다.

"우에노하라 의원에게 할당되었던 시간 범위 안에서라면 이를 허가합니다. 나라모토 의원."

"조사해 보지 않으면 대답할 수 없다고? 그럴 리가 없잖아요! 그 전신문들을 보면 미국이 자발적으로 지불해야 할 돈을 일본이 일단 미국에 건네준 다음 그것을 미국이 지불하는 것처럼 보이게 한다는, 그런 그림이 뻔히 보이는 것 아닙니까? 1972년도 예산안 속에 포함된 사항이니까 외무대신, 이 점에 대해서 확실하게 답변해 주셔야겠습니다!"

'폭탄 남자'라는 별명을 가진 나라모토기 끗이 데듯이 덤비자 야당석에서 "맞소, 확실하게 대답하시오!", "영 수

상한데"라는 목소리가 일제히 터져 나왔다.

"여러 가지 경위는 있었지만 3억 2천만 달러를 일괄 지불하게 되었습니다. 그 속에 뭔가 뒷거래가 있다는 문제 제기가 있는데 그런 뒷거래는 일체 없었다고 말씀드릴 수 있습니다."

후쿠데 대신은 아까 했던 말을 되풀이할 뿐이었다. 요코미조 의원이 다시 한번 전신문을 높이 들어 올리며 말했다.

"총리도 비밀 거래는 아무것도 없다고 말씀하셨는데 이렇게 엄연히 문서로 남아 있습니다. 외무 대신은 뒷거래가 없었다고 하고, 외무성 쪽은 조사해 본다고 하는군요. 예산 심의가 내일이면 끝나는 단계에 접어들었지만 이렇게 중요한 사안이 걸린 만큼 확실한 답변이 없으면 심의를 진행시킬 수 없습니다."

강경하게 나가자 요시다 미국 담당국장이 반론을 폈다.

"방금 읽어 주신 문서에 대해서 진위 여부를 확인해 보는 것으로 하고, 참고를 위해 지금 가지고 계신 문서를 좀 보여 주셨으면 합니다."

말하자마자 답변석에서 일어난 그는 성큼성큼 요코미조 의원 책상 앞으로 걸어갔다. 전신문을 들여다보는 그 눈길은 상단에 있는 문서 회람자란에 쏠려 있었다. 순간적으로 요코미조 의원이 문서를 가렸다.

"아무튼 나중에라도 요코미조 선생님이 가지고 계신 문서를 외무성에서 보관하고 있는 문서와 대조해 보았으면 합니다. 내일 위원회 전에 열리는 이사회에서 하면 어떨까요?"

요코미조 의원이 대답을 하지 못하고 있자 옆에 있던 나라모토 의원이 끼어들며 협박하듯이 말했다.

"좋아요. 진짜 문서를 제대로 찾아오기나 하시오."

오후 6시 32분, 예산위원회는 심의를 마치지 못한 채 중단되었다.

2층 중간에 있는 기자석 제일 뒷자리에서 예산위원회를 방청하고 있던 유미나리는 일이 뜻하지 않게 전개되자 당황했다.

폐회가 선언되자마자 자리에서 일어나 요코미조 의원의 손에서 문서를 되찾아오기 위해 계단을 내려갔다. 예산위원회가 열리고 있는 제1위원실에서 의원들이 나올 때 그 틈새를 이용해 되찾아 와야만 했다. 만일에 내일 아침 이사회에서 대조를 위해 공개되기라도 하면 문서의 출처가 다 드러나 버리기 때문이다.

그래도 그렇지. 변호사이기도 한 요코미조 의원이 있

는 그대로 전신문을 읽어 버리고, 손에 들고 흔들어 대다가 급기야는 미국 담당국장의 눈에까지 노출시켜 버릴 줄이야!

위원실 출입구 주변은 의원, 정부위원들로 북적거려서 요코미조 의원을 찾기는커녕 고모리 기자조차 어디 있는지 알 수가 없었다.

"팀장님……."

등 뒤에서 고모리의 목소리가 들렸다. 안색이 창백해진 고모리를 사람이 없는 계단 중간으로 잡아끌다시피 불러 들여 소리를 죽이며 다그쳤다.

"너, 저 봉투를 건네주면서 조심해서 다루라는 말, 했어, 안 했어?"

"그야 당연히 전했지요. 요코미조가 봉투를 열고 문서를 보더니 이제 살았다, 이걸로 사하시를 완전히 보내 버릴 수 있다면서 좋아서 어쩔 줄 몰라 하기에 다시 한번 신중하게 다루어 달라는 팀장님 말을 전했더니 알고 있으니까 감사하다는 말씀 전해 달라며……."

"그렇다면 어째서 문서를 들고 흔드는 말도 안 되는 짓을 저지른 거야? 내 뉴스 소스가 다 들통 나 버리잖아!"

자제하고 있다고 생각했는데도 점점 목소리가 커졌다. 아래층에서 순찰을 돌던 국회 경비 직원이 올라와서는 어

두컴컴한 계단 중간에서 심상치 않은 분위기를 풍기고 있는 유미나리와 고모리의 모습을 보고 경계의 눈초리로 다가왔다가 두 사람 옷깃에 국회 기자 배지가 달려 있는 것을 확인하더니 그대로 지나쳐 갔다. 기자 배지는 펜이 디자인된 것으로 그 뒤에 숫자가 찍혀 있다. 권력자들에게 가장 가까이 다가갈 수 있는 사람들은 의원과 비서, 경호원 외에는 신문기자들뿐이기 때문에 숫자가 등록되어 있다.

"어쩌면 요코미조는 나라모토 같은 선배 의원들의 충동질에 넘어간 것인지도 모릅니다. 어쨌든 당장 사진당 대기실로 가서 되찾아 오겠습니다."

"나는 자리로 올라가 있을 테니까 되찾는 대로 곧바로 연락해."

사태가 이렇게 돌아가자 유미나리는 자기 스스로 사진당 대기실까지 가지 못하는 답답함 때문에 몸부림이라도 치고 싶은 심정이었다.

국회에 있는 기자 클럽에서 연재 칼럼인 '자유당 총재 더비(영국의 유명한 경마 대회—역주)'의 기사를 쓰면서 유미나리는 고모리한테서 연락이 오기를 기다리고 있었다.

요코미조가 의원회관으로 이동했다는 사실만 아까 연락해 오고는 아직 아무 소식이 없었다.

눈앞에 있는 전화가 울렸다. 곧바로 수화기를 들어서 받았다.

"팀장님, 지금 제2의원회관입니다. 요코미조의 방에 나라모토를 비롯한 '안보 5인방'이 모여서 내일 아침 예산위원회 전에 열리는 이사회에 요코미조가 가지고 있는 문서를 제출해서 외무성 보관 문서와 대조해야 할지 어떨지 격론 중인 모양입니다."

당황해서 어쩔 줄을 모르는 고모리의 목소리가 들려왔다.

"그러고도 네가 작년까지 야당 출입 기자였다고 할 수 있어? 무슨 짓을 해서든지 요코미조한테 약속 위반이니까 문서를 내놓으라고 다그쳐서 빼앗아 와야지!"

속이 뒤집히는 듯한 분노를 억누르며 큰소리를 쳤다.

"죄송합니다. 직원들이 요코미조를 둘러싸고는 무슨 소리를 해도 신문기자와의 회견은 나중이라고 힘으로 막는 바람에……."

분하다는 듯이 고모리의 목소리에는 물기가 배어 있었다.

"어떻게든 요코미조를 방에서 불러낼 방법이 없는 거야? 아니다, 아예 내가 나가 봐야겠어."

"우리뿐만 아니라 각 신문사에서 총출동해서 복도를 꽉 메우고 있어요. 이제는 도저히 어떻게 해 볼 방도가……."

유미나리는 자신의 어리석음이 한탄스러웠다. 생각에

생각을 거듭한 끝에 건네준 문서는 자기 이름을 높이려는 사진당 정치꾼들에게 이용당할 위기에 처해 있고, 내일 아침 열리는 이사회에 제출되는 것도 이제는 피할 수 없는 사태에 처했다. 자기가 기사를 쓸 때조차 출처를 알아보지 못하도록 온갖 신경을 다 쓰며 다루었던 문서를 어째서 통째로 넘겨 버리고 말았는지 자신의 모자람을 후회하며 연필을 원고지에 대고 누르자, 심이 뚝하고 부러졌다.

술이라도 마시지 않으면 견딜 수가 없을 것 같았다. 유미나리가 기사를 다 쓰고 쓰루하치로 가기 위해 자리에서 일어섰다. 그때였다.

"유미나리 씨, 잠깐 봅시다."

본사로 돌아간 줄로만 알았던 츠카사 정치부장이 자기 책상 앞의 의자를 눈으로 가리켰다. 평소의 단정하고 의연하던 표정이 험악하게 굳어져 있었다. 유미나리는 마음속의 동요를 감추며 털썩하고 의자에 앉았다.

"새삼 말할 것도 없이 이것은 국회에서 요코미조 의원이 정부에 제시한 외무성 극비 문서 복사본일세."

책상 위에 있는 서류를 가리켰다. 유미나리는 한순간 자신의 눈을 의심했다. 고모리 기자가 요코미조 의원에게 가까이 가지도 못해서 되찾아 올 수 없었던 문서 복사본이 정치부장 수중에 있다니…….

"누가 이걸……?"

"고모리 기자 후임자야. 이미 조간 첫판에 실려 있네."

츠카사 부장은 그렇게 말하더니 조간 첫판 지면을 유미나리에게 보여 주었다.

오키나와 군용지의 복원 위로금

'일본이 대신 냈나' 추궁으로 중의원 예산위원회 막판에 분규

제목 옆에 극비 전신문을 클로즈업한 사진이 실려 있는 것이 아닌가! 유미나리는 하마터면 소리를 지를 뻔했다.

"나도 많이 놀랐어. 이 극비 문서는 작년 6월에 복원 보상금에 의혹이 있으니 해설 기사를 쓰고 싶다며 나에게 보여 준 것이 아닌가? 도대체 무슨 생각으로 특정 정당에 누출시켰는지 설명해 보게."

"죄송하지만 그건 부장님의 착각입니다. 저는 요코미조 의원에게 문서를 누출시킨 적이 없습니다. 따라서 이 책상 위에 있는 문서는 제가 가지고 있는 것과 유사하지만 다른 것입니다."

유미나리는 순간적인 판단으로 그 사실을 부인했다. 츠카사는 엉? 하고 작게 소리를 내더니 자신이 들고 있는 문서로 시선을 옮겼다.

"아니, 그때 나와 히가키 데스크에게 보여 준 문서와 같은 것이잖아. 이 굵은 밑줄은 자네 특유의 것이야."

수석 데스크인 히가키는 오전 당번이어서 이미 퇴근하고 없었다.

"제가 부장님께 보여 드린 문서에는 밑줄이 쳐져 있지 않았습니다. 우연히 저랑 같은 문서를 입수한 사람한테서 흘러나온 것 아닙니까?"

"그렇다면 이 글씨에 대해서는 도대체 뭐라고 설명할 텐가?"

칸 밖에 희미하게 쓰여 있는 '아이이케 로저드 회담'이라는 글자는 틀림없이 유미나리의 필적이었다. 거기에 대해서는 할 말이 없었다.

"이렇게 알아보기 힘든 글씨를 가지고 제가 쓴 것이라고 단정 짓다니 뜻밖이군요. 비슷한 것 같기도 하지만 제 글씨인지 아닌지는 본인인 제가 더 잘 압니다."

유미나리는 철두철미하게 모르는 척할 심산이었다. 단지 조마조마한 점이 있다면 츠카사가 "자네가 가지고 있는 문서와 비교해 보고 싶다"며 내놓으라고 할까 봐 불안했는데 신사적인 츠카사는 거기까지 요구하는 타입이 아니었다.

"지금 자네가 한 이야기는 잘 알아들었네. 그렇다고 믿는다는 소리는 아니야. 문서 사진은 다음 판부터는 빼고 내도록 하겠네."

체념하듯 말하는 그의 표정이 착잡해 보였다.

에디트 피아프가 노래하는 조용한 샹송이 나지막하게 흐르고 있는 아자부麻布의 레스토랑은 좌석은 적지만 알 만한 사람은 다 아는 고급 프랑스 요리 식당이다.

간접조명과 촛불만으로 밝혀진 실내에서 한껏 멋을 부린 고상한 손님들은 식전주를 마신 후 와인과 오너 쉐프의 요리를 즐길 무렵이 되어 두꺼운 메뉴를 펼치고 있다.

벽 옆에 테이블 플라워가 장식된 자리에 안자이 심의관 실에서 일하는 두 비서인 야마모토와 미키가 서로 마주 보고 앉아 있다.

"왠지 영 어색하네요."

반백의 머리를 짧게 깎은 야마모토가 쉐리주가 든 잔을 앞에 두고 작은 목소리로 속삭였다.

원래 안자이 심의관이 예약해 두었던 자리인데 교토에서 열리는 국제회의에 차관을 대신해서 참석하게 되어 미키가 예약을 취소하려고 하자 "평소에 수고들도 많이 하는데 야마모토 씨랑 둘이서 맛있는 거라도 먹고 오라"며 직접 식당에 두 사람의 이름으로 예약을 변경해 주었던 것이다.

웨이터가 메뉴를 두 사람 앞에 두고 일단 물러갔다.

"난 워낙 이런 음식점은 생전 처음이니까 미키 씨가 알아서 시켜 주세요."

"저도 마찬가지인데요……."

미키는 당혹스러워하면서도 웨이터를 불러 메뉴에 적혀 있는 프랑스어 요리에 대해서 그럴듯하게 묻고는 전채 요리는 에스카르고, 메인 요리는 안심 스테이크로 된 풀코스를 주문하고, 와인은 소믈리에에게 맡겼다.

화이트 와인으로 가볍게 건배를 하고 나더니 야마모토가 말했다.

"그러고 보니까 마이아사 신문의 유미나리 씨는 어떻게 지내고 있는지 궁금하네요. 유미나리 씨가 가스미가세키 클럽에 있었을 때는 거의 매일 저녁마다 심의관님하고 이야기를 하곤 했었는데. 그때는 솔직히 말해서 좀 성가시기도 했지만 나가타초 클럽으로 옮기고 나서는 두세 번밖에 못 봤잖아요. 워낙 존재감이 있는 사람이라 그런지 약간 허전한 느낌이 드네요."

말을 하다 말고 잠시 뭔가를 생각하다가 걱정스러운 표정으로 물었다.

"전부터 한번 물어보고 싶었는데, 혹시 유미나리 씨하고 안 좋은 일이라도 있었나요?"

"왜요? 마이아사 신문의 팀장하고 안 좋은 일이 있을 게 뭐가 있어요? 더구나 유미나리 씨는 다른 신문기자들과는 달리 심의관님하고는 취재를 넘어서서 가까이 지내는 사이인데."

"아무 일이 없었다면 다행이지만 요즘엔 왠지 전처럼 상냥하게 대하지 않는 것 같아서요."

"그건 다른 신문기자들이 자꾸 깐죽거려서 그렇지요. 유머나리 씨한테는 커피도 알아서 대접하고 친절하게 대하면서 자기들한테는 물도 한 잔 주지 않는 건 안자이 씨 분부냐고 비꼬면서……. 그런 사소한 일로 차관을 목전에 두고 계시는 심의관님의 평판을 떨어뜨리고 싶지는 않았어요."

"아아, 그래서 그랬군요."

안자이 심의관이 옆에 없는 만큼 두 사람은 속 편한 대화를 나눌 수 있었다.

오늘 저녁을 위해 미키는 라커 룸에서 양장을 벗고 가슴이 패인 검은 드레스로 갈아입었고, 야마모토도 짙은 색 양복을 차려입고 있었다.

웨이터가 들고 온 에스카르고를 껍질에서 속을 뒤틀 듯이 고생고생하며 파내어 진미를 즐기고 있는데, 야마모토는 화이트 와인으로 벌써부터 볼이 발그스레해져 있었다.

"그러고 보니까 미키 씨도 참 젊네. 몸져누워 있는 남편을 위해 모든 것을 희생하고 끝나기에는 인생이 너무 아깝지 않아요?"

검은 드레스가 미키의 풍만하면서도 부드러운 몸매를 돋보이게 해서 그런지 야마모토는 진심 어린 말투로 말했다.

"그래서 또 이혼하라는 말씀을 하시려고요? 아쉽지만 법률상으로는 병든 남편하고 이혼하지 못하는 것 아니었나요? 게다가 이 결혼은 애당초 제가 먼저 달려들어서 했던 거예요."

눈 화장을 해서 암컷 표범처럼 매서워 보이는 눈매에 요염한 웃음이 감돌았다.

"그건 또 처음 듣는 얘기네. 그 당시에 남편 분은 외무성에서 잘나가는 사무관이었다고 했던가요?"

"아뇨, 결핵에 걸려서 요양을 위해 휴직 중이었어요. 친구 병문안을 하려고 갔던 요양소에서 만났는데, 해외에서 얻은 풍부한 지식하고 어른스럽고 침착한 분위기에 끌려서 제가 먼저……"

미키는 와인이 든 잔을 손에 들더니 하얀 목을 살짝 움직이며 마셨다. 야마모토는 그 새하얀 목에 박힐 것만 같은 눈길을 애써 돌리고는 나이프로 스테이크를 잘랐다.

"새로운 항생 물질이 잇달아 개발되고 있는 시대니까 남편 분도 완치될 희망이 있는 것 아닌가요?"

"그럴지도 모르지만 우리는 나이 차이가 있어서 남편은 벌써 쉰셋이에요. 외가 쪽 집을 상속받아서 임대를 주고 있으니까 약간의 월세 수입은 있지만, 제가 대신 일하지 않으면 집안이 도저히 꾸려지지 않지요…… 그 대신 남편이 집안일을 맡아서 해 주니까 저로서는 도움이 많이 돼요. 그래도 날이 갈수록 질투심만 늘어나는 것 같아요."

나이프와 포크를 우아하게 사용하며 눈살을 찌푸렸다.

"그건 할 수 없는 일이지요. 하루 종일 집 안에 있다 보면 남자는 금방 늙는데, 반대로 부인은 고관의 신임을 얻으며 일도 잘하고, 날이 갈수록 활기가 넘치고 눈부시게 예뻐져 가기만 하니…… 누구라도 안절부절못하겠지요."

"그런 점이 야마모토 씨나 다른 사람하고 저희 남편이 다른 점이에요."

"뭐가 어떻게 다른데요?"

야마모토가 웃으며 물어보고 있는데 건너편의 커다란 테이블에 차림새가 좋은 유독 눈에 띄는 너덧 명의 손님들이 안내를 받으며 들어왔다. 매너를 잘 알고 있고, 주위 사람들 눈에 띄지 않도록 조심하는 행동이었지만 단골손님 같은 분위기였다.

“저기, 경제국 사람들 아니에요?”

“맞네. 아랫자리에 앉아 있는 저 콧수염이 살짝 난 남자가 회계주임이네요. 부서 사람들끼리 이렇게 고급스러운 프랑스 요리를 먹으러 오는 걸 보면 예산이 남아도는 모양이군요.”

야마모토도 곁눈으로 일행을 쳐다보면서 불쾌해하는 목소리로 중얼거렸다. 국제회의나 수뇌회담이 해마다 늘어가면서 숙박비, 대회장 임대비, 접대비 명목의 예산 규모가 점점 커졌는데, 그것을 가지고 관료들 체면을 세워 주면서도 요리조리 잘 운영하는 것이 일반 직원인 서무 회계 담당자였다. 반액 정도면 되는 ‘외무성 특가’를 만들어 내고서도 한편으로는 뻥튀기로 비용을 청구하게 한다. 그런 비용으로 부서별 비자금을 만들어 돌려쓰면서 필요시의 지출에 대비하는 한편으로 사적으로 유용하는 사람들이 경제국 이외에도 한둘이 아니라는 소문이다. 희미한 간접조명 때문에 다른 손님들의 얼굴이 분명하게 보이지 않음에도 불구하고, 검은 드레스 차림의 미키 아키코에게 노골적인 시선을 흘깃흘깃 보내고 있던 직원이 안자이 심의관실 비서인 줄 알아본 모양이었다.

양옆에 있는 동료의 귓가에 뭔가 속삭이는가 싶더니 냅킨을 의자 위에 올려놓고는 미키와 야마모토가 앉아 있는 자리로 다가왔다.

"두 분이 이런 곳에 웬일입니까? 어쩐지 밀회하는 것 같은 분위기인데……."

"그게 무슨 소리요? 우리는 그저……."

고지식한 야마모토는 눈을 부릅뜨며 대꾸했는데 미키는 동요하는 기색 없이 정중하게 눈인사를 했다.

"아이고, 농담입니다. 이렇게 우아하게 식사하고 계시는 것을 보니 문제의 극비 문서는 심의관실하고는 관계가 없는 모양이네요. 이런 기회도 흔치 않은데 저희랑 자리를 같이 하시겠어요?"

촛불에 얼굴을 가까이 들이대며 두 사람을 자기들 테이블 쪽으로 초대했다.

"극비 문서라니 그게 무슨 말씀이세요?"

미키가 포크를 움직이던 손을 멈추고 물었다.

"아니, 미국 담당국 잘못으로 지금 좀 시끌시끌하거든요."

평소라면 꼼짝도 못하던 미국 담당국을 비웃듯이 말하더니 다시 한번 동석할 것을 권했다. 하지만 두 사람은 이제 후식만 나오면 된다면서 거절했다.

"무슨 일일까요?"

"글쎄요, 우리 관심을 끌기 위한 구실인지도 모르죠……. 어쨌든 일찌감치 일어나는 게 좋겠네요."

미키가 작은 목소리로 말했다.

즈시의 바다는 봄 햇살 속에서 고요한 은빛 잔물결을 일으키고 있었다. 앞바다에 배 그림자가 몇 척 보였지만 움직이는 것 같지는 않은 한가로운 풍경이었다.

"아버지, 이제 슬슬 내려가세요. 이러다 병이 또 도지면 큰일이에요."

기관지염을 앓는 바람에 일주일이나 입원했던 아버지를 걱정하면서 유미나리 유리코가 말했다.

"좀 더 있다가 가자. 봄 바다를 보고 있으니 마음이 푸근해지는구나."

친정 뒷산에 있는 정자에서 내려다보면 바다를 향해 계단식 언덕을 따라 늘어서 있는 민가의 지붕과 해변에 있는 소나무 숲, 모래사장, 제방, 그리고 수평선까지 이어지는 바다가 한눈에 들어온다.

미열이 있을 때 곧바로 입원한 덕분에 걱정했던 것보다 회복이 빨랐던 아버지는 은발이 보이는 옆얼굴에 약간 핏기가 없기는 했지만 얼굴의 살도 빠지지 않아 평소와 다름없는 모습이었다.

"엊그제는 후사코芙佐子, 오늘은 유리코가 병문안을 와줘서 나야 좋기는 하다만, 이 정도 일 가지고 그렇게들 걱

정하지 않아도 괜찮다. 요이치하고 준지는 후사코네 두고
왔니?"

캐시미어 스웨터에 가운까지 덧입은 아버지는 정자에
나란히 앉아 있는 유리코에게 애정 어린 미소를 보내며 손
자들의 안부를 물었다.

"네, 동생이 근처에 사니까 여러모로 참 편하네요. 봄방
학도 되고 해서 데리고 올까 하는 생각도 들었지만 아버지
상태가 어떠신 줄 몰라서요……. 애들한테 엄마 다녀올 때
까지 이모네 집에서 기다리고 있으라고 했더니, 글쎄 애늘
하는 말이 엄마는 외갓집에서 자고 와도 돼, 우린 세이죠
이모네서 자면 되니까, 그러더라고요."

연년생 여동생인 후사코에게는 비슷한 또래의 아이가
3명 있는데, 사촌들끼리 사이가 좋아서 외출할 때는 서로
아이들을 맡기곤 한다.

"후사코는 결혼을 참 잘했지. 그에 비해서 유리코 너를
생각하면 아직까지도 마음이 놓이질 않는구나."

먼 선창가로 눈길을 돌린 채 아버지가 중얼거렸다.

"왜요? 후사코는 안정된 대학 병원 의사하고 결혼해 살
고, 저는 밤낮없이 밖으로 돌아다니며 일해야 하는 신문기
자랑 살아서요?"

"아니, 그런 게 아니다. 네 남편은 말하는 것도 청산유수

요, 사람을 매료시키는 천성적인 소질을 가지고 있고, 성격도 여유로우니 참 좋다. 다만 너무 자신감에 차 있다고나 할까, 세심한 배려가 모자라다고 할까……, 아무튼 아직도 이 아비로서는 마음을 놓을 수가 없는 구석이 있구나. 하기야 내 성격과 네 남편 성격이 너무 달라서 오해하는 부분도 있을 수 있지만 말이다."

맑고 긴 눈길을 바다 쪽으로 향한 채 아버지는 딸의 마음속을 헤아리듯이 물었다.

"그나저나 유리코, 무슨 할 이야기라도 있는 거냐?"

허를 찔린 유리코는 아버지 옆에서 일어서서 근처에 있는 커다란 소나무에 등을 기댔다.

직사광선이 눈부셔서 눈을 감았더니 어렸을 때부터 맡아 온 익숙한 바다 내음이 온몸을 감싸듯이 부드럽게 풍겨 왔다.

아버지에게 말씀을 드려야 할지 가만히 있어야 할지 아직 마음을 정하지 못한 채 유리코는 어제 있었던 일을 머릿속에 떠올렸다.

어제 일찌감치 우편함에서 각 신문사의 조간들을 들고 들어온 것은 남편이었다. 아침에 일어나기 힘들어하는 남편이 일찍부터 일어나 자기 손으로 조간을 가지러 갈 때는 대개 경쟁사의 지면이 어지간히 마음에 걸릴 때다.

신문을 손에 들고 잠옷 차림 그대로 다시 침실로 들어간 남편의 뒷모습을 곁눈질로 따라가면서, 아이들을 깨워서 아침 먹이고 옷 갈아입히고 바쁘게 뒤치다꺼리를 하는 사이에 시간이 순식간에 지나가서, 부엌으로 돌아왔을 때는 남편이 어느 새 출근할 준비를 마치고 선 채로 우유를 마시고 있었다.

"미안해요, 금방 아침 차려 드릴게요."

유리코가 서둘러 아침을 차리려 하자 그 말에는 대답하지 않고 "다녀올게"라는 말만 남기고 현관을 나섰다. 2월에 자유당 담당 팀장이 된 이후로 밤낮없이 쫓아 나가야 하는 경우는 줄어들었다고 하나 정신적으로 긴장하는 정도는 더 심해지고 피로도 쌓여만 가는 눈치였다.

"여보, 차로 역까지 바래다 드릴까요?"

남편 뒷모습을 향해 물었지만 돌아보지도 않고 필요 없다는 손짓만 하고는 빠른 발걸음으로 나가 버렸다.

아이들을 데리고 시부야로 쇼핑을 갈 생각이었기 때문에 청소기로 방들을 간단하게 청소하고 침실로 들어갔다.

남편이 자는 침대는 여전히 아침에 일어난 상태 그대로 이불이 젖혀져 있고, 바닥에는 읽고 난 신문들이 어지러이 널려 있었다. 베개와 이불을 잘 정리한 다음 신문을 모아

차곡차곡 접고 있는데 문득 교쿠니치 신문 1면의 커다란 기사에 눈길이 멈췄다.

　　오키나와 군용지 '보상금 문제로 미국과 밀약'
　　사진당, 극비 전신문으로 추궁

제목 밑에 3단짜리 크기로 극비 문서의 사진이 실려 있었다.

본 기억이 있는 문서였다. 유리코는 기사를 읽은 다음 마이아사 신문도 펼쳐 보았다. 같은 기사가 톱기사가 아니라 왼쪽 위에 실려 있었는데 사진은 없었다. 유리코는 두 신문을 손에 들고 서재로 가서 책장에 꽂힌 파일들의 번호를 찾아보았다. 정리를 못하는 남편을 위해 흐트러져 있는 자료들을 한곳에 묶어 놓는 것이 어느새 유리코의 일처럼 되어 있었다.

기억이 맞는다면 그건 작년 5월에 본 것이었다. 외무성 관련 문서의 복사본들이 갑자기 책상 주변에 자주 보이곤 해서 걱정스러운 마음에 남편에게 물어볼까 생각한 적도 있지만, 남편이 자기 일에 참견하는 것을 극도로 싫어하는지라 결국 아무 소리도 못했다. 그러다가 언제부터인지 걱정거리가 되었던 문서들이 보이지 않아 오늘까지 잊어버리고 있었다.

유리코는 당시 날짜의 파일을 몇 권 꺼내서 바닥 위에 펼쳐 놓고 페이지를 넘겼다. 역시 생각했던 대로 똑같은 문서가 있었다. '외무성 전신안'이라는 제목, '극비', '긴급'이라는 도장, '559'라는 문서 번호까지……. 교쿠니치 신문에 게재된 사진과 똑같은 것이었다. 더구나 교쿠니치 신문에 실린 사진에는 희미하게 '아이이케 로저드 회담'이라는 글씨가 있었다. 남편의 필적이 틀림없었고, 문서에 그어진 남편 특유의 굵은 밑줄 부분도 똑같았다.

그 사진이 남편이 있는 마이아사 신문에 실렸다면 모를까 경쟁 신문사인 교쿠니치에 필적까지 알아볼 수 있도록 크게 실려 있다니, 이게 어떻게 된 일일까? 전에 없이 일찍 일어나서 신문을 자기 손으로 들고 들어온 것도 틀림없이 이 일과 상관이 있을 것이다.

그럼에도 불구하고 밤에 돌아온 남편에게 사진에 대해서 물어보자 "그게 뭐 어때서?" 하며 눈 하나 깜짝하지 않고 되물었던 것이다.

"오늘 아침 교쿠니치 신문에 실려 있던 외무성 전신문 말인데요, 그거 작년에 당신이 서재에 놓아두었던 것 맞지요? 거기 쓰인 글자도 당신 것인데 어째서 그게 교쿠니치에 실려 있는지 궁금해서요."

그 말을 하자마자 남편의 표정이 돌변하여 험악해지더니, 손에 잡히는 물건이 있으면 당장 집어던질 것 같은 기세로 유리코를 노려보다가, 간신히 자기를 억누르는 것처럼 일어서서는 서재로 들어가 방문을 탁 닫아 버렸다.

유리코는 결혼한 이후 처음으로 남편이 자기를 거부하는 모습을 보았다. 뭔가 깊은 이유가 있어……. 그런 생각이 들면서 불길한 예감 때문에 안절부절못하게 되었다.

퇴원한 아버지의 병문안을 오면서 유리코는 정체를 알 수 없는 이 불안감을 은근슬쩍 아버지에게 털어놓고, 될 수만 있다면 부드럽게 웃으면서 가볍게 넘겨주었으면 하고 바라는 마음이 있었다.

하지만 막상 아버지 앞에 오니 입이 떨어지지 않았다. 은행에 근무했던 아버지는 출세하려는 야망과는 담을 쌓고 꽃 가꾸기와 조개껍질 모으기에서 즐거움을 찾는 삶을 선택한 사람이었다. 그랬던 만큼 정치 세계에 몸을 담고 특종을 땄네 못 땄네를 겨루는 경쟁에 목숨을 거는 신문기자인 남편에 대해서 좀처럼 친근해지지 못하는 감정을 가지고 있다. 대답해 줄 방도가 없는 아버지에게 확실한 근거도 없는 불안감에 대해서 말해 본들 걱정만 끼치게 될 뿐이라는 생각에 유리코는 상의할 마음을 접어 버렸다.

바닷바람이 축축해진 것 같았다.

한 쌍의 멧새가 재빠른 움직임으로 근처에 있는 나뭇가지로 건너갔다.

"이젠 정말 돌아가야 할 것 같아요. 어머니한테는 잠깐 정원에 나갔다 오겠다고만 했으니까 걱정하고 계실 거예요."

정자에 앉아 연신 봄 바다를 바라보고 있는 아버지에게 손을 내밀었다.

"유리코도 고집이 많이 세졌구나. 뒷산까지 올라왔는데도 아무 말도 안 해 주는 걸 보니……. 그래, 지금 당장이 아니더라도 걱정이 있으면 언제든지 아버지한테 오려무나."

딸에게 손을 맡기고 일어서더니 완만한 경사의 언덕길을 내려갔다.

언덕을 다 내려서면 친정집 본채 뒤뜰로 이어진다.

커다란 화단에 수선화가 피어 있고, 온실에는 수없이 많은 화분에 다양한 품종의 동양란들이 꽃을 피우기 직전의 둥근 꽃봉오리를 맺고 있다. 아버지는 잠시 들렀다 가겠다면서 온실 쪽으로 발을 돌렸다. 온실 건너편에는 벌써 오랫동안 사용하지 않은 테니스 코트가 있는데 붉은 흙이 깔린 바닥은 뒷산에서 흘러내린 흙더미로 허옇게 변해 버렸고, 주위에 잡초가 나 있는 광경이 쓸쓸하게 보였다.

대대로 지주였던 집안이었기 때문에 특히 할아버지 대

에는 지방 유지로서 시정에도 깊이 관여하였고, 집에 손님
이 끊이지 않았으며 정원사들도 자주 들락거리곤 했다. 하
지만 아버지, 그리고 큰오빠로 대물림해 오면서는 지방 정
치에 관여하는 번잡스러운 인간관계를 꺼리고 은행이나
제조회사에 근무하게 되면서 넓은 가옥을 유지하기가 점
점 힘들어지고 있었다.

"유리코, 지금까지 아버지랑 뒷산에 올라가 있었다면
서? 아버지 너무 무리하시게 하면 안 된다."

잘 어울리는 기모노에 하얀 앞치마를 두른 어머니가 꾸
짖었다. 자주 앓으시는 아버지를 대신해 집안을 꾸려 가고
있는 사람은 의연한 아름다움을 가지고 있는 어머니다.

"죄송해요, 어쩌다 보니까……."

"뭔가 긴히 할 이야기라도 있었니?"

유리코는 내심 깜짝 놀랐다. 어머니의 눈에도 자기가 평
소 같지 않은 모습으로 비쳤던 것일까?

"그냥 한가하게 봄 바다를 보다가 온 것뿐이에요. 생각
보다 건강해지신 것 같아서 안심했어요. 나 이제 슬슬 가
볼게요."

유리코는 억지로 밝게 말했다.

"그럼 우오마사(魚政, 생선 가게 이름)에 들렀다 가려무나.
네 남편이 좋아하는 생선하고 애들이 잘 먹는 소라, 주문해

두었으니까."

"고마워요. 그럼, 안녕히 계세요."

유리코는 본채 거실에 놓아두었던 핸드백을 가지러 갔
다. 남편에 대한 불안감을 그대로 안은 채 집으로 가려니
발걸음이 무거웠다. 자신의 걱정이 기우에 지나지 않기를
바라며 아이들이 해맑게 웃는 얼굴을 떠올렸다. 자가용 열
쇠를 쥔 손에 힘이 들어갔다.

기밀문서 누출 사건으로 외무성 안은 잔뜩 긴장하고 있
었다. 어제 국회 심의 전에 사진당과의 문서 대조가 이루어
지면서 진짜로 극비 전신문이 누출되었다는 사실이 분명
해진 이후로는, 온갖 것들에 대한 의심에 사로잡혀 신문기
자들은 물론이고 다른 부서 직원들이 들어와도 음식점 배
달 메뉴까지 덮어 버릴 정도로 웃지 못할 사태가 벌어지고
있었다.

그런 가운데 관방 부서의 소회의실에서는 관방 인사과
장이 중심이 되어 누출된 문서에 관여했다고 생각되는 관
계자들을 한 사람씩 불러들여 대면 조사를 실시하고 있었
다. 국회에서 요코미조 의원이 문서를 폭로한 날 밤에 사태
를 중시한 후쿠데 대신이 별관인 이이쿠라 공관에 간부들
을 몰래 긴급 소집하여 누출 경로를 따져 보았지만 확실한

결론은 나오지 않았다. 그래서 관방 부서가 중심이 되어 ‘문서 누출 조사위원회’를 만들어 이 잡듯이 조사하게 되었던 것이다.

소회의실에 전신과, 관방 총무과 관계자들이 호출되었고, 이어서 들어온 지 3년째인 북미 1과의 젊은 사무관이 호출되어 들어갔다.

“각 과의 문서 수령 장부에 따르면 6월 9일자의 이가리 조약국장 및 슈나이더 공사의 회담에 대한 극비 전신안은 당신이 직접 관방장, 두 심의관실, 차관실로 들고 돌아다닌 것으로 되어 있는데 틀림없지요?”

“어떤 때는 몇 번씩 다니는 일이 있기 때문에 기억이 확실하지는 않지만 수령 장부에 그렇게 기록되어 있다면 틀림이 없습니다.”

젊은 사무관은 잔뜩 긴장한 표정으로 고개를 끄덕였다.

“회람을 명령한 사람은 누구였습니까?”

수염을 깎은 자국이 푸릇푸릇한 인사과장의 말은 정중했지만 그 말 속에 등골이 서늘해지는 냉기가 느껴졌다.

“당시의 가와사키 북미 1과장님이 내린 지시였습니다.”

그 가와사키는 작년 가을에 있었던 인사이동에서 모스그비에 있는 주소련 대사관 참사관으로 발령받아 나가 있는 상태다.

"회람의 사인은 관방장, 심의관, 차관까지 원활하게 다 받을 수 있었나요?"

"그건…… 어땠는지 잘 기억이 나지 않습니다. 모든 분들이 그 자리에서 결재해 주셨을 것 같지는 않으니까 안 계시는 경우에는 사무실 쪽에 맡겼다가 나중에 가지러 오겠다고 일단 두고 오는 일도 있었을 겁니다. 하지만 그 당시 구체적으로 어땠는지는…… 정확하게 기억이 나지 않습니다."

9개월 이상 지난 일인 만큼 기억이 애매했다.

"어떻게 해서든 기억해 내지 않으면 혐의가 갈 수도 있는 중대한 사안입니다. 가와사키 과장에게 지시를 받아 곧바로 들고 다니지 않고 잠시 책상 위에 방치했다거나 사물함 속에 일시적으로 넣어 두었다거나 한 적은 없었습니까?"

불쾌감을 주는 언사였다.

"회람을 하도록 명령받은 극비 문서를 방치해 두다니 어떠한 돌발 사태가 일어났다 해도 그건 있을 수 없는 일입니다. 다만 당시는 오키나와 반환 교섭이 막바지로 접어든 때라 번역을 일주일에 300장 이상씩 소화해 내야 했기 때문에 철야 작업도 계속되었고, 그러다 보니 일시에 대한 감각도 희미해져서 어느 분한테 곧바로 사인을 받고, 어느 분한

242

테 나중에 가서 받아 왔는지 정확한 기억이 나지 않는 것뿐입니다. 그렇다고 해서 제가 그 전신안을 복사해서 사진당에 넘겨준 적은 절대로 없습니다. 그건 천지신명께 목숨을 걸고 맹세할 수 있습니다."

필사적으로 관여 사실을 부인했다.

"이것 말고도 2통의 전신문이 더 누출되었습니다. 아마 같은 인물한테서 새어 나갔다고 생각되는데, 당신이 아니라면 혹시 짐작이 가는 사람이라도 없나요?"

인사과장이 추궁하자 동석하고 있는 사무관도 같은 눈길로 보며 물었다.

"당시에 전신안을 들고 돌아다닌 것은 중요 서류 취급에 대한 훈련을 받은, 외무성 입성 1년차였던 두 사람입니다. 현재는 둘 다 워싱턴으로 발령을 받아 나가 있는데 연수 중이었던 그 사람들이 그런 짓을 했을 리는 없다고 믿고 있습니다."

후배를 감쌌다.

"그 2명에 대해서는 이미 워싱턴에서 참사관이 조사하고 있는 중이에요."

젊은 사무관은 그 신속한 조치에 놀랐다.

"당신 주변에 외무성에 대해 불만을 품고 있을 만한 사람은 없나요?"

“그런 인물은…… 우리가 밤늦게까지 남아 있거나 휴일도 반납하고 일에 쫓기고 있으면 서무나 회계 담당자 같은 일반 직원도 함께 출근해서 타이핑도 하고 복사도 하고 야식 조달이나 택시 배차까지 잡일을 했어야 하니까 불평불만이 있었을 수도 있겠지요. 하지만 그 사람들은 각각의 전신문이 가진 중요도를 잘 알아보기 힘들 것이고 더구나 정치인이나 신문사에 누출시킬 정도로 대담한 일을 저지를 수 있을 것 같지도 않습니다.”

그 말에 인사과장 옆에서 메모를 하고 있던 사무관도 고개를 끄덕였다.

“그건 그렇고, 혹시 개인적으로 어느 정당을 지지하고 있는지……?”

느닷없이 물었다.

“그, 그야 물론 자유당이지요.”

“아, 그래요……. 사상의 자유가 있기는 하지만 최근에 정부에 비판적인 정당의 ‘비밀 당원’이 내부 고발을 하는 따위의 생각지도 못한 사태가 발생하기도 해서…….”

인사과장은 일단 말을 끊었다가 미묘한 질문을 했다.

“기족이나 친척들 중에 언론 관계자가 있나요?”

“아뇨, 아무도 없습니다.”

사무관이 거세게 고개를 흔들었다.

"대충 된 것 같네요. 수고했어요"

인사과장은 대면 조사를 마쳤다.

일곱 번째로 호출당한 사람은 안자이 심의관실에서 일하는 야마모토 이사무 비서였다. 책상 위에는 야마모토가 지참한 '회람 문서 수령 장부'와 만년필로 적힌 공책이 10권 놓여 있었다.

"안자이 심의관님은 오늘 몇 시쯤 출장에서 돌아오십니까?"

입을 열자마자 인사과장이 물었다. 사진당에 넘어간 복사 문서의 회람자란에 관방장의 사인은 있지만 그 다음인 안자이 심의관의 사인이 없다. 그렇다면 관방장한테서 안자이 심의관 사이의 문서 흐름 어딘가에서 복사가 되었다는 뜻이다. 관방장 담당 비서의 대면 조사는 일찌감치 끝난 상태였지만, 안자이 심의관은 교토의 국제회의에 출장 중이기 때문에 그쪽으로 연락하여 사전 승낙을 받는 절차를 거치느라 야마모토 비서의 호출이 늦어졌던 것이다.

"심의관님은 오후 3시 반에 신칸센 열차편으로 교토를 출발하십니다. 중대한 사태이기 때문에 당신이 없는 동안이라도 인사과장님이 하시는 질문에는 어떠한 일이건 정확하게 대답하라는 지시를 전화로 하셨습니다."

인사과장보다 훨씬 나이가 많은 반백 머리의 야마모토
는 정중하게 대답하고 나서 노트를 가리키면서 설명했다.

"본래 규정으로는 심의관실로 회람되어 온 서류는 그때
마다 곧바로 심의관님께 올리고 결재를 받게 되어 있는데
현실적으로는 자리에 안 계시는 경우도 많기 때문에, 저희
비서들이 잠시 맡아서 미결 상자에 넣어 둔 다음 어느 정도
모이면 심의관님께서 자리에 돌아오셨을 때 보여 드리고
사인을 받아 다음으로 넘기는 것이 관례입니다.

따라서 문서를 수령한 일시, 다음으로 넘긴 일시에 대해
서 정확하게 해 두기 위해 이렇게 수령 장부를 만들어 일정
기간 보관해 두고 있습니다."

인사과장은 노트 10권을 눈으로 재빨리 훑어 나갔다.

노트에 세로 선이 네 줄 그어져 있고 왼쪽부터 날짜, 시
간, 주관하는 과, 회람 번호, 문서의 종류가 기입되어 있
었다.

"이건 항상 본인이 기입하는 겁니까?"

슬쩍 시선을 던지며 물었다.

"네, 지금 보시고 계신 것은 제가 기입한 것입니다."

"대략 살펴보니까 필적이 두 가지 있는 것 같은데 어떻
게 된 일인가요?"

"아, 그것은 예전에는 같이 일하는 다른 비서가 적었기

때문입니다."

"그럼 작년 8월 20일부터 필적이 바뀐 것으로 보아 그날부터 본인이 교대한 것이군요. 무슨 특별한 이유라도 있었습니까?"

"아니요, 그때까지 그것을 적던 비서가 어쩌다가 오른손 손가락을 다쳐서 2, 3일 교대해 달라고 했던 것이 오늘까지 계속 이어졌을 뿐입니다."

"또 하나, 작년 5월부터 6월까지의 노트가 없네요. 어떻게 된 겁니까?"

"사실은 호출을 받고 서둘러 캐비닛 안을 찾아보았는데 보이지 않아서 일단 있는 것들만 지참해서 온 겁니다."

야마모토가 반백의 머리를 숙이며 해명하려 하자, 공손했던 말투가 갑자기 바뀌었다.

"안자이 심의관님께서 미리 지시를 하셨다면서 제일 중요한 노트를 제대로 찾지도 않고 왔다니 어이가 없군요. 그렇게 안일한 태도로 일하다가는 심의관님께 폐를 끼칠 수도 있다는 생각은 안 합니까? 기다리고 있을 테니까 찾아오도록 하세요."

인사과장이 신랄하게 다그치자 야마모토 비서는 혼쭐이 빠진 사람처럼 허둥대며 회의실을 빠져나갔다.

심의관실로 돌아온 야마모토를 본 미키 아키코가 펜을

멈추며 물었다.

"어머, 의외로 빨리 끝났네요. 분위기는 어땠어요?"

"제일 중요한 것, 유출된 문서의 날짜 전후의 수령 장부가 빠져 있는 바람에 얼마나 혼이 났는지 몰라요. 당장 찾아가야 하니까 미키 씨도 찾는 걸 좀 도와줘요."

이마에 난 진땀을 닦으며 사물함 안을 다시 뒤지면서 말했다. 미키도 다른 캐비닛을 여닫으며 파일이나 장부 사이에 섞여 있지 않나 찾아보았다.

"어째서 하필이면 그 기간의 수령 장부가 없는 건지, 원. 설마 잘못해서 다른 서류랑 같이 소각 처분하지는 않았겠지?"

도저히 어떻게 해 볼 방도가 없어진 야마모토가 중얼거렸다.

"설마 그럴 리는 없을 텐데⋯⋯."

미키가 이상하다는 듯이 고개를 갸웃거렸다.

야마모토가 빈손으로 인사과장이 기다리는 소회의실로 다시 갔다가 10분도 채 안 되어 어깨가 축 처져서 돌아오고 나자 이번에는 미키 아키코가 불려 갈 차례였다.

인사과장과 2명의 사무관은 단정한 가운데서도 어딘지 남자의 마음을 끄는 구석이 있는 미키의 외모에 순간적으

248

로 눈이 끌렸다.

"야마모토 씨에게 들었는데 아무리 찾아봐도 노트가 보이지 않는다고요?"

과장이 확인했다.

"네, 있어야 할 곳에 당연히 있는 줄 알았던 물건이 도저히 보이지 않으니……. 정리를 제대로 못한 점 죄송하게 생각합니다."

짧은 머리 때문에 더욱 눈에 띄는 하얀 목덜미를 보이며 머리를 숙였다.

"수령 장부의 보관 기간은 얼마나 됩니까?"

"1년을 기준으로 하고 있습니다."

"작년 8월 20일부터 수령 장부의 기입을 야마모토 씨에게 맡겼는데 무슨 특별한 이유라도 있는지?"

"아니요, 종이 끄트머리에 손가락을 베는 바람에 2, 3일 동안만 부탁한다는 것이 그만 야마모토 씨의 친절에 의지해 버리고 말았네요……."

"실은 작년 5월 무렵부터 외무성 안에서도 극히 한정된 관계자들밖에 모르는 정보가 신문 등에 실려서 도쿄에 있는 외국 대사관으로부터 항의가 들어오는 일이 생긴 것 때문에, 8월 무렵에 관방 문서괴에서 각 부서로 극비 문서를 취급할 때 충분히 조심하라는 통보가 나간 적이 있는데 기억하고 있습니까?"

마치 미키 아키코에게 미심쩍은 부분이 있다고 단정 짓는 것처럼 끈적한 말투로 물었는데도 미키는 동요하는 기색이 없었다.

"그 통보는 직무와 직접 관련이 있는 것이어서 잘 기억하고 있습니다."

"당신은 매우 유능한 비서로 안자이 심의관님께서 신뢰하고 있다는 사실을 아까 야마모토 씨한테서 들었습니다. 그런 사람이 단순히 정리를 제대로 못해서 찾지 못한다는 말을 아무렇지도 않게 할 수 있습니까?"

"달리 설명할 방법이 없으니까요."

"야마모토 씨의 이야기로는 이렇게 찾았는데도 나오지 않는 것을 보면 심의관님이 소각 처분을 지시한 문서에 섞여서 같이 소각되었다고 밖에는 생각할 수가 없다고 하던데."

문서가 쌓이면 방대한 양이 되기 때문에 심의관의 판단으로 일정 보관 기간이 정해지고, 그 기간이 지난 문서는 1층 안뜰의 소각로로 보내서 소각 처분을 하게 되어 있다.

"최근 들어 본인이 소각 처분을 한 날은 언제지요?"

"2월 22일입니다. 보기 드물게 눈이 많이 내린 날이어서 기억하고 있습니다."

"소각 처분은 한 달에 한 번 정도 합니까?"

"그건 때마다 다릅니다. 어제는 야마모토 씨가 하셨습니다."

미키 아키코는 은근슬쩍 대답했다.

"그렇다면 야마모토 씨가 소각했을 가능성도 있다는 뜻이겠네요?"

"설마, 그럴 리야……. 우연한 일들이 겹쳐져서 그런 것이라고 생각하지만 이런 모습을 보이게 되어 죄송할 따름입니다. 다시 한번 잘 찾아보면 생각지도 않았던 곳에서 나올지도 모르겠습니다."

"그렇겠죠. 일부러 소각까지 했다면 오히려 의혹이 생길 수도 있으니까요. 안자이 심의관님이 돌아오실 때까지 다시 한번 빈틈없이 찾아보세요."

인사과장이 엄숙하게 명령했다.

마이아사 신문의 주필인 쿠루ㅅ留는 아침부터 연이어 있던 회의를 마치고 자신의 방으로 돌아와 한숨을 내쉬며 소파에 몸을 기댔다.

전쟁 후 처음으로 런던 지국에서 일할 때 대일 감정이 나쁜 영국인들 때문에 고생을 많이 했는데 셰익스피어 희곡에 조예가 깊었던 것을 계기로 인맥을 넓혔고, 그 후로 출신지인 오사카 본사의 사회부, 도쿄 외신부, 유럽 총국장까지 외신 쪽에 오래 몸담고 있다가 오사카 본사 대표를 거쳐 주필에 취임한 것이 바로 두 달 전의 일이다. 회의와 회식으로 일주일이 꽉 차는 도쿄 본사 생활은 《만요슈(万葉集, 일본 고전 시집)》에서 셰익스피어의 작품까지 애독하는 쿠루에게는 숨 막히고 답답하기만 했다.

여비서가 부재중 전화 메모와 결재 서류를 들고 왔다.

"고마워."

쿠루는 서류를 보려다가 문득 오늘 아침 마음에 걸렸는데도 회의에 쫓겨서 그대로 방치해 두었던 어제 날짜인 28일자 신문철을 책상 위에 펼쳤다. 사장, 그리고 편집의 최종 책임자인 주필에게는 전날의 각 판 지면들이 반드시 보내지게 되어 있다.

쿠루 주필의 마음에 걸렸던 것은 국회에서 문제가 된 외무성 극비 문서의 사진이, 초판에는 교쿠니치 신문처럼 1면에 실려 있다가 도중 판부터 요코미조 의원이 질의하는 사진으로 바뀌었다는 점이다. 그 사진을 1면 대신 3면으로 옮겨 놓았나 싶어 꼼꼼하게 살펴보았지만 13판부터는 사라져 버리고 없었다. 아무리 상세한 기사라도 글보다 훨씬 설득력이 있는 사진을 빼 버린 데에는 틀림없이 뭔가 이유가 있을 것이다. 쿠루 주필은 수화기를 들어 편집국장에게 경위를 물었다.

"그게 좀, 한마디로는 설명하기가 힘든 미묘한 문제가 얽혀 있는 모양이라서요."

애매한 말로 얼버무렸다.

"편집국장답지 않게 대답하는 게 왜 그런가? 내 방으로 와 보게."

무슨 말인가를 더 하려는 편집국장을 제지하며 명령했다. 편집국장인 마키노牧野는 오랫동안 정리본부에 몸담고 있어서 취재 현장의 아수라장을 경험해 보지 못했다는 점 때문에 적성을 문제시하는 목소리도 있었지만, 마찬가지로 정리본부 쪽에 오래 있었던 새로 부임한 사장이 단행한 정실情實 인사였다.

조금 있으려니까 마키노 편집국장이 정치부장인 츠카사를 데리고 주필실로 들어왔다.

"누출 사건의 핵심인 극비 문서 사진이 어째서 도중 판부터 바뀌게 되었는지 나로서는 이해할 수가 없네. 알아들을 수 있게 설명 좀 해 보지."

외모는 부드럽게 생겼지만 지면에 대해서는 꼼꼼하고 엄격한 주필이 두 사람을 뚫어지게 쳐다보면서 말했다.

"그 사진은 정치부의 야당 출입 기자가 입수해 와서 정리본부가 초판부터 실었는데 츠카사 부장이 지면을 보고는 깜짝 놀라면서 바꾸는 게 좋겠다고 해서……."

팔八자로 늘어진 눈썹에 안경을 쓴 마키노 편집국장이 슬쩍 츠카사 정치부장 쪽을 보며 말했다.

"실은 작년 6월, 오키나와 반환 교섭 조인식이 치러진 직후에 유미나리 기자가 밀약을 의심케 하는 3통의 전신문을 가지고 어떤 식으로 기사에서 다룰 것인지 상의하러 온 적이 있었습니다. 그때 그 전신문에 쓰여 있던 메모의 필적, 글에 쳐진 밑줄 등이 이번 사진의 문서와 한 치도 다르지 않다고 생각되어 알 만한 사람들이 보면 그의 것이라고 알 것 같아서 요코미조 의원의 사진과 바꾸도록 지시한 것입니다. 그러나 결과적으로 교쿠니치에 크게 실리고 말아 앞으로 어떻게 될지 걱정하고 있는 참입니다."

츠카사는 단정한 얼굴에 고뇌의 표정을 지었다.

"그 유미나리 기자한테는 어떻게 된 사정인지 물어보았겠지?"

쿠루는 확인을 하듯이 물었다.

"물론 당장 불러서 설명하라고 했습니다. 그런데 사진에 있는 전신문은 자기 것이 아니라고 끝까지 우기기만 하더군요."

"유미나리 기자가 가진 것과 대조해 보았는가?"

"그렇게까지는…… 그래도 나가타초 클럽의 팀장인

데요."

"그래 가지고서 어떻게 부장이라고 할 수 있는가? 어째서 좀 더 엄하게 다그치지 않은 거야?"

"그게 보통내기가 아니라서요. 정치부에서는 자기가 제일이라고 떵떵거리는 자신만만한 인간이라……."

마키노 편집국장이 중간에서 수습하려는 듯이 말했다.

"둘 다, 어쩌다가 기자 한 사람의 눈치를 그렇게 보게 되었나? 그 사람, 경력은 어떻게 되지?"

츠카사의 설명을 듣고는 어이없다는 표정으로 물었다.

"일관해서 고치카이, 그중에서도 고히라 담당으로 유명한데 그런 사람이 어째서 문서를 사진당으로 흘렸는지 그 의도가 마음에 걸리는군. 만약에 사하시 이후 정권을 둘러싼 정권 다툼하고 관련되어 있다고 한다면 이건 아주 위험한 일이야."

"그렇습니다. 요코미조의 질문이 있은 지 거의 이틀이 지났는데 이 사건에 정치부 기자가 개입되어 있다는 소문이 나가타초에서 돌기 시작했다는 보고도 들어와 있습니다."

츠카사는 그렇게 말하면서, 이번 사건의 배후에는 다부치와 고히라 연합 세력이 있는데 사하시 정권의 기반을 흔들어 놓고 동시에 차기 총재 선거의 경쟁자인 후쿠데 대신의 약점을 만들어 낸다는 줄거리에 정치부 기자가 편승하

여 만들어진 음모라는 그럴듯한 소문이 떠돌고 있다고 덧
붙였다.

"설마 하고 생각은 하지만 그냥 두고 볼 수는 없군. 유미
나리 기자한테 이리로 오라고 전하게."

"아까 클럽에서 본사로 들어온 것 같으니까 당장 연락하
겠습니다."

츠카사는 구석에 놓여 있는 전화기 쪽으로 갔다.

전화로 주고받는 대화를 보니 유미나리가 편집국에 있
는 것은 확실한 모양이었다.

"워낙 태도가 오만한 자니 기분이 상하더라도 이해해 주
십시오."

마키노 편집국장이 속삭였다.

얼마 후에 유미나리가 들어왔다. 깍듯하게 인사를 하고
는 쿠루 주필과 마주 보는 자리에 다소곳이 앉았다.

"요코미조 의원에게 전신문을 건네준 사람은 접니다. 죄
송합니다."

유미나리는 입을 열자마자 사죄부터 했다.

"뭐야, 그럼 역시 자네였군. 그렇다면 츠카사 부장이 물
어봤을 때 어째서 아니라고 잡아뗐는가?"

마키노가 팔자 눈썹을 모아 인상을 찌푸리며 달려들었
지만, 츠카사는 한심스러운 표정만 지을 뿐 한마디도 하지

않았다.

"자칫하다가는 자네 개인뿐만 아니라 마이아사 신문의 신용까지 그르칠 수도 있는 문제야. 어떻게 그런 경솔한 짓을……!"

테이블이라도 칠 것처럼 흥분해서 마키노가 다그쳤다.

"흥분하지 말고 냉정하게 이야기를 들어 보도록 하지. 동기는 뭔가?"

쿠루가 물었다.

"오키나와 반환 교섭의 실태가 불투명하고 국민에게 알려진 사실과 너무도 다르다는 것을 알고 있는데도 예산안이 그대로 통과되는 것을 가만히 지켜보고만 있을 수는 없었습니다."

유미나리는 거기서 일단 말을 끊고 쿠루를 정면으로 쳐다보았다.

"밀약이라고 거의 단정 지을 수 있는 이유는 미국 측이 지불해야 마땅한 복원 보상금 400만 달러를 일본이 대신 낸다는 것인데, 그 외에도 어마어마한 액수의 돈이 아무런 계산 근거도 없이 미국에 지불되는 것이 아닌가 하는 의혹이 있습니다. 뉴스 소스를 보호하기 위해 명확한 기사를 쓰지 못하는 현 상황에서 차선책으로 국회 심의가 이루어지는 자리에서 문제 제기를 해야 한다고 생각했습니다."

진지하게 동기를 말했다.

"기사로 쓸 수 없을 때 정보를 정치가에게 흘려서 사태를 움직이는 수법은 나도 알고 있네. 그런데 지금 츠카사 부장한테 들으니 나가타초에서는 정치부 기자가 다부치·고히라 연합 세력과 한패가 되어서 꾸며 낸 음모라는 소문이 돈다고 하던데, 그 소문에 대해서는 자신 있게 부인할 수 있는가?"

쿠루가 엄하게 따져 물었다.

"물론입니다. 고히라 마사요시는 그런 정치가가 아닐 뿐더러, 저 또한 그런 부탁을 받고 움직이는 기자가 아닙니다."

"이번 사건의 뉴스 소스는 이런 사태를 알고 있는가?"

츠카사가 거의 짐작하고 있다는 말투로 물었다. 취재기자의 뉴스 소스는 직속 상사에게조차도 비밀로 해 두는 것이 용납된다. 유미나리는 잠자코 있었다.

"뉴스 소스에 대해서 이런저런 질문을 받는 것이 달갑지는 않겠지만 그 정치부 기자가 자네라는 사실이 알려지는 것은 시간문제야. 소란이 잠잠해질 때까지 집에서 대기하고 있던지 출장이라도 가 있게."

마키노가 명령했다.

"그건 아니지 않습니까? 생각이 모자랐던 점에 대해서

는 반성하고 있지만 그렇다고 뒷구멍으로 숨어 다닐 생각은 없습니다."

그는 무사안일주의의 편집국장을 약간 경멸하는 말투로 항의했다.

"자네가 그렇게 자기 잘난 맛에 멋대로 날뛰니까 동료들 사이에서도 평판이 좋지 않은 거야. 좀 겸손한 척이라도 하면 안 되나?"

혼잣말인지 잔소리인지 구분이 안 되는 말투로 꾸짖었다.

이 세 사람의 대화를 들으면서 쿠루는 오사카 본사 대표로 있다가 도쿄 본사 주필로 옮긴 이래 계속 느끼고 있던 편집국의 헤이해진 기강을 눈앞에서 보고 있는 듯했다.

유미나리는 보기에도 실력이 대단한 민완 기자의 자질을 갖추고는 있지만 상사에 대한 태도는 예절에 어긋나 있고, 정치부장은 리더십이 부족하다. 편집국장 같은 경우는 아예 말할 가치도 없었다.

한때 기사의 질이나 발행 부수에서 다른 신문의 추종을 허용하지 않았던 마이아사가 그 교만함 때문에 기울어지기 시작하자, 기사회생을 꾀하려 올해 들어 대폭적인 인사쇄신이 실행되고 있는 참이었다. 쿠루 주필은 자신이 맡은 중책에 대한 부담감으로 어깨가 무거워졌다.

유미나리가 한발 먼저 주필실을 나와 한 층 아래에 있는 편집국으로 내려가자 정치부 수석 데스크가 눈짓을 보내더니 사람이 뜸한 창가로 먼저 갔다. 진정한 사내라고 유미나리가 내심 존경하고 있는 히가키 데스크의 그 뒷모습은 한 자락의 곧은 나무줄기가 꿰뚫고 있는 것처럼 꼿꼿했다. 유미나리는 히가키의 옆으로 다가가 나란히 섰다.

"타가와 시치스케가 전화를 했더군."

히가키는 창밖 거리를 오가는 자동차의 흐름에 눈썹이 짙고 눈꼬리가 살짝 치켜 올라간 눈의 시선을 고정한 채 낮은 목소리로 말했다. 고치카이의 젊은 의원들을 이끌고 있는 리더인 타가와 시치스케와 히가키는 막역한 사이였다.

유미나리도 밖에 시선을 둔 채 물었다.

"뭐라고 하던가요?"

"이번 소동에서 고치카이가 기자를 정권 다툼의 도구로 이용하고 있다는 식의 소문이 돌아서 놀라고 있다, 유미나리 씨가 사진당에 그 문서를 흘렸다는 이야기도 있던데 사실인가 하고 묻더군."

츠카사 정치부장은 특정 정치가와 가까워지면 객관적인 관점을 잃어버린다는 소신 때문에 이렇다 할 인맥을 가지고 있지 않은 데 비해, 히가키 데스크는 젊은 시절부터 정계에 발이 넓었다.

"제가 판단을 아주 잘못해서 생긴 일입니다."

유미나리가 얌전하게 잘못을 시인했다.

"시치스케도 원래 신문기자 출신이기 때문에 정보는 빨라. 그렇지 않다고 대답은 해 두었지만 사진당에서도 자네 이름이 나온 모양이야. 그리고 외무성에서는 절대로 외부에 누출될 수 없었던 문서가 어떻게 새어 나갔는지 조금이라도 문서에 관여한 사람들은 모조리 불러다가 철저하게 조사하고 있는 모양일세."

잠시 입을 다무는가 싶더니 곧 말을 이었다.

"유미, 나한테만큼은 속 시원하게 다 털어놓지 그래? 그래야 마음이 좀 편해지지."

처음으로 유미나리의 옆얼굴을 향해 시선을 돌렸다. 다른 사람이 아닌 히가키가 자신의 심정을 이해해 주는 듯한 말을 하는 바람에 유미나리도 잠시 마음이 흔들렸지만, 그래도 입을 열 수는 없었다.

"그냥 이 유미나리를 믿어 달라는 말밖에는 못 드리겠습니다."

그 말을 들은 히가키는 무슨 말인가를 내뱉으려다가 주어 삼키듯 말했다.

"그래, 할 수 없지. 하지만 사하시는 각 신문들이 장기 정권의 폐해와 조기 퇴진을 촉구하는 기사를 매일 같이 써 대

는 바람에 신문기자들을 앙숙처럼 보고 있어. 겁을 주려는
건 아니지만 어떻게 치고 들어올지 모르는 일이야."
  힘든 와중에도 후배를 생각하는 마음을 담아 충고하더
니 바쁜 업무로 돌아갔다.

  그날 밤 늦게 유미나리는 택시를 타고 코마고메에 있는
고히라 마사요시의 저택으로 갔다. 밤에 돌아다니는 각 신
문사의 담당 기자들을 피하려고 회사 차도 쓰지 않았고, 신
중에 신중을 기하기 위해 택시를 타고 정면 현관이 아닌 뒤
뜰로 이어져 있는 고히라의 사위 겸 비서인 모리타盛田의
집 앞에서 내렸다.
  대문의 인터폰을 누르자 신원을 확인하는 모리타 비서
의 목소리가 들렸다. 이름을 댔더니 잠시 후에 옆의 출입
문이 열렸다. 전 대장성 관료인 모리타와 결혼한 고히라
의 딸이 열어 주었던 것이다. 화려한 외모를 가진 어머니
보다는 우락부락한 아버지를 닮은 얼굴이었지만 마음씨
곱고 친절한 그녀는 여대생 시절부터 유미나리를 알고 있
었다.
  "자정이 다 된 한밤중에 들이닥쳐서 미안해요. '아바이'
를 급히 만나야 할 것 같은데 다른 기자들이 아직도 있나?"
  유미나리는 평소처럼 편한 말씨로 물었다.

262

"오늘 밤에는 늦게까지 여러 분이 있었던 것 같은데 좀 전에 잠깐 가 보니까 다들 가시고 교쿠니치 신문기자가 막 일어서고 있더라고요. 지금은 아무도 없을 것 같기는 한데 그래도 전화 한번 넣어 볼까요?"

고히라 저택의 본채와 사위의 집 사이에는 내선 전화가 깔려 있다.

"아니 됐어요. 그냥 뒤뜰을 통해서 들어갈게요."

그렇게 말하고는 고히라 저택의 뒤쪽 나무로 된 문을 통해 안으로 들어갔다. 부엌에서 물소리가 들리며 인기척이 났다. 빙 둘러 있는 통로를 돌아 정면 현관의 문을 열자 무사의 저택에나 있을 법한 커다란 디딤돌에는 신발이 한 짝도 남아 있지 않았다.

"실례합니다."

유미나리가 그냥 형식적인 인사를 하고는 신발을 벗고 들어가 거침없는 발걸음으로 복도를 돌아가자, 작은 전구 하나로 조명을 바꿔 놓은 어두침침한 곳에서 검은 그림자 가 슬쩍 움직였다. 편한 옷으로 갈아입은 고히라였다.

"늦은 시간에 죄송합니다. 긴히 드릴 말씀이 있어서요."

인사를 건네자 네모난 얼굴의 고히라는 품 안에 두 손을 깊이넣은 채 기는 눈을 끔벅이며 무뚝뚝히게 말했다.

"이제 자러 들어갈 참이네."

집에 살고 있는 서생이 유미나리를 알아보고는 응접실의 불을 켰다. 잠자리에 든다고 하면 안에 있는 침실까지도 따라갈 심산이었는데 고히라가 응접실 소파에 먼저 앉았다. 담당 기자들이 똬리를 틀고 있던 실내에는 아직도 담배 연기가 자욱했고, 재떨이에는 담배꽁초가 수북이 쌓여 있었다.

고히라는 유미나리가 먼저 입을 열기를 기다리는지 묵묵히 입을 다물고 있었다.

"사진당이 추궁하고 있는 밀약 문제로 국회가 떠들썩해서 내일부터 당분간 예산 심의가 중지되는 모양이던데요. 오키나와 반환에 따른 미국에 대한 지불 안건이 포함된 예산안 통과가 4월까지 미뤄질 경우 사하시 총리의 정치적 책임이 막대해지지요. 고치카이는 이 기회에 어떻게 움직일 건가요?"

취재를 하는 듯한 말투로 물었다.

"아까까지 각 사 기자들이 화제로 삼고 있던 것을 지금 자네가 묻고 있는 건가?"

나가타초 클럽의 팀장이 지금 와서 무슨 뚱딴지같은 질문이냐는 식의 대답이었다. 외무성 극비 전신문을 사진당에 흘린 사람이 유미나리임을 알고 있고, 그것을 불쾌하게 생각하고 있는 것이 확실했지만 유미나리는 일부러 모른

척했다.

"이참에 아예 왕창 뒤흔들어 놔야 하는 것 아닙니까? 사하시 정권 이후를 노리고 있는 '가쿠후쿠 전쟁'만 클로즈업되고 있어서 여당 제2파벌인 고치카이의 존재감이 약간 흐릿해지는 것 같아 젊은 층들이 불만을 토로하고 있는 줄로 아는데요."

아무리 가쿠후쿠가 차기를 노리고 있다고 해도 사하시 내각의 각료로 있는 후쿠데 다케오와 다부치 가쿠조는 이번 사태에 대해 사하시를 비판할 수 없지만, 재야에 있는 고히라라면 이 기회에 목소리를 높여서 사하시의 정치적 책임을 묻고 퇴진을 요구할 수 있다. 그러면 중간파들이 호응해 줄 수도 있는 노릇이다. 만약 그런 사태로 흐름이 바뀌면 유미나리 자신도 궁지에서 탈출할 수 있는 한 줄기 희망이 생기게 된다.

그러나 고히라는 들은 척도 하지 않고 커다란 바위처럼 입만 꾹 다물고 있다가 불쑥 말했다.

"왜 그런 짓을 했나?"

전 외무 대신인 고히라의 귀에는 시시각각 정보가 들어오고 있을 것이다.

"……면목 없습니다. 변호사 출신이라는 것을 믿었기 때문에 참고를 하라고 보여 주었던 것이 설마 그대로 나가게 될 줄은……. 저로서도 청천벽력이었습니다.”

머리를 숙이고 설명하는 유미나리를 가는 눈으로 쏘아 보는 듯한 눈빛을 띠우고는 가시 돋친 말을 했다.

“여당만 담당하느라 사진당 담당을 해 본 적이 없다고 해도 그렇지, 그 주변에는 국정은 돌아볼 생각도 않고 자기 이름을 파는 데에만 급급한 무책임한 놈들만 득실거린다는 사실을 모르고 있었다니. 자네도 참, 원숭이도 나무에서 떨어질 때가 있다고 해야 하나, 원……. 고치카이가 담당 기자를 이용해서 내각 퇴진 운동을 벌이고 있다는 근거 없는 억울한 소문이 도는 바람에 나까지 괴로운 판국이야.”

“선생님께도 심려를 끼쳐 드리다니, 뭐라 드릴 말씀이…….”

더 이상 ‘아바이’라고 부를 수 있는 분위기가 아니었다.

“외무성이 철저하게 파고들 걸세. 총리도 그걸 바라고 있고. 자네에게 문서를 건네준 사람이 파직되는 정도로 끝나면 그나마 다행이라고 봐야겠지.”

“네……?!”

강한 충격이 유미나리의 온몸을 꿰뚫고 지나갔다.

“그런 희생자를 내다니 2류는커녕 아예 3류 기자구먼.”

때때로 입버릇처럼 내는 ‘아아, 에에’ 소리마저 오늘 밤의 고히라에게서는 전혀 찾아볼 수 없었다. 정치가와 담당 기자 사이의 십수 년에 이르는 친밀한 관계 따위는 골치 아 픈 일이 생기면 그 자리에서 단박에 잘라 버릴 수 있다는 비정함 앞에서 유미나리는 할 말을 잃었다.

아이들을 재우고 난 다음 유리코는 쿠션 커버에 수를 놓기 시작했다. 여름에 가족이 쓸 쿠션 커버의 그림은 은방울꽃과 네잎 클로버로 정하고, 자기가 직접 그린 밑그림에 짙고 옅은 녹색 실을 써서 수를 놓았다. 어머니한테서 물려받은 취미로, 남편의 귀가가 늦은 밤이면 FM 방송에서 흐르는 음악에 귀를 기울이면서 수를 놓곤 하는데, 이런 작업을 하다 보면 마음이 편해진다.

음악이 멎고 해설을 시작하자 유리코는 스웨터 소매를 걷으며 문득 남편에 대해서 생각했다. 서재 파일 속에 철해 놓았던 것과 같은 외무성 극비 전신문이 교쿠니치 신문에 실렸고, 아는 사람이 보면 금방 남편의 필적임을 알 수 있는 메모까지 되어 있었다. 사정을 물어보자 험악한 표정으로 서재로 들어가 버리더니 이튿날 아침까지도 거의 말을 하지 않은 채 출근해 버렸다. 원래 감정을 잘 표출하는 성격이라서 부부 사이에 약간의 언쟁이 있었을 때도, 몇 시간만 지나면 언제 그랬냐는 식으로 잊어버리고 아이들하고

웃으며 떠들다가 밤에는 듬직한 가슴 속으로 유리코를 부
드럽게 끌어당기곤 하던 남편이다.

그런데 그때의 험악한 얼굴은 유리코가 결혼한 이후 처
음 보는 것이었다. 불안한 심정을 가눌 수 없어 유리코는
기관지염을 앓다가 갓 퇴원한 아버지의 병문안을 간다는
구실로 즈시를 찾아갔었다. 하지만 뒷산 정자에 나란히
앉아 평온한 봄 바다를 바라보고 있으려니까 마음속의 불
안감을 입 밖에 꺼낼 수가 없어서 그대로 돌아와 버렸는
데, 어쩜 그렇게 하기를 잘했는지도 모른다. 순수한 삶의
방식밖에 모르는 아버지에게, 멀쩡하게 눈 뜬 사람 코도
베어 간다는 신문의 세계에서 특종을 잡았네 놓쳤네 하는
싸움에 밤낮없이 매달려 있는 남편의 일에 대한 걱정을
털어놓아 봤자 걱정거리만 안겨 드리게 될 것이 뻔하기
때문이다.

이렇게 불안한 날들이 아무 일 없이 지나가 주기만을 유
리코는 기도했다.

라디오에서는 어느새 차이코프스키의 피아노 협주곡이
흐르고 있었다. 바늘에 짙은 녹색 실을 꿰어서 네잎 클로
버의 마지막 잎을 수놓기 시작하려는데 전화벨이 울렸다.
11시가 다 된 이런 시간에 전화가 걸려 오면 대개 남편이
늦어진다는 연락을 해 오는 것이기 때문에 그새 기분이 좀

나아졌나 싶어 밝은 목소리로 전화를 받았다.

"밤늦게 죄송합니다. 저는 외무성 안자이 심의관실에서 비서로 일하는 미키라고 합니다. 유미나리 씨와 통화를 하고 싶은데 혹시 댁에 계신지요?"

똑 부러진 여자 목소리였다. 유리코는 뜻밖의 전화에 라디오를 끄고 엉겁결에 자세를 고치면서 말했다.

"남편은 아직 집에 들어오지 않았습니다. 신문사 쪽으로 전화해 보시면 그쪽에 있을지도 모르겠는데요……."

정치가의 집으로 밤중 취재를 나갔을지도 모르기 때문에 별 생각 없이 대답했다.

"정치부와 나가타초 클럽에는 벌써 전화해 봤습니다만 자리에 안 계셨고, 취재처에서 곧바로 퇴근하신다고 해서 지금쯤이면 돌아오셨을까 싶어 전화를 드린 겁니다. 혹시 몇 시쯤 들어오실지 사모님께 말씀하시지는 않았는지요?"

말투는 정중했지만 어쩐지 추궁을 당하는 듯한 느낌이 들어 유리코는 당혹스러웠다.

"글쎄요, 특별히 들은 것은 없는데……. 혹시 전할 말씀이 있으면 내일 아침에라도 외무성으로 전화를 드리라고 할까요?"

"실은 긴급한 용건이 있어서 그런데 들어오시는 대로, 몇 시가 되어도 상관이 없으니 저희 집으로 전화해 주십사

하고 말씀드려 주세요."

미키라는 이름의 그 여자는 자기 집 전화번호를 지극히 사무적으로 말했다. 유리코가 메모를 하고 전화를 끊으려는 순간이었다.

"유미나리 씨는 귀가가 항상 이렇게 늦으신가요?"

갑자기 사적인 질문을 던졌다.

"일이 일이다 보니 귀가 시간이 정해져 있지는 않은데, 왜 그러시는지……?"

"아니요, 아무것도 아닙니다. 쓸데없는 질문을 했네요. 그럼, 들어오시는 대로 꼭 말씀 전해 주세요."

상대방은 뭔가를 알아보려는 것처럼 느껴지는 자신의 말을 곧 주워 담고는 수화기를 내려놓는 것 같았는데, 그때 희미하게 "쯧" 하고 혀를 차는 소리가 들렸다. 유리코는 자신의 귀를 의심했다.

깔끔하지만 약간 부담스러운 말투와 희미하게 혀를 차는 소리……. 이제는 외무성 안에서 이인자의 자리까지 오르게 되었다고 남편에게서 들은 바가 있는 안자이 심의관을 모시는 비서이기에 자기도 모르게 몸에 배어 버린 교만함일까? 남성들과 어깨를 견주며 밤늦게까지 업무를 처리하고 있는 유능한 여비서를 처음으로 접한 유리코는 당혹스러움과 더불어 묘하게 까칠한 기분이 느껴지는 것을 씻어 낼 수가 없었다.

더 이상 수를 놓고 있을 기분도 아니어서 바늘 개수를 헤아린 다음 바느질 상자에 챙겨 놓고 있으려니까 바깥에서 차가 서는 기척이 나더니 현관에서 열쇠를 돌리는 소리가 났다.

남편을 맞이하러 나가자 남편은 아직도 기분이 풀리지 않은 분위기로 넥타이와 윗도리를 벗더니 오차즈케가 차려져 있는 식탁 앞에 맥이 풀린 사람처럼 털썩 주저앉았다.

"한 30분쯤 전에 안자이 심의관실에서 일하는 미키라는 분이 전화를 했는데 긴급한 용건 때문이라면서 자기 집으로 전화해 달라고 하던데요."

번호를 받아 적었던 메모지를 건네주자 남편은 젓가락을 들고 있던 손을 멈추더니 "그럼 안자이 씨한테서는?" 하고 물었다.

"아니, 아무 연락 없었어요."

"할 수 없지. 일에 관한 얘기니까 서재에서 전화할게."

남편은 오차즈케를 그대로 둔 채 안쪽에 있는 서재로 들어갔다.

깔끔하게 정리되어 있는 서재의 책상 앞에서 책상다리를 한 유미나리는 메모에 적힌 번호로 전화를 했다. 어느새 시간이 11시 40분이어서 누가 전화를 받을지 신경이 쓰였지만 받은 사람이 미키 아키코라는 사실에 일단은 한숨이 놓였다.

"연락이 늦어져서 미안해요. 나도 막 들어오는 길이라서……."

그리고는 뭐라고 말을 이어야 할지 몰라 잠자코 있었다.

"제가 유미나리 씨에게 연락한 이유는 한 가지밖에 없어요. 국회에서 요코미조 의원이 폭로한 극비 전신문이 혹시 작년 것이 아닌가 하는 걱정이 되어서죠."

"미안하게 되었어요. 그 일 때문에 미키 씨랑 직접 만나 이야기할 생각으로 몇 번 전화를 걸었는데 요즘에는 항상 야마모토 씨만 전화를 받아서 용건을 꺼내기가 힘들더군요. 그러다 보니……."

"그랬군요. 그런데 어쩌다가 일이 이 지경이 되었는지 설명해 주시겠어요? 유미나리 씨가 당시에 기사를 쓸 때 참고로 하고 싶다, 절대로 피해가 가는 일은 없을 거라고 말씀하셔서 그 말을 믿고 제가 보여 드린 것인데, 그게 지금에 와서 어떻게 사진당으로 흘러들어 갔는지 모르겠네요. 유미나리 씨가 건네주었다고 생각하고 싶지는 않은데 어찌된 일인가요?"

노여움을 강력한 이성으로 억누르고 있는 말투였다. 유

미나리는 진땀이 배어 나왔다.

"직접은 아니지만 유출된 곳은 내가 맞아요. 저런 식으로 있는 그대로 국회에 제출되리라고는 상상도 하지 못했는데 어쨌든 내 생각이 모자란 탓이니 내 잘못이 맞고, 그래서 미안하다는 말밖에는 할 수가 없네요. 어쨌든 미키 씨 이름은 무슨 일이 있어도 절대 드러나지 않도록 충분히 조처할 겁니다."

유미나리는 진심으로 사과했다.

"아무에게도 비판받을 일이 없는 신문기자라서 그러신지 참 순진하고 속 편하시네요. 제 이름이 드러나지 않을 거라고 철석같이 약속을 해 주신들 그게 무슨 소용이 있을까요? 지금 외무성에서는 어디서 누출되었는지 범인을 찾는 데 혈안인데. 저도 관방 인사과장에게 벌써 대면 조사를 받았어요."

미키는 처음으로 격한 감정을 드러냈다.

"대면 조사라니……, 그래서 어떻게 됐습니까?"

뜨끔하면서 결과를 물었다.

"복사본이 누출된 것이니 회람자 사인이 어디까지 되어 있는지를 보면 대충 짐작이 가게 되어 있잖아요. 그리고 3통의 문서를 모두 볼 수 있는 사람이라고 해 봐야 몇 명으로 한정되어 있으니……. 이런 일이 있을 줄 모르고 당시의 '문서 수령 장부'를 소각해 버린 상태여서……."

"뭐라고요? 아니, 당신처럼 똑똑한 여자가 어쩌다가 그런 짓을……?"

"사실 냉정하게 생각해 보면 불태워 버리지 않고 보관해 두었더라면 얼마든지 발뺌할 구실을 만들 수도 있었는데 저도 어지간히 당황했었나 봐요. 어째서 내 손으로 내 무덤을 파는 짓을 해 버렸는지 혀를 깨물고 싶을 정도예요. 오늘 대면 조사에서는 분실한 것으로 핑계를 대고 간신히 빠져나오긴 했지만 그 당시의 노트만 분실했다는 구실이 통할 리가 없죠. 샅샅이 찾아보고 내일 다시 대면 조사할 때 지참하라는 명령을 받았어요."

유미나리는 할 말이 없었다.

"내일 조사에서 혐의가 짙어져서 제가 누출시킨 범인으로 단정되는 것은 시간문제라고 봐야죠."

"설령 그렇다고는 해도 결정적인 증거가 없으니까 이를 악물고 조사를 견뎌 내 주세요. 미키 씨라면 그렇게 할 수 있어요."

용기를 주려고 했는데 미키는 유미나리의 말을 듣고 있지도 않은지 혼자서 중얼거렸다.

"마魔가 낀 거지. 그렇다고 밖에는 생각할 수 없어."

"미키 씨. 이건 우리 모두의 명운이 걸려 있는 중대한 사안이에요. 내 쪽에서는 절대적으로 막을 수 있어요. 내일 후쿠데 대신을 만나서 이 사건을 정치적으로 결착 지어 볼 겁니다. 당시 외무 대신은 아이이케였으니까 기브 앤드 테이크 하는 정보에 따라서 충분히 타협을 볼 수 있어요. 그러니까 미키 씨도 어떻게 해서든 잘 넘어갈 수 있도록 해 봐요."

붙잡고 설득하듯이 말했지만 미키의 냉소적인 말만 되돌아왔다.

"대신이 누구였던 일개 여비서의 인사 따위에 진지하게 응할 것이라고 생각하는 겁니까? 유미나리 씨하고의 신뢰 관계는 일찌감치 깨져 버린 상태니까 말을 해 봐야 소용이 없을 것이라고 생각은 했지만 이대로 저 혼자서만 불리한 입장에 몰리게 된다면……."

"어쨌든 전화로는 이야기가 되지 않으니까 앞으로의 일도 상의할 겸 내일 만나서 이야기합시다. 피해가 가지 않을 장소라면……."

"이제 다시는 만나고 싶지 않네요. 제 일은 제가 알아서 결정하겠어요."

미키는 뺨을 후려치듯이 전화를 끊어 버렸다.

잠시 수화기를 손에 든 채 유미나리는 새삼 자책감이 들면서도 이 궁지에서 탈출하려면 어떻게 해서든 미키를 설득해야 한다는 생각에 전화를 다시 돌렸다.

끈질기게 전화벨이 울렸지만 아키코는 실크 가운 차림으로 화장대 앞에서 짧은 머리를 정성 들여 브러시로 빗고 있었다.

"이를 악물고 내일 대면 조사에서 견뎌 내 달라고?"

그런 말을 듣지 않아도 그것 말고는 다른 방도가 없다. 누출을 인정하고 외무성을 그만두게 된다면 앞길이 꽉 막히고 어둠 속으로 떨어지는 것이나 다름없다.

문서 수령 장부를 찾을 수 없다 해도 그게 뭐 어떻다고……? 아키코는 거울 안에 있는 자신을 향해 물으며 어떤 구실로 둘러대야 하나 방책을 궁리하고 있는데, 거울 구석에 볼이 움푹 들어간 홀쭉한 남편의 얼굴이 비쳤다. 깜짝 놀랐지만 보지 못한 척하며 피부 손질을 시작했다.

"전화는 언제까지 받지 않고 저대로 둘 거야?"

세 번, 네 번 걸려 오는 전화에 남편 타쿠야琢也가 끈적한 말투로 물었다.

"어머, 미안해요. 자정 넘어 걸려 오는 전화 치고 제대로 된 것이 없지 싶어 내버려 두었는데 벨 소리에 깬 거예요?"

아키코는 거실 쪽으로 가더니 수화기를 들었다가 응답도 하지 않고 끊어 버렸다. 양쪽 모두 부모님이 안 계시고

276

아이도 없었기에 촌각을 다투는 전화가 걸려 올 일은 없었다.

"내가 들으면 안 되는가 보지?"

잠옷에 스웨터를 걸쳐 입은 타쿠야가 화장대 앞에 앉은 아키코의 등 뒤에 서서 거울 속의 아내를 가만히 들여다보며 말했다.

아키코는 커다란 눈 주위와 아직 젊고 탄력 있는 윤택한 볼에 로션을 충분히 바르면서 남편의 말을 못 들은 척했다.

"약 먹을 물을 가지러 내려왔다가 우연히 들었어. 누출 사건에 당신이 관여하고 있다는 걸 알고는 많이 놀랐지."

가느다란 입술을 씰룩였다. 어차피 눈치로 알아차리고는 계단 근처에서 귀를 기울이고 있었을 것이 뻔하다. 아키코는 손질을 마친 반질거리는 얼굴로 태연히 말했다.

"당신한테 걱정을 끼쳐 드리고 싶지 않아서 그랬어요. 하지만 잘 해결될 거예요."

"통화 내용을 들어서는 그럴 여유가 있는 것 같지 않던데."

타쿠야는 냉소를 띠고 있었다.

"……전 이제 좀 자야겠어요."

아키코는 쌀쌀맞은 태도로 화장대 앞에서 일어섰다.

"잘난 척하지 마. 누구 덕분에 외무성에 들어간 줄 알고 그래?"

거울 속에 아내를 힐난하는 남편의 얼굴이 비쳤다. 아키코는 얼굴을 돌려 애써 시선을 외면했다.

"당신, 왜 그렇게 변했어?"

실크 가운 차림의 아내를 못마땅하게 쳐다보며 툭 뱉었다.

사실, 병에 걸린 타쿠야를 대신해서 연고자 채용으로 국제연합국에 배치되어 주로 타이핑만 하던 아키코에게, 사무직 자격을 취득하라고 권하고 시험에 합격하도록 도와준 장본인이 남편 타쿠야였다. 그 뒤로 외무 차관 밑에 심의관 자리가 생기면서 초대 심의관의 전속 비서로 발탁되자 아키코의 업무 능력은 눈에 띄게 향상되었다. 또한 커리어우먼답게 복장이나 매너도 한층 세련되어가면서부터는, 마닐라 주재 일본 대사관의 서기관을 마지막으로 외무성을 그만둔 타쿠야를 가끔씩 얕보는 듯한 태도를 보였다.

봄 태풍인지 바람이 거세게 불기 시작해 정적이 짙게 깔린 방 안에 덧문이 덜컹거리는 소리가 들렸다.

"극비 문서를 건네준 상대는 외무 대신하고도 안면이 있을 정도로 거물인 모양인데, 도대체 어느 신문사의 누구야?"

"마이아사 신문의 유미나리라는 기자예요."

"나이는?"

"당시 가스미가세키 클럽의 팀장이었으니까 마흔 안팎 정도이겠지요. 저도 잘 몰라요."

흥미 없다는 투로 대답했다.

"그놈의 공명심 때문에 이용당한 거야? 아니면 넘겨줘야 할 사정이라도 있었던 거야?"

아내에 대한 의심을 노골적으로 드러냈다.

"안자이 심의관님이 제일 신뢰하고 매일처럼 만나서 무슨 이야기든 해 주는 기자였으니 내 입장에서 부탁을 받았을 때는 딱 잘라 거절할 수가 없잖아요."

"심의관도 그걸 알고 있었던 거야?"

"글쎄, 어떨지 모르죠."

쌀쌀맞은 대답에 타쿠야의 훌쭉한 얼굴이 노여움으로 달아올랐다.

"당신은 모르는 모양인데 국가공무원이 비밀을 외부로 누출시키면 그건 국가공무원법 위반이라는 범죄가 되는 거야."

"……과연 그럴까요? 내가 직접 사진당 의원한테 넘겨준 거라면 몰라도 신문기자한테 기사를 쓰기 위한 참고용으로 부탁받고 보여 주었을 뿐인데. 어느 부서에서나 흔히 있는 일 가지고 당신처럼 규칙을 따지게 되면 끝이 없어요."

"하지만 이번 경우는 달라. 그렇게 중요한 극비 전신문이 유출되어서 국회에서 야당이 공개적으로 거론한 이상 당신은 무사할 수 없어. 일이 돌이킬 수 없을 정도로 심각해지기 전에 내일 아침 출근하자마자 안자이 심의관한테 솔직하게 사죄하고 사직서를 내도록 해."

타쿠야는 앞으로 있을 일들을 예상하며 지금 당장 수습해야 한다고 설득했다. 아키코는 입술을 깨물며 오랫동안 입을 다물고 있었다.

"이렇게까지 말했는데도 계속 고집을 부린다면 당신을 외무성에 들여보낼 때 부탁을 드렸던 상사한테 내가 다 털어놓고 그만두게 만들겠어. 어느 쪽을 선택할지 잘 생각해 보는 게 좋을 거야."

바깥에서는 돌풍이 휘몰아치고 있어 거센 바람 소리와 더불어 덧문이 한층 더 큰 소리를 냈다.

2층으로 올라가는 남편의 뒷모습을 바라보면서 아키코는 팽팽하게 유지하고 있던 무언가가 힘없이 무너져 내리는 것을 느꼈다. 그러면서도 어떻게 해야 할지 결정을 내릴 수가 없어 머릿속이 어지러웠다.

이튿날 아침, 미키는 거의 잠을 자지 못해 푸석한 얼굴을 밝은 파운데이션으로 커버하고, 함께 일하는 야마모토가 자신의 복잡한 심사를 눈치 채지 못하도록 아침의 바쁜 업무를 처리했다.

업무가 일단락된 10시가 넘어서 교토로 출장을 갔던 안자이 심의관이 서류 가방을 들고 출근했다.

"안녕하십니까?"

야마모토와 나란히 서서 맞이했다.

"잘들 있었나?"

커다란 몸집의 안자이는 느긋하게 고개를 끄덕이고는 안쪽에 있는 심의관실로 들어갔다.

"심의관님께서 돌아오시니까 아무래도 마음이 놓이네요."

야마모토는 다시 업무를 시작하려다가 미키가 핸드백에서 하얀 봉투를 꺼내서 녹차 잔을 받친 쟁반 밑에 숨기는 것을 보고 무슨 일이냐고 물어보는 표정을 지었다. 그 무언의 질문에는 대답하지 않은 채 미키는 심호흡을 하고 문을 노크했다. 방으로 들어가서 안자이의 책상 위에 뚜껑이 달린 녹차 잔을 내려놓았다.

평소처럼 고맙다는 손짓을 하고는 찻잔 뚜껑을 여는 안자이에게 미키가 살짝 쉰 목소리로 말했다.

"실은……드릴 말씀이 있는데요."

평소의 딱 부러진 모습과는 전혀 다른 사람처럼 잔뜩 긴장한 모습의 미키 아키코를 안자이는 의아해하는 눈길로 쳐다보았다.

"제가……너무 엄청난 일을 저지르고 말았습니다. 이미 들으신 바 있으리라고 생각합니다만 지금 문제가 되고 있는 극비 전신문은 제가 복사해서 마이아사 신문의 유미나리 기자에게 건네준 것입니다."

꺼져 들어가는 목소리로 고백했다.

"뭐, 자네가 유미나리에게……?"

어지간해서는 당황하거나 놀라는 일이 없는 안자이의 위엄 있는 얼굴에 경악하는 표정이 역력했다.

교토 출장 중에 외무성 내부 조사에 대한 연락을 받고 안자이는 어젯밤 도쿄 역에 도착하자마자 한걸음에 달려가 외무성 별관인 이이쿠라 공관에서 기다리고 있던 관방장과 관방 인사과장을 만났다. 그들의 이야기를 종합해 보면 대략 이러했다.

회람자 사인으로 볼 때 관방장과 주변의 사람들, 그리고 서류를 들고 돌아다녔던 북미 1과의 젊은 사무관들이 의심스럽다고 여겼다. 특히 미키 아키코는 수령 장부의 관리 책임자이면서도 해당 기간의 장부를 분실했다고 하는 데다가 같은 해 8월에 극비 문서 취급에 대한 주의 통보가 나온 직후부터 장부 기입을 같이 일하는 다른 비서에게 맡겼다. 정황을 미루어 볼 때 가장 의심스럽기 때문에 내일 다시 대면 조사를 해야겠으니 그 점을 양해해 달라는 것이 두 사람의 이야기였다.

그 말을 들은 안자이는 기껏해야 비서들끼리 확인을 위해 작성하는 장부를 분실했다고 해서 전신문 누출에 대한 의심까지 받게 된다면 그건 너무 심하지 않느냐며 웃어넘기고 왔던 것이다.

그랬던 만큼 눈앞에서 꺼져 들어갈 것처럼 고개를 숙이고 있는 미키에 대한 분노 때문에 속이 뒤집힐 것만 같았다. 더구나 그걸 건네준 상대가 유미나리 료타라니, 자기 얼굴에 두 번 먹칠한 것이나 다름없는 굴욕이었다.

"심의관님께 너무 죄송해서 죽고 싶은 마음뿐입니다."

미키는 어깨를 떨었다.

"동기가 뭐야?"

"그렇게 대단한 무엇이 있었던 건 아닙니다. 다만 유미나리 기자가 오키나와 반환에 대한 취재를 하면서 모순을 느끼는 부분이 있는데 그것을 뒷받침할 자료가 필요하다, 보기만 할 테니까 심의관님이나 저한테 피해를 주는 일은 절대 없을 것이라고, 맹세를 해도 좋다고, 그렇게까지 말하

는 바람에……. 다른 신문사 기자라면 모르지만 심의관님
이 각별히 가까이하시는 유미나리 기자라서 그냥 믿고 말
았어요."

"생각이 모자라도 정도가 있지. 그렇게 건네준 문서가
다 해서 몇 통쯤 되는 거야?"

"3통입니다."

"당시 오키나와 반환 교섭에 관해 받아 본 극비 문서가
수백 통도 더 되었는데 그중에서 달랑 3통만 보여 주었다
고 하면 내가 그 말을 그대로 믿을 것 같은가? 솔직하게
말해."

"……그게 벌써 한참 된 작년 일이라서 기억이 잘 나지
않는데…… 그래도 야마모토 씨도 있고 해서 그렇게 많이
보여 줄 수는 없었어요."

"그냥 보여 주기만 한 게 아니라 복사본을 건네주었잖
아. 복사는 어디서 한 거야?"

"심의관실에서 하는 복사는 형식적이라고는 하나 신청
서에 도장을 찍고 문서과장 결재를 받아야만 할 수 있기 때
문에, 혹시라도 심의관님 이름이 기록되어 있으면 안 될 것
같아서 관방 총무과의 친한 직원한테 부탁해서 제가 직접
복사했어요."

"그걸 어떤 방법으로 유미나리한테 건네주었던 건가?"

"제 자리에서 야마모토 씨가 알아차리지 못하도록……."

솔직하게 고백하고 있는 것처럼 보이면서도 어쩐지 진실된 느낌이 들지 않았다. 어디서 수작을 부리느냐고 호통을 치고 싶었지만, 여비서에게 고함을 지르는 것은 안자이의 자존심이 허락지 않았다.

"유미나리한테서는 어떤 사례를 받았나?"

취재를 하는 데에는 자기 돈을 쓰는 것도 아끼지 않는 유미나리의 성격을 알고 있는 안자이는 직설적으로 물었다.

"그런 일은 절대로 없습니다. 사례는 아무것도 받은 적이 없어요. 그냥 제가 존경하는 심의관님께서 소중히 생각하시는 분이라는 안심감 때문에 이런 결과를 초래하고 말았습니다."

걸핏하면 심의관이라는 말을 입에 담으며 자기를 끌어들이려고 하는 태도가 더욱 속을 뒤집어 놓았다.

"……저도 제가 어쩌다가 이렇게 끔찍한 일을 저지르게 되었는지 모르겠어요. 남편도 외무성 정보가 얼마나 중요한지를 그렇게 말해 주었는데 어쩌자고 그런 짓을 했냐고 야단을 치면서 심의관님께 폐를 끼친 점에 대해 정중하게 사과드리고 사직서를 제출하라고 했습니다. 저를 믿고 여태껏 아껴 주셨는데 은혜를 원수로 갚는 이런 일을 저지르게 되어 죄송할 따름입니다."

흰 봉투에 붓으로 적은 사직서를 내밀었다.

"이렇게 중대한 일을 저질러 놓고 이따위 종이 한 장 달랑 내밀면 그만이라고 생각하는 건가?"

안자이는 폭발할 것만 같은 분노를 도저히 억누를 수가 없어 처음으로 소리를 질렀다.

"그저 죄송하고, 또 죄송합니다……."

깊숙이 몇 번씩 머리를 숙이던 미키는 목이 메는 듯하더니 갑자기 큰 소리로 울기 시작했다.

"……그걸로 용서가 안 된다고 하시면 어떻게 하라는 건가요……? 아예 여기서 떨어져 죽기라도 하면 용서해 주시겠어요?"

눈물로 일그러진 얼굴을 들어 안뜰을 향하고 있는 창문을 보았다. 이성을 잃고 심상치 않게 흐트러진 미키의 태도를 본 안자이는 정신이 번쩍 들었다. 만에 하나라도 자기 방에서 투신자살이라도 하려고 들었다가는 감당할 수 없는 추문이 될 것이다.

"그러지 말고 좀 진정하게."

억지로 부드러운 말투로 달랬다.

"미키 씨가 먼저 자진해서 고백해 주었고, 악의가 있어서 한 일이 아니라는 사실도 알았으니까 인사과장에게 될 수 있는 대로 조용히 일을 수습하도록 지시하지. 그 대신 미키 씨는 수첩하고 대조해서 몇 월 며칠에 유미나리 한테서 부탁을 받고 어떤 문서를 언제 복사해서 건네주었는지 있는 그대로 순서에 따라 글로 써서 보고서를 제출하도록 해."

"하지만 어떻게 보고서 같은 걸……. 차라리 여기서 죽어 버리면……."

흐느끼면서 말을 제대로 잇지 못했다.

"그럼 오늘은 일단 집으로 돌아가고 마음을 가라앉힌 다음에 쓰도록 해."

안자이는 인터폰으로 야마모토를 불러 놀라서 눈이 휘둥그레진 그를 진정시키고는, 지금 당장 택시로 미키 아키코를 집에 데려다 주라고 지시했다.

혼자가 되자 안자이는 미키의 사직서를 땅바닥에 내팽개치고 싶은 기분이었다.

하필이면 자기 밑에서 일하는 비서와 유미나리, 그것도 7년에 가까운 친분으로 서로 속을 터놓고 토론하면서 정치가로서뿐만 아니라 사적으로도 기분 좋은 술을 몇 번이고 같이 마신 유미나리가 이런 일을 벌이다니! 자신이 회람하도록 되어 있는 문서가 그 두 사람 사이에 오가고 있었다니! 도대체 안자이가 가진 사고방식으로는 상상할 수도 없는 일이었다.

유미나리에게 따져 볼 요량으로 마이아사 신문 정치부의 직통 번호로 전화를 걸었지만 유미나리는 자리에 없었다.

"혹시 안자이 심의관님 아니십니까? 전 데스크의 히가키입니다."

응대가 끝나기도 전에 안자이는 말없이 전화를 끊었다.

관저에서 각료회의를 마치고 집무실로 돌아온 사하시 총리는 안뜰이 바라보이는 발코니 앞에서 발을 멈췄다.

봄볕을 받으며 겨우내 시들어 있던 잔디에서 새싹이 돋아나 파릇파릇하게 뜰의 색채를 더하고 있었다. 창문을 열고 상쾌한 공기를 한껏 들이마시고 싶었지만 방탄유리로 된 창문은 간단하게 열 수 없도록 되어 있었다.

이제 이 관저에서 지내는 기간도 얼마 남지 않았겠구나 하는 생각에 사하시는 감상적이 되었다.

1964년, 일장기 앞에서 총리 자리에 오른 지 이미 7년 반……. 취임 당시부터 오키나와 반환을 공약으로 내세웠다. '오키나와가 조국으로 복귀하지 않고는 일본의 전후는 끝나지 않는다'는 신념을 가지고, 외무성의 공식 루트는 물론이고 사적인 밀사까지 보내면서 정열과 인내를 가지고 일미 교섭을 계속했다. 그러다가 2년 반 전에 워싱턴에서 닉슨 대통령과의 회담을 통해 1972년에 오키나와를 반환하기로 합의한 공동성명을 발표했을 때는, 그 험난하고 길었던 도정과 그동안 겪었던 수많은 상황들이 머릿속을 오가며 당시 주미 대사와 서로 손을 부여잡고 거의 흐느끼다시피 하며 감격을 나누었다.

그리고 올해 1월, '서쪽의 워싱턴'이라고 불리는 산 클레멘테(미국 캘리포니아에 있는 도시—역주)에서 다시금 닉슨 대통령과 회담을 하여 오키나와 반환일을 5월 15일로 정하기에 이르렀다. 사하시에게는 그야말로 정치 생명을 걸고 이루어 낸 필생의 업적이었다. 그런 만큼 국회에서 사진당에게 '밀약 의혹'을 추궁당하여 중의원 예산 통과를 목전에 두고 예산 심의 중단으로까지 내몰리게 된 것에 대한 분노와 억울함은 그 무엇에도 비교할 수 없을 정도다.

"총리님, 후쿠데 대신이 시간 좀 내주십사 하는데요."

비서관이 말하자 그 옆으로 풍채가 눈에 띄게 좋은 후쿠데 외무 대신이 들어왔다.

"각료회의가 끝나자마자 뵐까도 생각했지만 다른 각료들의 이목도 있고 해서 이렇게 찾아뵈었습니다. 문서 누출에 대한 사죄 말씀도 드릴 겸 말씀드릴 것이 있어서……."

사하시 총리는 꺼다린 눈에 강한 빛을 띠며 책상에 앉았다.

"안자이 심의관이 교토 출장에서 돌아온 이튿날 출근했더니 자기 방 여비서가 문서를 복사하여 마이아사 신문의 유미나리라는 기자에게 건네주었다는 사실을 고백해 오기에 시말서를 쓰게 했다고 합니다. 저희들의 관리가 허술해서 이토록 큰 물의를 일으키게 되어 진심으로 사죄의 말씀을 드립니다."

고개를 숙인 다음 후쿠데 대신은 총리의 책상 앞에 섰다.

"여비서는 심의관 밑에서 일한 지가 오래되었고, 성실한 성격에다 집에 앓아누운 남편의 연고자 채용으로 들어온 경우이니 사상적인 배경은 없을 듯합니다.

문제는 마이아사의 유미나리 기자입니다. 그 기자에 대해서는 저도 잘 알고 있지만 고히라 담당 중에서도 으뜸인 기자로 차기 총재 선거와 관련하여 다부치 가쿠조에게도 접근하고 있습니다. 그런 기자가 사진당으로 문서를 건네주고 국회에서 추궁하도록 했다면 그건 바로 사하시 내각 타도 운동을 꾀했다고 보아도 틀림이 없을 것입니다."

"아주 괘씸한 놈이군. 그러고 보니까 이번 달 초였던가 마이아사의 조간 1면에 나에 대한 적개심을 노골적으로 드러낸 미치광이가 쓴 것 같은 기명 기사를 낸 것도 바로 그 놈이었어. 내가 당장에 사장을 불러다가 한바탕 혼을 내야겠다는 생각을 했기 때문에 잘 기억하고 있지."

사하시는 원한이 맺힌 목소리로 말했다.

그것은 그 뒤에 쓰여진 요미니치 신문의 '뒷돈이 오가는 총재 선거'보다 훨씬 더 악의에 찬 기사였다.

권력에 대한 망집으로 마비된 사하시 정치

무책임과 파벌 이기주의가 오키나와 이후에 대한 대응의 장애 요인

총리의 무능함을 야유하는 것 같이 총리의 얼굴을 희화한 그림이 딸린 6단에 이르는 정국 해설 기사였다.

정부와 자유당의 통치 기능은 이제 완전히 마비 상태에 빠져 있다. 오키나와 협정의 국회 승인으로 존재 이유를 잃어버린 사하시 내각이 정권을 유지하려는 집착 때문에 그냥 버티고 있는 것으로 인해 정치 정체 현상이 일어나고 있다. "총리라는 자가 국민에 대한 정치 책임감은 일찌감치 잃어버린 채 그저 권력과 5월 15일 오키나와 반환식 참석이라는 개인적 업적 달성에 대한 망집에만 사로잡혀 있다"는 비판이 나오는 것도 당연한 일일 것이다.

“그 기사는 저도 기억하고 있습니다. 2면 정도면 모르지만 1면 한가운데, 그것도 아주 눈에 띄는 박스 기사였지요. 그래서 출입하는 마이아사 기자한테 도대체 어쩔 셈으로 이런 기사를 냈느냐고 야단쳤더니 자기 신문사 정치면은 나가타초 팀장인 유미나리 기자가 쥐고 흔들고 있다면서 머리만 긁적이더군요.”

“신문은 사회의 공적인 그릇이어야 마땅하거늘 그것을 정권 다툼의 도구로 이용하다니……. 게다가 오키나와 반환에까지 먹칠하는 행위는 결단코 용서할 수가 없어.”

사하시의 분노에 찬 말에 후쿠데도 고개를 크게 끄덕이며 말했다.

“외무성에서는 안자이 심의관을 경질하기로 했습니다. 그는 유엔에서의 중국 대표권 문제 건, 일중 국교 회복 조기 실현 문제 건, 어쨌든 고히라 쪽과 몰래 내통하고 있는 모양이어서 제 밑에 둘 수가 없겠습니다. 유미나리 기자 건은 앞으로 총리께 맡겨 드릴 테니 외무성이 필요한 일이 있으면 언제든지 말씀만 하십시오.”

후쿠데가 총리실에서 나가자 한동안 팔짱을 끼고 있던 사하시는 책상에 늘어서 있는 5대의 전화 중 하나에 손을 뻗었다.

“호오, 누출 경로가 심의관실 여비서에서 마이아사 신문 기자, 그리고 사진당의 요코미조 의원이라……."

사하시 총리한테서 걸려 온 전화를 받고는 눈빛을 날카롭게 번득인 사람은 도토키+時 경찰청 장관이었다.

“요즘 신문기자들은 총리 대신이 받는 중압감이 얼마나 엄청난 것인지 생각해 보지도 않고 그저 자기 멋대로 써 대고 있어서 참는 것에도 한계가 있음을 느끼고 있던 참이었는데, 이제는 내각 타도 운동까지 벌이고 있으니 완전히 언어도단 아니겠는가? 그런 놈들 정신을 차리게 하기 위해서라도 일벌백계로 대처해 주었으면 하네."

“노여우신 것이 당연합니다. 그런데 예산위원회는 언제쯤 재개될지 예정이 잡혔습니까?"

전 내무 관료로 ‘칼날 도토키'라고 불리며 두려움의 대상이 되고 있는 도토키가 침착하게 물었다.

“대책위를 재촉해서 4월 2, 3일까지는 어떻게든 중의원에서 통과시키도록 할 참이네. 그런데 그게 무슨 관계가 있는가?"

“그렇다면 총리님께서 그때까지는 무슨 일이 있어도 사건에 대해 언급하지 않도록 해 주십시오. 그 사이에 지금 말씀하신 유출 경로를 살핀 다음 대처 방법을 생각해 두겠습니다."

도토키는 전화를 끊고 자리에서 일어나 넓은 장관실을 천천히 걸어 다녔다. 뭔가 생각에 집중하고 있을 때 나타나는 도토키의 버릇이었다.

액자 하나 걸려 있지 않은 살풍경한 방에서 카펫 위를 한 발짝씩 지르밟듯이 걸어 다니고 있는 도토키의 머릿속에는 어떤 우려가 있었다. 무책임한 신문기자를 혼내 주기 위해서라도 일벌백계로 대처하라는 사하시 총리의 분노는 충분히 이해가 가지만, 이 문제는 자칫 잘못하다가는 정부와 신문과의 정면 대결로 치달을 수 있는 아주 골치 아픈 불씨를 가지고 있는 것이다.

문득 창밖으로 시선을 옮겼다. 사쿠라다 거리를 바라보는 자리에 경시청과 경찰청이 나란히 서 있다. 그곳에는 자기 뜻을 입 안의 혀처럼 잘 맞춰 주는 부총감이 있다. 그 사람이라면 적절한 사람을 골라 법률과 판례를 조사하게 하여 분명한 결론을 이끌어 낼 수 있을 것이다.

도토키는 머리를 굴려 보고 승산이 있다는 결론을 내렸다.

제4장

출두

4월 4일 새벽, 마이아사 신문 사회부장의 집 전화가 울렸다.

깊은 잠에 빠져 있던 아라키荒木 사회부장은 몽롱한 상태로 기다시피 해서 전화기 쪽으로 다가가 수화기를 들었다.

"아라키 씨, 이른 시간에 미안해요. 나 세키가와關川인데."

경시청의 세키가와 형사부장이었다. 늦게까지 술을 마신 탓에 머리가 아팠지만 습관적으로 시계를 보았더니 새벽 4시 20분이었다.

"뭐 중요한 건수라도 생겼나요?"

"본사 사회부장으로 승진한 지 얼마 안 된 아라키 씨한테는 미안하지만 그 외무성 극비 문서 유출 사건으로 정치부의 유미나리 기자를 내줘야 할 것 같네요."

"아니, 정치부의 유미나리……? 참고인으로서 임의 출두하라는 거요, 아니면 중요 참고인인가요?"

"중요에 가까운 임의라고 할 수 있죠."

"혐의는?"

"그건 말할 수 없고, 아무튼 가능한 한 빨리 신병을 내줬으면 합니다."

"그건 말도 안 되지. 아니 혐의도 말해 주지 않는데 어떻게 내주나요? 될 수 있는 대로 일을 좀 늦춰 봐요."

"점심시간 전후가 한계일 거예요. 정식 출두 요청은 오전 9시 무렵, 총무국 쪽으로 보낼 예정이니까."

긴박한 대화가 끝나자 아라키는 숨을 크게 들이쉬었다.

경시청의 세키가와 형사부장과는 아라키가 시즈오카靜岡 지국장, 세키가와가 시즈오카현 경찰 본부장으로 있을 때부터 막역하게 지내 온 사이였다. 이 시간에 전화로 알려 주었다는 점에서 우의를 느꼈지만, 정치부의 유미나리 기자가 관여되어 있다는 외무성 기밀 유출 사건에 대하여 아라키로서는 아직 이해가 되지 않는 점이 많았고, 그런 상황에서 신병을 인도할 것인지를 판단할 수가 없었다.

다시 한번 숨을 내쉰 다음 옆에 비치된 전화번호부에서 편집국장의 집 전화번호를 찾아 전화를 걸었다. 때 아닌 이른 새벽에 걸려 온 전화를 받은 편집국장은 웬일인가 하는 기색이었는데 이야기를 다 듣고 나서는 중얼거리듯 말했다.

"지금까지 아무런 이야기가 없다가 느닷없이 경시청으로 출두하라니 납득할 수가 없군."

"국장님, 이러고 있을 때가 아닙니다. 세키가와 형사부장이 신경을 써서 미리 알려 주었으니 당장이라도 대응 조치를 취해야지요……. 저는 이번 사건에 대해서 아직 사실 관계를 아는 바가 없으니까요.”

답답하도록 느린 반응을 보이는 편집국장에게 자신도 모르게 언성을 높였다.

“여기에는 사연이 좀 많아서 말이야. 일단 당장 츠카사 부장한테 연락하고 곧바로 출근할 테니까 자네도 나와 주었으면 좋겠군.”

편집국장은 갑자기 허둥거리며 전화를 끊었다.

곧바로 옷을 갈아입은 아라키는 아내가 서둘러 준비해 준 토스트와 진한 커피를 입 안으로 우겨 넣었다.

“택시는 2, 3분 안에 온대요.”

경찰을 담당하던 기자를 오랫동안 내조해 온 아내는 모든 일을 알아서 챙겨 주었다.

아라키는 단골로 부르는 택시를 타고 두통에 얼굴을 찌푸리면서도, 바로 사흘 전에 정리본부 차장에서 사회부장으로 취임한 터라 이 사건의 진상을 모르고 있다는 사실에 초조감을 느꼈다. 외무성 기밀 유출 사건에 자기 회사 기자가 연루되어 있는 것 같다는 정보는 어제 회의실에서 조출하게 열어 준 사회부원들의 환영회를 마친 뒤에야 처음으로 알았다. 자리로 돌아오는 도중에 한 대기 기자가 “외무성 기밀 유출 사건에 우리 신문 정치부 기자가 관련되어 있는 모양인지, 경시청 출입 기자가 야간 당번을 하러 들어갔더니 누군가 그쪽 정치부장한테 가는 편이 더 낫지 않겠느냐고 비꼬면서 말하더랍니다"라는 이야기를 해 주었던 것이다. 오사카 본사 편집국 차장으로 옮겨 간 전임자로부터 아무런 인수인계도 받지 않았기 때문에 깜짝 놀라 편집국장한테 확인하러 가 보았더니 "알고 있네, 알고 있어" 하고 그 이상은 묻지 말아 달라는 식으로 손사래를 쳤다.

석연치 않아 츠카사 정치부장에게 직접 물어볼까 생각도 해 보았지만 확실한 근거도 없이 상대방의 부하에 대한 의혹을 물으려니 마음이 내키지 않았다. 사회부와 정치부는 옆자리에 앉아 있지만 원래 견원지간이라고 할 정도로 사이가 나쁘다. 한쪽은 천하와 국가를 논하면서도 특정 정치가와 유착하여 문제가 있을 법한 기사는 전혀 쓰려고 하지 않는다는 점에서 신문기자라고 할 자격이 없다고 경멸하고 있고, 다른 쪽에서는 사회정의를 입에 달고 살면서 경찰, 검찰과 가까운 사이가 되어 강도니 살인이니 그런 자잘한 것만을 쫓아다니는 사건기자가 아니냐고 깔보는 경향이 있기 때문이다.

아라키는 유미나리 기자의 모습을 떠올려 보았다. 편집국에서도 눈에 띄는 커다란 체구와 오만할 정도로 자신감에 찬 태도에 대해서 정리본부 차장 시절부터 상당히 마땅

찮게 생각하고 있었다. 그러다 우연히 국철 유라쿠초 철교 밑에 있는 술집에서 합석하게 되었을 때, 의외로 예의 바르게 인사하며 동기로 입사했었다는 사회부 대기 기자의 너무 이른 죽음을 안타까워하며 당장이라도 통곡할 것 같이 애통해하는 모습을 보고는 정이 깊은 그의 일면을 알게 되었다.

정치부 기자들의 행동 방식으로 보면 각 성청의 극비 문서를 정치가에게 건네주는 정도의 일이야 충분히 있을 수 있지만, 경시청이 일찍부터 찍어 놓고 친구이기도 한 형사 부장이 신병을 내달라는 말까지 하는 걸 보면 어지간히 복잡한 사정이 있는 모양이었다.

한시라도 빨리 사실관계를 확인하고 대처 방법을 생각해 내지 않으면 마이아사 신문 자체가 위험해질지도 모른다. 아직 해가 뜨지 않은 길을 서둘러 달라고 운전수를 재촉했다.

새벽의 편집국은 창백한 형광등 아래 소리 없이 고요했다. 일찍 나오는 청소부들도 오지 않은 이른 시간이라 주변에는 온통 쓰다 버린 원고나 교정쇄, 담배꽁초 등이 어수선하게 널려 있었다.

편집국을 가로질러 복도 맞은편에 있는 숙직실을 들여

다보았더니 2층 침대가 6줄 늘어서 있는데 숙직 기자들이 정신없이 잠들어 있었다. 그중에 자기 부하가 어디 있는지 발소리를 내지 않도록 조심하면서 찾고 있는데, 등 뒤에서 목소리가 들렸다.

"아, 부장님……."

라운드 셔츠에 바지 차림을 한 모습이었다. 아라키는 눈짓으로 바깥을 가리켰다.

옷을 제대로 갖추고 잰걸음으로 편집국에 온 부하는 단숨에 말했다.

"기밀 유출 사건으로 외무성의 여비서가 방금 전 오전 5시에 남편과 외무성 직원을 대동하여 경시청으로 출두했다고 합니다!"

아라키는 너무 놀란 나머지 목소리도 나오지 않았다. 자기 신문사 기자 일로 머리가 복잡해 상대방 쪽을 미처 생각하지 못했던 것이다.

"이렇게 일찍……? 혐의는?"

"국가공무원법 위반으로 수사 2과가 취조하는 모양입니다."

"그래? 실은 형사부장이 우리 집으로 전화를 해서 정치부의 유미나리 기자를 내달라고 하더군. 지금부터 위에서 긴급회의에 들어가니까 당직 데스크한테 이야기하고 취재

체제를 갖추도록 해.”

“알겠습니다. 그런데 교쿠니치가 벌써 조간에서 터뜨렸습니다.”

기자는 정리본부의 책상 위에 놓여 있는 교쿠니치 신문의 1면을 가리켰다.

‘오키나와 밀약’ 전보를 빼낸 사람은 외무성 여비서

외무성, 오늘 아침 경시청에 고발

사태는 상상을 초월할 정도로 빠르게 전개되고 있었다. 세키가와 형사부장이 전화로 알려 준 것은 교쿠니치가 이미 특종을 터뜨렸음을 알고 배려해 주었던 것인가……? 아라키가 한 층 위에 있는 국장실로 들어가자 편집국장인 마키노와 정치부장인 츠카사가 교쿠니치의 지면을 보고 있었다. 아라키가 그 자리에 앉자 얼마 후에 총무국장인 히라오카平岡도 허겁지겁 들어와 다그치듯 물었다.

“편집국장님, 유미나리가 어떤 식으로 관련된 것인지 가르쳐 주시지요.”

“아니, 제가 경과를 이야기해 드리지요.”

어젯밤에 한숨도 자지 못했던 것으로 보이는 츠카사가 무거운 어조로 말을 꺼냈다.

"일의 발단은 3월 27일 오후의 국회 보도 기사에 사용되었던 전신문의 사진입니다."

출처가 유미나리임을 확신하고 다그쳤지만 인정하지 않았다. 그러나 쿠루 주필이 사건 배후에 사하시 정권 이후를 노리는 정치적 음모가 도사리고 있고 우리 신문사 기자가 그 일에 관련되어 있다면 매우 위험하다는 생각에, 당장 유미나리를 불러 추궁해 보았더니 사진당의 요코미조 의원에게 문서를 건네주었음을 시인하고 경솔한 짓을 했다고 사죄했다. 그러나 한편으로는 신문기자로서 어쩔 수 없이 취했던 행위였다고 떳떳하게 말했다.

그러나 4월 들어서 안자이 심의관실 여비서가 갑자기 사직했다는 소문이 들려온 이후 그저께 다시 한번 마키노 편집국장과 자신이 유미나리에게 여비서와의 관계를 물어보았고, 유미나리는 문서 입수를 도와준 많은 취재원 중의 하나였다는 것까지는 인정했지만 양심에 찔리는 점은 전혀 없다고 단언하기에 그 말을 믿었다는 것이 참으로 '신사' 적인 츠카사의 경과 설명이었다.

아라키는 잠시 말을 않고 있다가 자신도 모르게 비난하는 말투로 물었다.

"거기까지 알고 있었으면서 어째서 좀 더 빨리……."

"결과적으로는 그 말씀이 옳지만 주필, 편집국장과 의논

한 결과 정쟁에 관여된 것이 아니라면 가만히 두고 보자는 쪽으로 의견이 모아져서……"

옆에 있던 마키노 편집국장도 말을 거들었다.

"나도 일이 이렇게 크게 되리라고는 꿈에도 생각하지 못했기 때문에 아라키 부장이 사정을 물어보려고 나한테 왔을 때도 그냥 내버려 둔 것이야. 취재하면서 실수로 일어난 문제니까 우리만 아는 것으로 하고 덮어 두려고 했지."

어물어물 변명했지만 아라키는 너무도 어이가 없었다. 외무성과 총리 관저를 발칵 뒤집어 놓은 사건의 심각성을 고려한다면, 본인의 변명만 들어 보고 그냥 시간이 지나가기만 기다린다는 것은 그저 책임 회피와 무사안일주의에서 나온 행동이라고밖에 할 수가 없다.

"그런데 이번에 출두한 여비서하고는 지금까지 접촉해 보지 않았던 건가?"

그때까지 말없이 있던 히라오카 총무국장이 물었다.

"그게…… 유미나리 기자가 그쪽한테 경거망동하지 말라고 해 두었던 모양인데 전 외무성 직원이었던 남편이 사직서를 내야 한다고 강하게 주장해서 유미나리 기자도 모르는 사이에 사표를 내버렸다고 합니다."

스카사 부장이 대답했다.

"그렇다면 자네들은 그 비서하고 전혀 접촉한 적도 없고,

오늘 아침에 출두한다는 사실도 전혀 몰랐다는 것인가?"

히라오카 총무국장이 믿을 수 없다는 듯이 물었다.

"실은 어젯밤에 그 비서가 유미나리 기자에게 전화를 했는데……, 안자이 심의관한테서 외무성으로서는 고발하지 않을 수 없지만 자진 출두하면 정상참작의 여지가 있을 것이라는 소리를 들었기 때문에 그럴 생각이라고 말한 모양입니다. 하지만 설마 새벽 5시에 출두할 줄이야……."

"그것 참 사정이 딱하게 되었군. 우리 신문사에서 변호사를 붙여 줄 수는 없는 건가?"

히라오카가 말했다. 아라키도 츠카사와 마키노가 더 이상 숨기는 점이 없다고 하더라도 대처 방법이 지나치게 느긋했다고 생각했다. 만약에 사회부였다면 제일 먼저 상대방을 신문사의 비호 아래 두도록 조치했을 것이다.

"경과는 잘 알겠습니다. 이렇게 된 이상 조금이라도 시간을 벌어서 변호사의 지혜를 빌려야겠네요. 우리 회사 고문 변호사만 가지고는 좀 불안하지 않을까요?"

아라키가 히라오카에게 물었다. 신문사에는 기사에 대해 종종 불만이 제기되고 명예훼손으로 소송이 걸리는 경우도 있기 때문에 민사 전문 고문 변호사가 있기는 하지만 상대가 경시청이라면 형사 전문 변호사 쪽이 믿음직스럽다.

"그렇다면 다카츠키高槻 변호사는 어떻겠는가? 도쿄 고
검에서 알아주던 검사였고, 변호사가 된 다음에도 개인적
으로 친분이 있는데."

"아아, 그분이라면 저도 이름을 알고 있어요. 당장 가셔
서 이 사건을 맡아 주실 수 있도록 의뢰해 주시지요."

마키노는 두 손을 모아 빌 것처럼 부탁했다.

유미나리의 아내 유리코는 서둘러 출근하는 남편을 승
용차에 태워 가장 가까운 급행 전철역으로 가고 있었다.

학교 가는 아이들을 배웅한 다음 남편이 평소처럼 걸어
서 역으로 가려는 것을 불러 세워 "어제 제대로 자지도 못
했잖아요"라며 차에 태웠던 것이다.

역에 도착하자 주차 금지 구역이지만 유리코는 운전석
에서 내렸다.

"여보, 제발 조심하시고요……."

불안한 가슴을 억누르며 남편의 얼굴을 마주 보았다.

"그렇게 걱정하지 않아도 돼. 조금 늦을지도 모르니까
당신 먼저 자고 있어."

남편은 전에 없이 부드럽게 말하고는 큰 발걸음으로 저
벅저벅 걸어 개찰구로 향했다. 유리코는 남편이 즐겨 입는
녹회색 윗도리의 뒷모습이 인파에 섞여 보이지 않을 때까

지 바라보면서 무사히 돌아오기만을 기원했다.

오다큐小田急선 급행 전철 좌석에 앉아 유미나리는 어젯밤에 있었던 일을 떠올렸다. 미키 아키코에게서 전화가 걸려 온 것은 자정 무렵이었다. 내일 경시청으로 출두하게 되었다는 뜻밖의 이야기에 책임은 자기가 질 테니까 그러지 말아 달라고 강하게 제지했지만, 그것은 심의관과 상의해서 내린 결론이고 남편이 같이 가 주기로 했다며 일방적으로 통보를 하듯 말하고는 전화를 끊었다. 유미나리는 다급한 마음에 곧바로 츠카사 정치부장의 집으로 연락하여 내일 아침 미키의 자택으로 가서 출두를 말리기 위한 방법을 상의한 다음 회사 차까지 수배해 놓고 잠자리에 들었다. 하지만 잠이 오지 않아 뜬눈으로 아침을 맞으려고 했을 때 츠카사 부장한테서 전화가 걸려 와 경시청이 자기에게 출두 명령을 내렸다는 사실을 알게 되었다. 뒤흔들려고 작정하고 달려드는군, 하며 권력의 횡포에 대해 입술을 깨물고 있을 새도 없이 어젯밤부터 심각해져 가는 남편의 상황 앞에서 어쩔 줄 모르고 얼어붙어 있던 아내 유리코가 갓 배달되어 온 신문을 들고 왔다.

외무성이 오늘 아침 미키 아키코를 국가공무원법 100조(비밀 준수 의무) 위반으로 경시청에 고발할 방침이라는 것이

대대적으로 보도되어 있었다.

경시청에서인지 외무성에서인지 교쿠니치 신문 한 군데에만 흘려주었는지 미키의 출두까지도 예고하는 특종기사였다.

사람들이 꽉 들어찬 전철 속에서 유미나리는 깊은 적막감이 자신을 내리누르는 것을 느꼈다.

편집주필인 쿠루는 고뇌에 찬 표정으로 빌딩 사이로 내려앉을 것처럼 떠다니는 침침한 봄 안개를 올려다보고 있었다. 유럽 총국장으로 런던에 주재하고 있었던 시절의 하늘하고 비슷한 것이 마음까지 무겁게 닫아 버리게 했다.

오사카 본사와 런던의 유럽 총국에 오래 머물렀던 쿠루는 주필이라는 중책을 맡은 지 아직 얼마 되지 않아서 정, 관, 재계의 모든 곳에 인맥이 적다는 사실이 안타까웠다. 사태 수습을 위해 나서려 해도 신뢰할 만한 친분 있는 사람들이 없는 것이다.

문을 노크하는 소리가 들리더니 마키노 편집국장, 히라오카 총무국장이 도쿄 고검 검사장 출신인 다카츠키 변호사를 안내하며 들어왔다.

"갑자스럽게 의뢰했는데도 곧바로 받아들여 주셔서 감사합니다."

쿠루 주필이 정중하게 인사하며 맞아들였다. 다카츠키 변호사는 상냥하게 웃는 모습 가운데도 장기간 검사로 활약해 왔던 예리함이 몸에 붙어 있다.

"거두절미하고 본론으로 들어가겠습니다. 저희 신문사 정치부 기자를 경시청으로 출두시키라는 명령에 당혹스러워하고 있습니다. 단순히 여비서의 기밀 유출 사건에 관한 참고인으로서 나오라는 것으로 봐도 될지요?"

직설적으로 물었다.

"히라오카 씨로부터 사건 내용을 방금 들은 것뿐이라 저도 당장 적절한 대답을 해 드릴 수는 없습니다만, 출두한 여성이 유미나리 기자에게 문서를 건네준 동기가 문제가 되리라고 생각합니다."

"기자 본인으로부터 들은 바로는 심의관과의 오랜 신뢰 관계를 알고 있어 후의로 보여 주었다고 합니다."

쿠루는 고개를 끄덕이며 대답했다.

"그렇다면 일단 본인을 만나 보지요."

다카츠키 변호사가 재촉했다.

얼마 후 유미나리가 츠카사 정치부장의 뒤를 따라 들어왔다.

"자네가 출두하기에 앞서 고명하신 다카츠키 선생님께 상의를 드리고 있었네. 자네도 선생님께는 허심탄회하게 말씀드리도록."

쿠루의 말이 끝나자 유미나리는 고개를 숙여 인사했다.

"잘 부탁드립니다."

유미나리는 진지하게 이야기를 시작했다.

"저의 생각이 모자랐던 탓에 미키 씨가 외무성으로부터 고발당하는 지경에 이르러 참으로 부끄럽기 짝이 없습니다. 그녀가 조기에 석방되도록 하기 위해서라면 적극적으로 나설 생각이지만 뉴스 소스에 대한 비밀 준수의 원칙이 있어 이야기할 수 없는 것이 대부분입니다. 어떻게 하면 좋을지 가르쳐 주셨으면 합니다."

다카츠키 변호사는 온화한 얼굴로 귀를 기울이고 있었지만 눈으로는 유미나리의 사람 됨됨이를 따져 보고 있는 모양이었다.

"자네에게 출두 요청이 있었다는 것은 자네에게도 혐의가 있다는 뜻일 텐데."

"도대체 어떤 혐의 말입니까?"

"이를테면 편의를 도모해 준 대가로 금품을 건네주지 않았는가……?"

"그런 일은 전혀 없었습니다."

"솔직히 그녀와는 어떤 관계였는가?"

"저를 믿고 아껴 주셨던 심의관을 모시는 비서였습니다.

기자와 뉴스 소스라는 것 이외의 관계는 없습니다.”

엄숙한 표정을 지으며 변호사뿐만 아니라 상사들에게도 단호하게 말했다.

“흠, 그렇다면 서류를 전해 받기만 했던 기자를 어떻게 할 수는 없겠지. 그 정도라면 여비서를 취조하는 데 필요한 참고인 정도인지도 모르겠군.”

다카츠키 변호사의 말에 마키노 편집국장은 외부의 시선을 의식해 몸을 앞으로 내밀면서 물었다.

“그 정도라면 유미나리 기자를 내놓지 않을 방법은 없을까요?”

“경시청 형사부장이 새벽 4시 20분에 직접 신병을 내놓으라고 했을 정도면 그대로 물러날 리가 없지요. 만약 출두를 거부하면 신문사로 영장을 들고 와서 수색에 들어갈 수도 있는 일이고요.”

“그, 그건 곤란합니다.”

마키노는 허둥대며 자신의 말을 취소했다.

오후 2시, 유미나리는 염려해 주는 후배들과 ‘그럴 줄 알았다, 혼 좀 나 봐야 정신을 차리지’ 하는 투의 냉정한 표정을 짓고 있는 동료들의 시선을 받으며 츠카사 부장과 함께 차로 7, 8분 거리에 있는 경시청으로 향했다.

사쿠라다몬櫻田門 교차로 귀퉁이에 있는 청사는 1931년에 건축된 다갈색 벽돌 건물로 지상에서 2층 정도 높이까지 굵은 원기둥들이 빙 둘러싸고 있어 그 권력을 과시하고 있는 것 같았다.

20개 정도의 계단을 올라가면 튼튼한 회전문이 나온다. 안으로 들어가자 원형 홀 왼편으로 접수창구가 있어 두여 직원이 방문자들을 응대하고 있다.

츠카사 정치부장이 세키가와 형사부장의 이름을 대자 잠시 기다리라고 했다. 홀에서 2개의 복도가 안쪽을 향해 방사상으로 뻗어 있고, 사람들이 의외로 많이 왕래하고 있었다. 그 속에 경시청을 담당하는 기자들이 있는 게 아닌지 신경이 쓰였다.

"기다리시게 해서 죄송합니다. 세키가와 부장 밑에서 일하는 수사 2과장 고우鄕라고 합니다. 자, 이쪽으로 오시지요."

얼핏 보기에는 일반 회사 직원처럼 보이는 감색 양복 차림의 2과장이 츠카사와 유미나리에게 초면 인사를 하더니 오른쪽 복도를 앞서가며 안내했다.

복도 양쪽에 살인, 강도 등의 취조를 담당하는 수사 1과 취조실이 이어져 있었고, 그 안쪽 끄트머리에 선거법 위반, 대형 기업 범죄 등 지능범을 담당하는 수사 2과의 방이 있었다.

"지금은 응접실을 사용 중이어서 이런 누추한 곳에 모시게 되어 죄송합니다……."

수사 2과장 자신의 방으로 안내했다. 스틸로 된 과장 책상과 그 앞에 간이 응접세트가 있을 뿐인 살풍경한 방이었다. 젊은 경찰관이 무뚝뚝하게 녹차를 내준 다음 깊숙이 경례를 하고는 곧바로 나가 버렸다.

"오늘 새벽에 세키가와 부장님으로부터 우리 신문사 아라키 사회부장에게 유미나리의 신병을 인도해 달라는 연락이 있었는데 어떻게 된 일인지 우선 말씀해 주셨으면 합니다."

츠카사가 공식적인 말투로 물었고, 유미나리도 2과장의 얼굴을 똑바로 쳐다보았다.

"이런 사건은 저희 경시청으로서도 처음 있는 일이라서 우선 신중하게 이야기를 들어 본 다음에 일을 진행시켜야겠다는 생각에 오시라고 했습니다."

부드러운 말투로 대답했다. 역시 그 정도의 일이었구나 하고 마음을 놓으며 유미나리가 미지근한 녹차를 마시고 있을 때, 문을 노크하는 소리가 들리더니 무슨 유도 선수인가 싶을 정도로 덩치가 크고 머리를 짧게 깎은 부하 직원이 예의 바르게 들어왔다.

"2과 제4지능범계 반장인 이구치井口 경감입니다."

2과장이 소개하자 이구치는 커다란 체구와는 대조적으로 작은 눈에 희미한 미소를 띠며 고개를 숙이더니 "그럼 유미나리 씨, 같이 가실까요" 하고 말했다. 유미나리는 어디로 가자는 말인지 몰라 당혹스러웠지만 물어볼 수 있는 분위기가 아니었다. 자리에서 일어서자 츠카사도 같이 따라나섰다.

"아니, 유미나리 씨만 가시면 되고 츠카사 씨는 그냥 계시지요."

2과장이 은근한 말투로 붙잡았다.

유미나리는 반장이 안내하는 대로 1층에서 지하로 내려가는 계단 앞까지 따라와서 발을 멈췄다.

"어디로 가는 겁니까?"

"수사 2과에는 방이 얼마 없어서 아래층으로 내려가야 할 것 같네요."

온화한 작은 눈에 미안한 듯한 빛을 띠우며 말해 주었는데 어느새 등 뒤에 젊은 직원이 착 따라붙은 것을 본 유미나리는 자신이 빼도 박도 못하는 상황에 처했음을 깨달았다.

배의 갑판에서 선창으로 내려가는 것처럼 갑자기 시야가 좁아지며 어두워졌다. 천장에는 배기관과 전선 케이블이 그대로 드러나 있었고, 콘크리트 복도 양쪽으로는 문만 달린 작은 방들이 늘어서 있었다. 그중 한 방으로 반장이 앞장서서 들어갔다.

다다미 3장 정도 넓이의 창문도 없는 방으로, 창백한 형광등 아래 한 면이 1미터 정도 되는 낡은 나무 책상과 의자가 있었다. 취조실이구나 하고 유미나리는 긴장했다.

반장은 유미나리에게 의자를 권한 후 맞은편으로 가서 앉았다. 반장이 앉은 의자에는 팔걸이가 있었지만 유미나리 쪽에는 팔걸이가 없었다. 젊은 직원은 입회하는 수사관이라고 반장이 말해 주었다.

"답답하시겠지만 좀 참아 주세요."

반장은 그렇게 말하더니 책상 오른쪽 서랍에서 노트와 심이 부드럽게 생긴 연필을 꺼냈다. 볼펜은 흉기로도 사용될 수 있고 자살용으로도 쓰일 수가 있기에 끝이 부드러운 연필을 쓰도록 되어 있는 모양이었다.

"오늘 출두해 주십사 한 것은 이미 알고 계시리라 생각하지만 외무성 기밀문서 유출 사건과 관련해서 이미 미키 아키코 비서가 출두하여 사정 설명을 했기 때문에 유미나리 씨에게도 이야기를 듣고자 해서입니다."

"미키 씨도 지금 이 지하 취조실에 있습니까?"

걱정이 되어 물어보자 반장은 고개만 끄덕이고 그 이상은 언급하지 않았다.

"그럼 아주 형식적이기는 하지만 주소, 가족, 경력 등을 물어보겠습니다."

왜 그런 걸 묻나 하는 유미나리의 표정을 읽은 반장은 미안해하는 얼굴로 차례차례 물어보았다. 대답하면서 유미나리는 이런 곳에서 아내, 그중에서도 두 아이의 이름과 학년을 입에 담는다는 사실에 가슴이 아팠다.

"지난 3월 27일, 중의원 예산위원회에서 사진당의 요코미조 히로시 의원이 공개한 외무성 극비 전신문의 복사본은 유미나리 씨가 제공한 것입니까?"

순간적으로 생긴 마음의 빈틈을 파고들듯이 반장은 핵심을 찌르는 질문을 했다. 유미나리는 표정을 다잡고는 "신문 기자라는 직업상 대답할 수 없습니다" 하고 일축했다.

"여기서는 직업이나 직위는 누구든 간에 일체 관계가 없습니다. 제가 여쭤 보는 사항에 대해서 있는 그대로 대답해 주시지 않으면 시간만 지체될 뿐입니다. 문서는 요코미조 의원에게 직접 건네주셨습니까?"

"……."

"그렇다면 간접적으로 했다는 뜻인데 그 다리 역할은 누가 했습니까?"

"……."

"요코미조 의원과는 면식이 있는 사이였습니까?"

"……."

"기억 못하십니까? 작년 11월 말경에 당신은 신주쿠의 작은 음식점에서 요코미조 의원과 한잔 하시지 않았습니까?"

유미나리는 내심 동요했지만 겉으로는 티를 내지 않고 다리를 크게 꼬았다.

"거짓 정보네요. 분명 요코미조 의원하고는 거기서 딱 한 번 만나기는 했지만 카운터 자리에서 차만 마시고 그냥 돌아왔어요."

"그럼 극비 전신문을 주고받은 것은 그 자리에서입니까?"

"초면인 의원한테 그런 짓을 할 리가 있겠어요?"

유미나리는 반장에게 가볍게 핀잔을 주었다.

"들은 바에 따르면 유미나리 씨는 야당을 담당한 경험이 없고 계속 여당 담당이었다고 하는데 가깝게 지내시는 정치가라고 하면 예를 들어 어떤 분들이 있는지요?"

반장은 가는 눈에 호기심을 떠올리듯이 물었지만 그 질문이 의도하는 바를 읽을 수 있었다.

"국제 정세에 대한 선견지명을 가지고 있는 정치가라면 모두가 취재 대상이지요."

"이번 사건에 대해 정치가와 이야기하신 적은?"

"없네요."

"전 외무 대신이자 고치카이 회장인 고히라 마사요시 의원과는 친척이라고 들었는데 혈연관계가 어떻게 됩니까?"

"가끔 그런 말을 듣곤 하는데 육촌이 우연히 그쪽 조카와 결혼한 것에 불과합니다. 나랑은 관계도 멀고, 그나마 수년 전에 고히라 의원의 지방 후원 회장한테서 그 이야기를 듣고는 내가 오히려 깜짝 놀랐을 정도니까 관계가 없다고 봐야죠."

"그렇다면 혈연관계가 아니면서도 고히라 의원과 각별히 가깝게 지내신다는 뜻이군요."

"무슨 소리를 하고 싶은지 모르겠지만 정치부 기자로서 고치카이 담당이 된 이후로 밤낮을 가리지 않고 취재를 하러 다니면서 자연스럽게 친해졌을 뿐입니다. 내가 아니라도 담당 기자라면 누구나 마찬가지예요."

이 사건 배후에 사하시와 고히라 간의 정권 다툼이 있다는 소문이 그럴듯하게 떠돌고 있는 시기인 만큼 유미나리의 동기에 강한 관심을 가지고 있는 것 같았다. 반장은 담당 기자가 하는 일을 계속 물어 왔고, 유미나리는 거기에 짧게 대답해 나갔는데 점점 화가 치밀어 올랐다.

"아무튼 고히라 씨는 신문기자를 이용해서 뭘 어떻게 하려는 타입의 정치가가 아니고 나도 아무리 친밀한 관계라 헤도 앞잡이 노릇 같은 짓은 경멸하는 기자입니다. 조사해 보면 금방 나올 것을 가지고……."

유미나리는 먼저 의혹의 뿌리를 확 잡아 뽑았다.

"그런데 문제의 극비 전신문 말인데, 유미나리 씨는 어디서 입수하셨습니까?"

이구치 반장이 질문을 바꿨다.

"가령 내가 그 전신문을 입수했다 해도 뉴스 소스에 대해서는 말할 수 없네요. 신문기자에게 뉴스 소스에 대한 비밀 엄수는 절대적인 것이어서 직속 상사라 해도 밝힐 수가 없습니다."

"여기서는 진실을 말씀해 주셔야 합니다. 설마 외무성에 계시는 어느 분의 방에서 무단으로 가지고 가신 것은 아니겠지요? 그렇다면 절도죄에 해당됩니다."

반장은 희미한 웃음을 띠웠는데 도발하려는 의도가 엿보였다.

"이런 실례가 어디 있소? 농담을 하는 데도 정도가 있지."

"그러니까 누구한테서 언제 입수하셨는지 말씀해 주시면 되잖아요."

"무슨 소리를 듣건 신문기자에게는 뉴스 소스를 감춰 줘야 할 의무가 있어요. 국민에게 알려야 할 유익한 정보를 누구에게서 취재했는지 그 정보의 근원지를 밝혀 버리면 본인에게 피해가 돌아가기 때문에 다시는 취재에 응해 주지 않으니까요."

　"그야 당연한 이야기지만 이미 미키 씨가 모두 털어놓은 상태입니다. 오전에 한 취조에서 문제의 전신문을 유미나리 씨, 당신에게서 의뢰를 받아 복사해서 넘겨주었다고 진술했어요."

　"전 받은 일이 없습니다."

　"그렇다면 유미나리 씨는 누구한테서 입수한 겁니까?"

　"……아니, 따지고 보면 이번 기밀문서 유출 사건으로 인해서 마치 국익이 손상된 것처럼 정보를 조작하고 있는 모양인데 본질을 따져 보면 반대잖아요. 당신은 '국익'의 정의를 알고서도 나한테 그런 질문을 하고 있는 겁니까?"

　연배나 모양새로 보아 출세와는 거리가 먼 사람으로 보이는 반장을 깔보는 태도로 반문했다. 바로 며칠 전까지 아침에는 사보砂防회관에서 다부치 통산 대신, 점심에는 자유당 본부에서 총무회장, 오후에는 외무성에서 후쿠데 대신과 만나 내년도 예산, 차기 총재 선거를 향한 정국 운영, 총재 선거의 표 읽기 등 항상 국가의 장래를 논하고 1면 톱기사를 써 온 것을 생각하면, 자기는 팔걸이도 없고 상대는 팔걸이가 달린 의자에 앉아 이런저런 질문 공세를 받는다는 사실에 대해 분노를 참을 수가 없었다. 창문도 없이 콘크리트가 그대로 드러나 있는 작은 방에 대해서도 시간이 지나면서 점점 숨이 막혀 오는 것 같아 빨리 나가고 싶다는 충동에 사로잡힐 지경이었다.

그러나 반장은 냉정한 태도를 그대로 견지하며 이성을 잃어 가려는 유미나리를 관찰하고는 다음 질문을 준비하고 있는 듯했다.

"기밀의 '기' 자도 이해하지 못하는 취조관하고 이야기해 봤자 소용이 없을 테니 오늘은 이만 돌아가 봐야겠소."

유미나리는 더 이상의 취조를 거부하듯이 일어서려 했다. 그러자 반장이 조용히 제지했다.

"저로서는 당신과 기밀에 대한 논의를 할 생각이 없습니다. 극비 도장이 찍힌 문서가 어떻게 당신 손에 들어가게 되었는지 그것을 묻고 있을 뿐이지요."

"이구치 씨라고 했던가요? 도장만 가지고 하는 이야기라면 정부 각 부처에는 그저 상사의 눈에 띄게 하고 싶은 생각만으로 도장을 찍는 한심한 인간들이 많아요. 그리고 신문기자들은 극비 문서 복사본 서너 통쯤 누구나 다 가지고 있어요. 그게 취재 역량이라는 거요. 이제 됐지요?"

"작년 6월 10일 오후 10시경에 유미나리 씨가 어디 있었는지 기억하고 있습니까?"

유미나리의 말을 무시하고 이구치 반장은 질문의 방향을 바꿨다.

"바쁜 생활에 쫓기다 보니 전혀 기억이 없는데요."

"영국 대사 관저 정문 앞에 있었습니다. 주변 경비를 하고 있던 코지마치麴町 경찰서의 순찰 일기에 마이아사 신문 정치부 기자 유미나리 료타라고 기재되어 있었습니다. 신분증을 보여 주셨지요?"

그러고 보니 그날 밤 오키나와 반환 협정안 전문을 교쿠니치 신문에서 입수했다는 정보가 들어와 특종을 막기 위한 취재 때문에 영국 대사가 주최하는 사적인 만찬에 초대되어 있던 안자이 심의관이 나올 때까지 기다리고 있었다. 그렇게 기다리던 시간에 관할 경찰의 검문에 신분증을 제시했던 것이다.

그렇다고는 하지만 열 달도 더 지났고, 이번 사건하고는 아무런 관계도 없는 행동까지 수사 2과가 어째서 조사하고 있는 것인가? 설마 당시부터 미행이 붙어 있었으리라고는 생각되지 않는다.

"그 무렵의 기억이 돌아온 모양이니 또 한 가지 묻겠습니다. 그로부터 이틀 뒤인 6월 12일 오후 6시 반에서 7시 넘어서까지는 어디에 계셨는지?"

"……."

"아카사카 로쿠초메赤坂六丁目의 카스가 경제연구소에 계셨던 것 아닙니까?"

그 말을 듣자마자 유미나리는 심하게 동요하며 얼굴빛

이 변하는 것을 스스로도 느낄 수 있었다.

"글쎄, 잘 모르겠네요."

짧게 대답했다.

"당신은 거기 있었습니다. 카스가 씨하고는 어떤 관계인가요?"

"……그 사람이 요미니치 신문기자였을 때부터 알고 지낸 사이입니다."

"그분 사무소에서 몰래 만난 사람은?"

"……."

"미키 씨 아닌가요? 미키 씨에게 6월 9일, 파리에서 있었던 아이이케 외무 대신과 로저드 국무 장관의 회담에 대한 극비 전신문을 가지고 오도록 억지로 부탁한 것 아닙니까?"

미키가 말한 것인지 모르지만 '억지로'라는 말은 사실과 다르다. 혹시 경시청이 파 놓은 함정이 아닐까? 유미나리는 차츰 모든 것이 다 의심스러워졌다.

"유미나리 료타, 구속영장을 집행한다!"

갑자기 이구치 반장이 그 큰 거구에서 울려 나오는 듯한 목소리로 구속영장을 내밀었다. 미리 책상 서랍 속에 준비되어 있었던 것이다.

구속영장의 죄목은 국가공무원법 111조 위반이라고 되

어 있었다. 그리고 범죄의 개요가 다음 페이지에 자세히 적
혀 있었다. 충격에 사로잡힌 유미나리의 눈에는 그 작은 글
씨들이 전혀 들어오지 않았다.

(제2권으로 이어짐)

운명의 인간 ❶ 밀약密約

초판 1쇄 인쇄 2010년 2월 20일
초판 1쇄 발행 2010년 2월 25일

지 은 이 야마사키 도요코
옮 긴 이 임희선
펴 낸 이 신원영
펴 낸 곳 (주)신원문화사

편   집 장경근 장민정 김진희
디 자·인 송효영
영   업 이정민
총   무 양은선 김희자 정하영 정설화 강수연
관   리 조경화 김황식
경영지원 윤석원

주   소 서울시 영등포구 당산동 121 – 245 신원빌딩 3층
전   화 3664 – 2131~4
팩   스 3664 – 2130
출판등록 1976년 9월 16일 제5 – 68호

* 파본은 본사나 서점에서 교환해 드립니다.

ISBN 978-89-359-1523-1 (04830)
ISBN 978-89-359-1522-4 (세트)